講談社文庫

汝、星のごとく

凪良ゆう

目次

汝、星のごとく

プロローグ

月に一度、わたしの夫は恋人に会いにいく。

車に乗り込む前にポストをのぞき、きてますよと郵便物を渡してくれる。

夏の夕暮れどき、庭の水まきの手を一旦止めて受け取った。請求書やダイレクトメールに紛れて書籍サイズの厚い封筒がある。東京からだ。差出人に心当たりはない。

「なにか買ってくるものはありますか」

特には、と答えると、夫はうなずき、明日には帰りますと言って車に乗り込んだ。

いってらっしゃいと声をかけて、わたしは水まきに戻った。

ホースの先を指で押さえて水の薄膜を作る。先日、シャワーヘッドが壊れてしまったのだ。ああ、そうか。シャワーヘッドを買ってきてとお願いすればよかった。電話をしようかと考えて、やめた。

――明日まで、あの人はわたしの夫じゃない。

ホースの角度を調節して、上に向かって水膜を噴き上げた。

蒸し暑いオレンジ色の空気に飛沫が煌めいて散る。美しいそれを眺めながら、もう少しすれば西の空に上がる宵の明星をわたしは待っている。


——夕星やな。

目を閉じて、鼓膜に残る声に耳を澄ませた。


「なかなか涼しくならんね」

振り返ると、佐久間のおばさんが立っていた。麦わら帽子に足下は長靴。畑仕事の帰りか、野菜の積まれた一輪車を押している。きゅうり、茄子、南瓜、トマト。

「好きなの取ってよ。それともらいものだけど」

綺麗にラッピングされたパウンドケーキを渡された。

「家に置いとくとお祖父ちゃんが食べちゃうからね。血糖値高いから駄目って言ってんのに聞きやしないのよ。暁海ちゃんとこはみんな若いから心配ないでしょう」

話していると、庭に結ちゃんの若草色の軽自動車が入ってきた。

「おばさん、こんにちは」

挨拶をしたあと、結ちゃんはわたしに向き合った。

「さっきお父さんの車とすれちがった」

「今夜は今治だって」

「じゃあ夕飯はふたり分でいいね。あ、おばさんこれいただきます」

佐久間さんに会釈し、野菜のカゴを手に結ちゃんは家へと入っていった。

「大丈夫？」

麦わら帽子のつばの下で、佐久間さんが心配そうにこちらを窺い見ている。

「夫婦やってると、いいときばっかりじゃないから。元気出してね」

「はい。わたしは元気です」

「……ああ、まあ暁海ちゃんはそうかもね」

佐久間さんはわずかに鼻白み、また一輪車を押して帰っていった。

残りの水まきを終わらせて、受け取った郵便物を手に仕事部屋へ引き上げた。今夜は結ちゃんが夕飯当番なので、もう少し作業を進めることができる。

窓辺の椅子に腰掛け、メティエに置かれたままのクロシェを手に取る。一般的な刺繍針とは異なったオートクチュール刺繍専用のかぎ針で、前もって糸にビーズが通してある。漆黒の夜空を思わせる布に、煌めくスワロフスキーを刺して模様を浮かび上がらせていく。繊細に、早く、正確に針を動かしているうちに自分という存在が薄れていく。少しずつ姿を現す美しいものに一体化していくようで、気づくと数時間が経っている。けれど今日はどうも集中できなくて、テーブルに置いていた郵便物を持って部屋を出た。

玄関へ向かう途中、台所から結ちゃんの声が聞こえた。

「今日はお父さんいないから。そう、今治の人のとこ」

『あんたんち、ほんと、すごいね。奥さん公認の浮気って異常だよ』

スマートフォンをスピーカーにして話しているのか、結ちゃんの友達の声も聞こえる。リズミカルに包丁がなにかを刻む音が混じる。にんにくのいい香り。

「わたしは慣れてるけど」

『それがおかしいって言ってるの』

ふたりの会話を背に、サンダルで家を出た。

なかなか暮れない八月の黄昏どき、空気を震わせる蟬の啼き声を浴びながら歩いていく。少し先に雑貨店があり、休憩用のベンチで奥さんたちが話をしている。通りすぎるときに会釈だけを交わし、生態のちがう魚のようにわたしたちはすれちがう。

——北原先生も浮気なんてねえ。

――その前に暁海ちゃんが相当しでかしたから。

――あれは北原先生、よく許したと思うわ。

――許してないわよ。だから女作ったんでしょう。

島のあちこちで交わされる噂話。娯楽の少ないこの島では、我が家の破綻した事情は島民共有の現在進行形リアル・エンタテインメントだ。

視界の先に夕日を照り返す銀色の海が見える。この時間は穏やかで、波音もほとんど聞こえない。ゆるくうねる海岸沿いを歩いていくと、向かいからふたり乗りの自転車が走ってきた。わたしが通った高校の制服だ。男の子はハブステップに足を乗せ、自転車を漕ぐ女の子の肩に手をかけている。髪をなびかせ、笑い声を潮風に流し、わたしの横を通りすぎていく。

遠ざかっていく制服の背中に、真昼の光が差し込む高校の廊下を思い出した。学校指定の白いシャツの群れの中で、ふいに鼻先をかすめたアルコールの香りまで。

第一章　潮騒（しおさい）

青埜櫂　十七歳　春

「飲んでるの？」

視線を上げると、落としたプリントを拾ってくれている女子と目が合った。同じ学年の井上暁海。フルネームを知っているのは、この島の高校が一学年三十人ほどしかいないからだ。去年まで通っていた京都の高校とは別世界だ。質問が聞こえなかったふりで、俺はその場を去った。

教室へ戻りながら、真面目そうなのに酒の匂いがわかるのかと意外に思ってた。染めていない肩までの黒髪、日に焼けた肌、リップも塗っていない無造作に乾いた唇。あの女が特別ださいわけではなく、島の生徒はみなあんな感じだ。南瓜型のヘルメットをかぶって通学している下級生を見たときは、あまりの純朴さに胸を打たれたほどだった。

帰り支度をしていると、ポケットの中でスマートフォンが震えた。

［学校終わったら教えて］

母親からのメッセージだった。

［終わったけど、なんで］

［魚が安いから漁港まできて］

めんどくさいからいやだと返したが、もう既読がつかず舌打ちした。今日は半日授業で、まだ太陽が照りつける海岸線をたらたらと歩いていく。

「櫂（かい）、こっちー、かーい、かーい」

水揚げ作業をするおっさんや、魚を買いにきた島のおばちゃんたちに混じって、薄桃色のひらひらしたワンピースを着た女が手を振っている。

「もう、なんぼ待たすんよ。日焼け止め持ってきてへんのに」

「急に呼び出したんそっちやろ」

島に引っ越して一年が経つが、母親と俺は京都弁が抜けない。俺は親しく話をする友人がいないせいだが、母親の場合は単純に男受けを狙（ねら）ってのことらしい。

「ふたり暮らしやのに、なんぼ買うねや」

渡されたビニール袋の中には、これでもかと氷と魚が詰まっている。

「お刺身にしてお客さんに出そうと思て」

「島のおっさんは刺身なんか食い飽きとるやろ」

「せやろか。あたしは大好き」

自分が好きなものは相手も好きだと思える。よく言えば素直、悪く言えばひとりよがり。最初はかわいくても最後は男にうっとうしがられる女の典型だ。

「こんにちは。お天気ええですねえ」

母親がすれちがう島民に挨拶をする。おっさんどもは鼻の下を伸ばし、おばちゃんたちは表面的な愛想笑いで受け流す。母親はこの島で唯一のスナックをやっている。うちは母子家庭で、父親は俺が生まれてすぐ胃がんで死んだそうだ。母親は一時たりとも男なしでは生きられない女で、物心ついてから常に男出入りが激しかった。今回も京都で知り合った男を追って、瀬戸内の小さな島へとやってきた。結婚の約束をしているそうだが、どんなもんだか。こいつは家庭を任せられるタイプではない、と息子の俺は断言できる。

島にも居酒屋はあるが、あからさまに色を売りにした店は他にない。日に焼けて健康的な島の女に比べると、白くてフニャフニャしてやわこい京都弁でしゃべる母親は異質だ。そういう女の息子である俺も異質だ。俺は早くここから解放されたい。

家に帰ると注文した酒が届いていた。店の前に置かれた段ボール箱を中に運び、伝票と見比べながら棚にしまっていく。いつものウイスキー、ビール、焼酎。

酒やつまみの在庫管理と発注は、中学のころから俺がしている。そのころ母親が『今度こそ最後の恋』というやつをして、店をほったらかしにしたので、しかたなく手伝ったのがきっかけだった。結局は男に捨てられ『最後の恋』はあっけなく終わったが、俺が店の手伝いをすることだけは当たり前のように継続されている。

「櫂、魚のうろこ取って」

「自分でせえよ。刺身大好きなんやろ」

「お刺身は好き。うろこは気持ち悪い」

しょうがねえなあと厨房へ入った。母親をどかし、尾から頭へと流れに逆らって包丁を動かしていく。薄灰色のうろこがステンレスのシンクに飛び散る。

「ありがとう。なんやかんや言うてやってくれるし、あんたはほんまに優しい」

すべて処理してしまうと、母親が後ろから抱きついてきた。はいはいと振りほどいて在庫の管理に戻った。彼氏と同じように息子に接するのはやめてほしい。

「あーあ、友達ほしいなあ」

ぽつりとしたつぶやきに振り返った。

母親は真横から覗き込むように、小刻みに鯛に包丁を入れている。バットにはぼろぼろの不細工な刺身が並べられている。母親はおかしな体勢で話し続ける。

「漁港にきとった人に話しかけたけど、天気の話くらいしか返ってこうへん」

そりゃそうだろう。身元のしっかりした移住組ならともかく、知らない土地に男を追いかけてやってきたスナックのママに、島の女がそうそう心を開くものか。加えて母親は距離感もおかしい。初対面でいきなり恋人ののろけ話をして相手を引かせる。

「あたし、昔から女友達できひんの、なんでやろう」

「なんも考えんで生きとるからちゃうか」

「ひどーい。めっちゃ考えとるもん」

三十も半ばだというのに、甘ったるい話し方をする。そういうところも同性をいらさせるのだろう。適当に相手をしていると店のドアが開いた。

「あーくん」

母親の意識は一瞬で恋人へと移った。そういうところもだ、と俺は思う。いつも男を優先して女友達との約束を反故にし、自ら友情を駄目にしていく。

「あーくん、どうしたん。今日早いやん」

「ほのかちゃんに会いたかったから」

あーくんは隣島の造船所で働いている。実家は東北で、震災のあと他県に出稼ぎに出るようになり、京都で仕事をしていたときに母親と知り合ったそうだ。

「ええクロダイがあったん。お刺身にしたんやけど食べる?」

「食べる。ほのかちゃんの飯はなんでもうまい」

「あーくん、大好き」

こういうとき、子供は見ざる言わざる聞かざるを貫くしかない。俺は炊飯器から丼に飯をよそい、ぼろぼろの刺身を雑に盛り、直接醬油をかけてチューブのわさびを絞り出した。即席の味噌汁もつけ、いちゃつくふたりを横目にカウンターで飯を食ってさっさと上に引き上げた。

うちは一階が店舗になっていて、二階が住居部になっている。しばらくすると階下からカラオケの前奏が流れてきた。あーくんはいつもミスチルを歌う。きっと母親はカウンターに頰杖をついて、うっとりと恋人を見つめているのだろう。

——今度こそ、長続きしてくれよ。

心からそう願う。男に捨てられるたび、ぐしゃぐしゃに泣いて縋りついてくる母親の面倒を見るのはもう飽きた。さて、とヘッドホンを耳に当てる。素人の雑音を遮断してノートパソコンを起ち上げ、尚人から届いたメールに添付されているデータを開いた。

――あ、すげえ。

一瞬で世界が切り替わった。俺の頭の中にしかなかった物語が、コマ割りをされた漫画になって躍動している。その迫力と感動に初見はいつも昂ぶってしまう。興奮のまま飛び跳ねるように読んでいき、二度目は原作者の目でじっくりとページを送っていく。

久住尚人とは二年前、漫画や小説を投稿するサイトで知り合った。俺は小説を、尚人はイラストを、最初は『いいね』を押し合うだけだったが、ある日、尚人のほうから俺の小説を漫画にしたいと連絡がきた。元々好みの絵だったが、上がってきた漫画は予想以上に恰好よかった。なにより好感を持ったのは、尚人が原作を尊重してくれるところだった。

原作と作画でコンビを組んでも、喧嘩別れをするパターンは多い。物語の核は原作者にあり、漫画の核は作画者にあるからだ。同じ強さで引き合う綱がぴんと張っている状態が理想だが、どちらかが力負けすればずるずると作品自体が崩れていく。尚人は細かな部分でも俺に確認を取り、だからこそ俺も尚人に物語を委ねようという気になった。俺と尚人の作品はサイト内でも評判がよく、勢いづいた俺たちは大手出版社の少年誌に投稿した。結果は選外。努力賞にすら入らずにへこんでいたとき、同じ出版社の青年誌の編集者から連絡がきた。

――きみたちの漫画は青年誌向きだと思います。

植木さんという編集者はそう言った。投稿した少年誌の編集者から『いい新人だけど、うちよりそっち向きだと思う』と原稿が回ってきたそうだ。内容がよくても読者層によっては刺さらないと言われ、その視点はなかったと気づいた。

それから植木さんは俺と尚人の作品を見てくれるようになり、去年、植木さんのアドバイスをもらって仕上げた投稿作が青年誌の優秀賞を獲った。そこから正式に担当編集者になった植木さんと一緒に、今は三人で連載枠の獲得を目指している。

――将来はプロの漫画家になるの？

――夢があるっていいなあ。

当時通っていた京都の高校でちょっとした話題になったが、俺自身は夢なんて見たことがない。男に夢中になるたび息子の存在を忘れる母親。男と会うために小学生だった俺を家にひとり置いていくなんて日常茶飯事だった。

母親は昔からスナック勤めだったので留守番には慣れていたが、寂しさにまで慣れることはできない。ひとりの夜、俺は漫画の世界に逃げ込んだ。友人から借り、近所の古本屋で立ち読みし、読んでも読んでも尽きない仮想世界が俺を慰め、現実から逃がしてくれた。俺にとって物語は夢ではなく、俺を現実から連れ去ってくれる必須の手段だった。

そのうち自分でもノートに漫画のようなものを描くようになった。けれど俺には絵のセンスがなかったようだ。頭の中にあふれる世界を早く形にしたくて台詞ばかりを書いていき、段々とそちらが多くなったというわけだ。

尚人は逆だと言っていた。ただただ好きなシーンを描きたいだけで、それらを物語として組み立てられない。物語しか書けない俺と、絵しか描けない尚人。不完全であるがゆえ互いにないものを補い合える、きみたちなら1＋1以上になれると植木さんは言う。

俺にはよくわからない。足りないことは俺にとっては苦しみや寂しさでしかない。歪なものに、歪であるがゆえの価値を与えるのは常に他人だ。

曲と曲の切れ目に、かすかにあーくんが歌うミスチルが聞こえる。ヘッドホンを強めに当てて遮断し、カラーボックスに置いてあるウイスキーを取ってマグカップにそそいだ。ボトルにはかすれた白マーカーでカズさんと書いてある。こなくなった客のボトルだ。そのままストレートで飲んだ。酒は中学生のころから飲んでいる。

——あの人とおんなじ飲み方やねえ。

俺の父親もウイスキーのストレートが好きだったそうだ。母親は身体(からだ)に悪いよと形だけ咎(とが)め、それ以降は見ないふりをしている。自分が好き勝手をしているせいか、俺のこともとやかく言わない。気楽な一方、親の愛情とはなんだろうと思う。

ひとくち、ふたくち、酒が通る道順に熱が生まれ、全身が重くなり、逆に意識は浮遊する。酒も漫画も、『ここではない世界』へ自分を飛ばすためのツールだ。

両手でヘッドホンを強く押さえつける。聴覚を音楽で満たし、思考を物語世界でいっぱいにする。アルコールが回ってきて、意識が俺の輪郭(りんかく)から抜け出して広がっていく。このときだけ俺は自由になれる。母親の面倒も、酒の在庫数も、来月の支払いもぶっ飛んで、どこにもない物語の世界で好きに遊べる。

――飲んでるの？

ふと井上暁海の顔がよぎった。

井上暁海　十七歳　春

今夜もお父さんは帰ってこない。お父さんに恋人がいることを、わたしもお母さんも知っている。そればかりか島中の人が知っている。

——東京からきた裁縫の先生だって。

——ほっときな。街の人に島暮らしは続かないよ。

——男の浮気は風邪みたいなもんだから。

おばさんたちに励まされ、お母さんは鷹揚に笑っていた。

——わからんなあ。嫁より年上だっていうぞ。

——ちらっと見たけど色気はないなあ。

——たまにはちがうもんを食いたいんだろ。

日に焼けた顔を赤らめて、おじさんたちが笑っていた。

それが二年前のことだ。女はすぐに島を出ていく、男はすぐに飽きる。みんなそう思っていたけれど、三年目に入った今年の春、お父さんは家を出ていった。お母さんはもう笑わなくなった。常にいらいらして、ちょっとしたことで怒るようになった。

自分が夫を一番理解している、夫はいずれ戻ってくる、だからこそ自由に泳がせることができるという妻の余裕。本当は最初からそんなものなかっただろうに、そう装うことでお母さんは自分を保っていたのだと、最近わかるようになった。

少し前からお父さんが週の半分しか帰ってこなくなり、今はもう一度も帰ってこない。お母さんは怒りと憂鬱に塞ぎ込み、月に一度、橋を渡って今治のメンタルクリニックへ安定剤をもらいにいく。島にも病院はあるけれど、噂になるからいやだという。気持ちはわかるけれど、もうとっくに噂になっている。この島では些細なことすら秘密にはできない。

それでも食卓には日々朝ご飯が用意され、学校から帰ってくると掃除も洗濯も夕飯の支度もなんら変わらずしてある。つらいときは休んでと言っても、お母さんは聞かない。お父さんがいつ帰ってくるかわからない、お父さんはだらしないことが嫌いだから、そう言って完璧に家事をすませてしまうと、力尽きたようにくったりと台所の椅子にもたれる。そして以前は飲まなかったお酒を飲むようになった。

真夜中、喉が渇いて目が覚めた。一階に下りると、玄関の上がり框にお母さんが座り込んでいて驚いた。古いガラスの引き戸越し、玄関灯に浮かび上がるお母さんは幽霊のようだ。お母さんを包む空気全体に、うっすらとお酒の匂いが立ちこめている。

「なにしてるの？」

おそるおそる声をかけると、お母さんがゆっくりと振り向いた。夜中なのにきちんと服を着込んで化粧までしている。どうしたのと問うのも怖い。

「ねえ、暁海」

「なに」

「お父さんの様子、見てきて」

息を飲んだ。

「……今から？」

「明日でいい。三者面談で学校終わるの早いでしょう」

わたしがなにかを答える前に、お母さんは早口で話し出した。

「相手の人、今治で刺繍教室やってるんだって。すごいね。でも女ひとりで食べていくって大変だから性格はきついだろうね。お父さんは島の男だから、女に首根っこ押さえられて黙ってられるはずないし、そろそろ帰ってきたいんじゃないかしらね」

「お母さん」

「男の人は面子があるから、こっちから折れて迎えに行ってあげないとね。癪だけど、恰好つけさせてあげないと戻るに戻れないでしょう」

「ねえ、お母さん」

「お父さんね、ああ見えてロマンチストなのよ。隠してるけど、実は恋愛映画とか好きなの。だから、きっと、それっぽい気分を味わいたくなったんでしょうよ。かわいいもんよ」

わたしは薄暗い玄関に立ち尽くしたまま、お母さんがぶつぶつぶやいているのをじっと聞いている。親という存在への絶対的な信頼感。安心感。それが波打ち際に書いた字のようにあっけなくさらわれていく。わたしは怯えることしかできない。

今朝は不安と共に目が覚めた。おずおずと台所を覗くと、おはよう、とお母さんが振り向いた。目玉焼きと卵焼きとどちらがいいかなど、いつもと特に変わりない。

――昨夜のことは夢だったんだ。

そう思って流すことにした。夢なんかじゃないとわかっているけれど、朝食と一緒に無理矢理に記憶を飲み込んで、いってきますと玄関を出るとき、これとメモを渡された。隣島のバス路線図と降車するバス停、簡単な地図が書いてある。

「ご飯作って待ってるって、お父さんに伝えてね」

固まってしまったわたしに構わず、お母さんは奥へ戻っていった。

その日の授業はほぼ上の空で、お昼で学校が終わったあとは図書室へ逃げ込んだ。一応受験用の参考書を開いたけれど、視界を滑っていくだけで頭に入ってこない。

高校を卒業したら島を出て、松山か岡山の大学に進学するつもりだった。同級生も遠い近いの差はあっても島を出ていく子が多い。島には仕事がない。そして将来を共にしたいと思える相手もいない。全校生徒あわせて九十人ほどの高校で恋愛が成立するなんて奇跡だ。もちろんその中でつきあう子たちもいて、無事結婚までいければ平和だけれど、別れるとちょっとややこしい。何年経っても、他の誰かと結婚しても、なにかのおりに『あいつらは昔つきあっていた』と言われ続けるなんて、想像しただけでげんなりしてしまう。

さらにいやなのは、一度でもつきあったら『あいつは誰それのお古』という目で見られることだ。それが女限定ということにも納得いかない。男は勲章みたいに扱われる。そんなの時代遅れだと、お爺ちゃんたちだって知っている。けれど世界と島は半透明の卵の薄膜のようなもので隔てられていて、やっぱり島には島の流儀がある。

――わたしはもっと広い世界を見てみたい。

光が差し込む天窓を見上げ、眩しさに目を眇めた。お父さんがこのまま帰ってこなくて離婚になれば、専業主婦のお母さんとわたしの生活はどうなるのだろう。進学どころの話ではなくなる。じゃあ、一体どうすればいい。

奨学金をもらおうにも、わたしはそれほど優秀じゃないし、借りるタイプは返済が大変らしい。離婚してもお父さんは娘の学費を出してくれるだろうか。たかが一年先の未来すら見えなくて、参考書を閉じてしまった。だって勉強したって無駄になるかもしれない。

ぐるぐる考え込んでいると、スマートフォンが震えた。親戚のおばさんからで、今日は大漁だから漁港に魚をもらいにおいでとメッセージが入っている。いつもなら面倒くさく感じるのに、今日はお父さんを迎えにいけない理由ができてほっとした。

海岸線を自転車で走っていく。なににも遮られず島に届いた海風に髪が逆巻いて、額や頬を軽く叩かれる。一年を通して穏やかで明るいエメラルド色の海。ほのかに温かな日差しとまだ少し冷たい潮風。このままどこまでも走っていきたくなる。

わたしは島が嫌いなわけじゃない。旅行で他の海を見ても、やっぱり島の海が一番だと感じる。自分が生まれ育った島を愛する気持ちと、島から出ていきたい気持ち。

正反対のふたつがわたしの中で渦を巻いている。

漁港にはすでに鍋(なべ)やザルを持った人たちが並んでいて、漁師のおじさんたちが魚をどばどばと入れている。銀色のイカナゴが春の陽光に光り輝いている。ビニール袋をわけてもらおうと知り合いを探していると、見慣れない女の人が目についた。

日焼けしていない白い肌にウェーブのかかった明るい髪。薄荷(はっか)色のマキシ丈(たけ)のワンピースが似合っている。造船所の工員を追いかけて、息子と一緒に京都からきたと噂で聞いた。愛想よく周りに話しかけているけれど、嬉(うれ)しそうな男の人たちとは対照的に、女の人たちからは避けられている。なんだか痛々しいなと思って眺めていると、隣に誰かが立った。同じ学年の青埜(あおの)櫂だ。指定ではない黒のバッグが都会の子という感じで、わたしたちと同じ制服なのになぜか垢抜(あかぬ)けて見える。

櫂は他人みたいな目で自分の母親を見ている。目が大きな島の子とはちがって、すうっと横に細く流れている。なのにきつく見えないのは目尻が下がっているからか。甘いのか鋭いのか、よくわからない顔立ちをしている。

「あ」

潮風が吹いて、流れてきたお酒の香りに思わず声が洩(も)れた。櫂がこちらを向く。なんだよという顔。しまったと思いながら、わたしはしかたなく口を開いた。

「また、飲んでる？」

以前、学校の廊下で訊いたときは無視された。

櫂は首をかしげ、答えようか答えまいか考えるそぶりをした。

「なんでわかんねや」

無視されなかった。それだけのことにほっとした。

「島の男の人はよく飲むから」

「そうなん？」

月に二度、集会所で寄り合いが開かれる。小学生くらいまではよく遊びにいった。島のあれこれを話し合うという名目で、最後は宴会になることが多い。お酒の匂いには子供のころから慣れている。でもそれらと別種のお酒があることを、わたしは最近になって知った。陽気なお酒よりももっと強く香るのは、ひとりぼっちで飲むお酒だ。お母さんの酒量は日毎に増えて、台所の流しの下には酒瓶が増えていく。

「かーい」

魚の入った鍋を持ち、櫂のお母さんが駆けてくる。

「見て見て。今日はイカナゴ。ぴかぴかやろ。なんにしよ」

「なんでもええわ。つうか、これくらいひとりで持てるやろ」

鍋を受け取ろうとする櫂の手からひらりと逃げ、おばさんはわたしを見た。

「彼女？　かわいいやん」

ぎょっとして、慌てて首を横に振った。

「ええのええの。邪魔してごめんな。魚はええからデートしてき」

「ただの同級生や」

「照れんでええやん」

おばさんはひとりではしゃぎ、鼻唄（はなうた）を歌いながら帰っていった。薄っぺらいサンダルのせいか歩き方が危なっかしい。薄荷色のワンピースの裾（すそ）が風に舞い、おばさんごと飛んでいってしまいそう。妙に不安定な雰囲気で、漁港のおじさんたちはちらちら視線をそそいでいる。男の人はああいう感じの女の人が好きなんだろう。お父さんもそうならよかった。ああいう人なら、お父さんはうちに戻ってきたような気が——。

「そんな、にらまんといたって」

えっと隣を見た。

「女に好かれるタイプやないけどな」

じっと見ていたのを誤解されたようだ。

「にらんでない。綺麗なお母さんだなと思って見てただけ。島にはいないタイプ。近所のおばさんたち、自分の旦那(だんな)さんがあんな人と浮気したらっていつも心配してる」

早口の言い訳に、櫂は口元を歪(ゆが)めて笑った。

「心配なんかせんでええよ」

「え？」

「しょせん浮気程度の女、ちゅうことやろ」

すぐには意味がわからなかった。頭の中で櫂の言葉を反芻(はんすう)し、ようやく自分がとんでもない失言をしたことに気づいた。櫂は怒ってはおらず、けれどわたしを見る目の温度は低い。

「あの、わたし、そういう意味で言ったんじゃなくて」

自分の失礼さに耳たぶまで熱くなっていく。

「わかっとるよ。気にせんでええ。ほな」

櫂が踵(きびす)を返し、わたしは反射的にシャツの背中をつかんだ。

櫂がぎょっと振り返る。

「なん？」

怪訝そうな視線とぶつかる。けれど言葉が出てこない。櫂のお母さんは男を追って島にきた。そういう類いの女だと馬鹿にしたと思われた。そうじゃない。いいや、そうだったのかもしれない。心のどこかでわたしは櫂のお母さんを軽んじていたのかもしれない。だから無意識にあんな言葉が出たのかもしれない。でもそれだけじゃなくて、わたしは、わたしは――。

面食らっている櫂のシャツを引っ張って、漁港前のバス停へと大股で歩いていく。わたしはなにをしているのだろう。頭の中はぐちゃぐちゃで、櫂はこれ以上なく迷惑そうな顔をしている。けれど引っ張られるまま ついてくる。一時間に一本のバスは、幸か不幸かすぐにきた。

「どこ行くん？」

平日の昼間、がらがらのバスの最後尾に座って櫂が訊いてくる。

「ほんまにデートするん？」

首を横に振る。

「……お父さんを迎えにいくの」

なぜ俺まで、という顔をされた。

「お父さん、今、好きな人の家にいて」

沈黙のあと、あー……とうつむき気味に櫂は首筋を指で掻いた。

「めんどくさいなあ」

わたしはきゅっと制服の肩をすぼめた。

「ごめん。次のバス停で降りて」

「せやのうて、大人は勝手やなあって意味」

おそるおそる隣を見た。

「愛人んちに、ひとりで乗り込むのは根性いるわな」

ふっと息を吐き、櫂はシートにもたれた。慰めの言葉はなく、つきあってやるよという空気だけが伝わってくる。親しく話したこともない男の子とふたりきり。なのに泣きたいほど安堵した。わたしたちは最後尾のシートに並んで座り、それぞれ別々の方向を見て、しまなみ海道を走るバスに揺られ続けた。

島と島を結ぶ橋を渡って隣島へ入り、メモに書いてあるバス停で降りた。果樹栽培が主でのんびりしたうちの島に比べると、造船所があるこちらの島は活気がある。

「あ、コンビニ」

地図を見ながら歩いていると、ローソンを見つけた。

「なんか買うん？」

「ううん、うちの島にはないからつい」

「そや。引っ越してコンビニないて知ったときは絶望したわ」

ちょっと寄ろ、と櫂がローソンへ入っていく。買い物をする気分ではないわたしは店内をうろつくだけで、櫂はサンドイッチとパピコを買った。コンビニを出ると、櫂はさっそくサンドイッチのフィルムを剝がして歩きながら食べ出した。

「食う？」

卵サンドを差し出され、首を横に振った。海岸沿いを歩いていくと、この島で一番大きな集落が見えてくる。大通りを山へと上がっていき、突き当たりのほぼ山の裾野に林瞳子さんの家はあった。古い平屋で、奥へ続くアプローチに黄色いモッコウバラが植えられている。

「行かんの？」

「ちょっと様子を見たい」

と裏へ回った。広い庭にはたくさんの樹や花が植えられている。無造作で手をかけていない感じがなぜかおしゃれに見える。うちのお母さんもガーデニングは好きだけれど、なんとなくちがう。凝視していると、横からパピコを差し出された。

「なに？」

「パピコは分け合うもんやろ」

なるほど、と素直に受け取った。白く咲きこぼれるユキヤナギの陰にふたりでひそみ、ちゅうちゅうと緊張感のない音を立てていると縁側から女の人が下りてきた。

「愛人？」

小声で問われ、うなずいた。お母さんより年上だから四十代半ばのはずだけれど、すごく若く見える。男の子のようなうなじの見えるショートカットにベージュのコットンワンピース、薄い化粧に真っ直ぐ伸びた背中。櫂のお母さんのようなわかりやすい女らしさではなく、植物に水やりをする姿は健やかな若木のようだ。

「イメージちゃうな」

櫂がつぶやいたとき、頭上からさあっとシャワーの水が降ってきた。びっくりして立ち上がり、しまったと思う間もなく瞳子さんと目が合っていた。

「あ、あの、すみません、わたし」

瞳子さんはなんの動揺も見せず、にこりとわたしに微笑みかけた。

「あの人の娘さんね。お久しぶり」

「え？」

「去年、今治の教室にきてくれたでしょう」

わたしは目を見開いた。お母さんに頼まれるまでもなく、去年、わたしは瞳子さんが主宰する刺繍教室の初心者コースに参加していた。

「わたしのこと、知ってたんですか？」

「あの人から名前を聞いていたし、住所も同じだったから。声をかけてくれたら挨拶しようと思ってたのよ。さすがに自分から名乗りでるわけにはいかないし」

「……すみません」

「入って。お茶でも淹れるから」

縁側で待っててねと、瞳子さんは中に入っていった。

「なに謝っとんねや」

櫂があきれた顔をしている。

「なんでも最初が肝心や。こっから巻き返すの大変やで」

「もう帰りたい」

「帰る？」

どうしようか考えていると、奥から声がかかった。

「暁海ちゃーん、中国茶は飲める？」

「飲めまーす」

思わず返事をしてしまい、あっと口を押さえたが遅い。アホちゃうかという目でわたしを見ると、櫂は低い生け垣をまたいで庭へと入っていった。縁側で緊張して待っていると、瞳子さんがお盆を手に戻ってきた。三人分のお茶とお菓子が置かれる。

「……きれい」

自然と言葉が洩れた。ガラスのティーポットの中に白と朱色の花が咲いている。

「工芸茶よ。お花を茶葉で包んであるの。お湯をそそぐとゆっくりほどけて、中のお花が開いていく。これは百合と茉莉花のプーアル茶」

「マツリカ？」

「ジャスミンのこと」

お茶の中に咲く花々に見とれるわたしの横で、瞳子さんは小さな金色のナイフでパウンドケーキを切り分けていく。とろりと滴るような白いアイシングが童話に出てくるお菓子のようだ。小皿に移されるとき、爽やかな香りが鼻腔をくすぐった。

「いい匂い」

「あなたの島で穫れた檸檬よ」

お父さんからもらったのだろうか。

「まだ季節じゃないのに」

「ドライフルーツにしておいたの。長く保つから」

「そんなの家で作れるんですか」

「簡単よ。オーブンに入れて低温で乾かすだけ」

うちでもお母さんがよくジャムやお酒やシロップにするけれど、ドライフルーツは初めてだった。ガラスのティーポットに真っ白な小皿、金色のナイフとフォーク。

――こういうの、どこに売ってるんだろう。

瞳子さんの指先には肌色に近いマニキュアが塗られていて、いまさらながら、手がとても綺麗なことに気がついた。しっとりとなめらかに長い指。ぱっと見は男の子みたいなのに、細かなところが行き届いている。わかりにくいそれらは、なんだか秘密めいている。

――お母さんの爪と全然ちがう。

息苦しくて、室内へと視線を逃がした。ありふれた外観を裏切って、室内は元々の部屋の壁を取り払ったのだろう、広いリビングダイニングに改装してある。板張りと真っ白な漆喰の壁。座り心地の良さそうなソファに男物のストライプのシャツがかかっている。お父さんのだろうか。

「あなたには申し訳ないと思ってる」

ふいに瞳子さんが言った。なにか答えなくてはいけないと焦る。どう考えても不倫は悪いことで、けれどわたしを見る瞳子さんの目は真っ直ぐすぎる。

あなたには、申し訳ないと、思ってる。

『には』という言葉で、申し訳ないのはわたしに対してだけで、お母さんにはそうじゃないと言外に告げている。瞳子さんはたった一言で我が家の暗い未来を提示した。この人はお父さんを返してくれないだろう。わたしは怒るべきだ。筋も道理もあったものじゃない。せめてごめんなさいと頭を下げてほしい。でも謝罪されてもなにも変わらない。わたしはまだ男の子とつきあったことがないけれど、恋愛は『そういうもの』ではないことくらいはわかる。

瞳子さんは特別美人ではない。顔だけならお母さんのほうが愛嬌があってかわいいかもしれない。それにお母さんよりも年上だ。でも凜としている。それは美人とか、色っぽいとか、若さとかよりもずっと長持ちする上等な品物のようだ。

泣いてしまいそうで、唇を嚙みしめると瞳子さんが表情を揺らした。

そのときわかった。瞳子さんも平静ではないのだと。

お互い決壊まであと少しというときに、ぱんっと手を叩く音が響いた。わたしと瞳子さんは同時にびくっと肩を震わせ、音がしたほうを見た。

「いただきます」

耀が両手を合わせて頭を下げ、パウンドケーキを手づかみでむしゃりと食べた。グラスに注がれた花のお茶をごくりと飲む。おいしいともまずいとも言わず、残りのパウンドケーキをお茶で流し込むと、耀はもう一度ぱんっと手を打ち鳴らした。

「ごちそうさまでした」

手を合わせたまま頭を下げる。芝居がかった動作に瞳子さんが笑い、あふれそうだったわたしの涙も引っ込んでいた。そうして落ち着いて食べたパウンドケーキはおいしかった。バターがたっぷり使われていて、檸檬の風味が爽やか。お茶は今まで飲んだことのない香りと味がした。

「お邪魔しました。お茶とお菓子、おいしかったです」

きたときと同じように、わたしたちは庭の生け垣をまたいだ。

「夕飯も食べていかない？」

「いえ、帰ります」

「あの人、もうすぐ帰ってくるから」

「うちでもお母さんがご飯を作ってるんです」

「そうか、そうよね」

瞳子さんはうなずき、またいつでも遊びにきてと言った。

「あの人になにか伝えることはある？」

少し考えてから、首を横に振った。瞳子さんは最後までお父さんのことを『あの人』と呼んだ。わたしに合わせて『お父さん』とは呼ばなかった。

集落の坂を下り、西日が眩しい海岸線をバス停へと歩く。波打つたびに波頭が野蛮なほど照り映えて目に痛い。うつむくわたしの足下から長い影が伸びている。

「あれはあかん。手強すぎる」

櫂がつぶやいた。同感だ。途方に暮れて歩くわたしの脇をバスが追い抜いていった。バス停はすぐ先で、走れば間に合う。けれど身体のどこにも力が入らない。

「しんどいか？」

覗き込まれ、大丈夫と答えた。

「次のバスいつや？」

「一時間くらい」

櫂は顔をしかめた。

「しゃあない。どっかゆっくりできるとこ。マクド――」

ないかと櫂は肩を落とし、それから海へと視線を投げ、とりあえず座ろかとガードレールをまたいで護岸ブロックの急な傾斜を大股で下りていった。

誰もいない波打ち際に、なぜか蜜柑がひとつ打ち寄せられている。さっき下りてきた護岸ブロックにもたれ、足を砂浜に投げ出した。少し距離を取った隣に櫂も腰を下ろす。櫂がスマートフォンをいじりだしたので、わたしは安心して黙ることができた。これからどうすればいいのだろう。

家に帰りたくない。お父さんは戻ってこないよ、なんてお母さんに言えない。投げ出した白いスニーカーのつま先をメトロノームみたいに左右に揺らしてみた。規則正しい動きに専念することでぐちゃぐちゃの心を整えたい。カチ、カチ、カチ、自分を小さな機械だと思い込んだら、息苦しさがましになったりしないだろうか。

「海がこんな静かやって、この島きて初めて知ったわ」

櫂が言った。

「瀬戸内は穏やかなんだよ」

「波の音もせん」

「夕方は特に凪ぐから」

わたしが小さな機械になっている間に、太陽はもう水平線近くまで落下していた。海が静かに姿を変えてゆく。猛々しいほど煌めいていた海面は暗く沈み、まったりとしたうねりを見せはじめ、その下にとんでもない深さがあることをわたしたちに気づかせる。

「引きずり込まれそうや」

「怖いね」

「おまえは見慣れとるやろ」

「見てても慣れないよ。お祖父ちゃんがよく言ってた。知ってるつもりで油断したら持っていかれるって。去年もあっちの島で観光客が溺れて死んだ」

「死んだんか」

「瀬戸内は穏やかな海だけど、場所によって強い渦が巻いてるの。近づいたら簡単に引きずり込まれるから、地元の子ほど絶対に近づかないところがあるよ」

この島で生まれ育ったからこそ、海が怖いものだと知っている。日によって、季節によって荒れ狂う。世界に平穏はない。人生に嵐は避けられないと教えるように。

「相手、うちのおかんやったらよかったな」

「え？」

「うちのおかん、惚れると相手が全部になりよんのや。家も仕事もほったらかしで、最初はかわいいけど、男からしたら、重とうなるんやろな。結局は捨てられよる」

返事に困っていても、櫂は構わず続けた。

「うちのおかんなら、そのうちおっちゃんも戻ってくるて言えるけど」

ああ、そうか。この人はわたしを慰めようとしてくれているのだ。

「ありがとう」

「礼言われんのも微妙やけど」

そのとおりだったので、わたしは笑った。やっと笑うことができた。

櫂は砂浜に後ろ手をついて、夕暮れに沈む海を見ている。わたしは櫂が転校してきたときのことを思い出した。あのときは学校中、いや、島中がざわついた。

――お父さんいなくて、お母さんがスナックやってるんだって。

――お母さんが酔っ払って、木元のおじさんに抱きついたって聞いた。

――青埜くんとはしゃべるなってお祖父ちゃんから言われた。

校内で見かける櫂はいつもひとりで、けれどかわいそうではなかった。櫂にひとりはよく似合っていたからだ。身勝手にも、そういう雰囲気がさらにわたしたちを気後れさせた。良くも悪くも自分たちとはちがう異質ななにか。でも、今、隣にいる男の子は普通の、いや、普通よりもずいぶんと優しい男の子に思える。

「今日はありがとう。いやなことにつきあってくれて」

改めてお礼を言った。

「ええよ。俺も気が楽になったし」

「楽？」

「この島には正しい家族しかおらんと思とった」

「なにそれ」

「おとん、おかん、子供、ジジババ、親戚ぎょうさん」

「そんなことないよ。裕太んとこは離婚してお母さんが島を出ていったし、舞依ちゃんのお父さんは五年くらい前に前田先輩のお母さんと怪しかったし」

「こんなちっさい島ん中でようやるわ」

「そうだね。島の中じゃ秘密なんて全部バレるのに。しかも何年経っても忘れてもらえないんだよ。なにかあるたび、あいつは昔あんなことをしたって話題にされる」

「俺んちのことも全部知られとったなあ。どんだけ噂好きやねや」

「他に娯楽がないから」

コンビニエンスストアもマクドナルドもカラオケボックスも島にはない。だからおしゃべりが大事な娯楽だ。なにかあるとみんなで寄り集まって話し合う。

「やっぱ人間はコミュニケーションする生きもんなんやな」

「よく言えばね」

うちのお父さんが浮気をして妻と子供を放り出したことは、何年経っても忘れてもらえないだろう。この先もずっとぬるく同情され続ける未来に気が滅入る。

「他人を笑かすために消費されんのはいややな」

うなずきながら、こんなことを話し合える相手がいてよかったと思った。

「いつもお酒飲んでるの？」

すっかり構えをといて訊いてみた。

「せやな」

「お母さんに怒られない？」

「彼氏以外、基本どうでもええ女やから」

「息子でも？」

「息子でも」

「腹立たないの？」

「立たん」

「なんで」

「立ててもしゃあない」

櫂は立ち上がって波打ち際へと歩いていく。

「大人なんて、そんな偉い生きもんやないよ」

制服のポケットに手を入れて、櫂は足下に打ち寄せている蜜柑に視線を落とした。大人だってわがままを言う。勝手をする。あれがほしいとお菓子の棚の前で駄々をこねる子供みたいに。それをわたしは十七歳で知って戸惑っているけれど、櫂の声や態度は凪（なぎ）の海のように穏やかで、この人はもっと幼（おさな）いころにそれを知ったのかもしれないと思った。

潮風で軽く膨（ふく）らんだシャツの背中を眺めていると、ゆるいカーブを描く海岸線の向こうからバスがやってくるのが見えた。もっと話したかったな。そう思ったとき、

「また、しゃべろうや」

櫂が振り返り、わたしは早すぎるタイミングで、うん、と答えた。

帰りのバスでも最後尾に座った。行きとはちがってずっと話し続け、気づくとわたしたちの島に戻っていた。途中、化学の北原先生を追い抜いた。北原先生の自転車の前カゴには食料品店の袋が積んである。白衣の裾が風になびいている。

「着替えもせんて、どんだけ急いどんねん。鬼嫁なんやろか」

気の毒そうな言い方に笑った。

「北原先生はこの島で唯一のシングル・ファーザーなんだよ。結ちゃんって小さい娘さんがいて、島にくる前は関東の高校で教えてたって。役場のおじさんが言ってた」

「役場の人間が個人情報ぺらぺらしゃべってええんか」

「そういうところなんだよ」

「はよ脱獄したいわ」

櫂にとってこの島は牢獄と同じらしい。

「卒業したら島を出るの？」

「元々おかんの都合だけやしな。おまえは？」

「考え中」

少し前までなら、当然のように島外に進学と答えていたはずだけれど——。

話しているうちに漁港前のバス停に着いた。櫂の家はここから歩いて二十分程度。わたしの家は山をひとつはさんだ集落だけれど、自転車を置きっぱなしにしていたので一緒にバスを降りた。

「こっから山越えすんのか？」

櫂は顔をしかめた。

「暗いし危ない。送ったる」

「いいよ。慣れてるし」

わたしは自転車にまたがり、はい、と顎(あご)をしゃくった。

「なん？」

「後ろ乗って。ついでだし送ってあげる」

「逆やろ。おまえが後ろ乗れや」

「いいから。わたしたちはちっさいころから山越えして鍛(きた)えてるの」

早くと急(せ)かすと、櫂は渋々(しぶしぶ)後ろのハブステップに足をかけた。

「しんどなったら言えよ。無理すんなよ」

そんなふうに気遣(きづか)ってくれる男の子は初めてだった。島の男の子だって優しいけれど、それとは少しちがう。自分が女の子なのだと意識させられる感じ。櫂の手がわたしの肩に掛かる。制服の薄いシャツ越しに体温が伝わり、左胸のあたりが騒がしくなる。勢いのまま強くペダルを踏み込むと、背後でうおっと声が上がった。

「飛ばしすぎやろ」

「普通だよ」

車も信号もない。島の子はスピードをゆるめたりしない。

「街灯ないし暗すぎんねん」

「普通だって」

「おまえの普通と、俺の普通はちがうねや」

耳元の風切り音に負けないよう、お互い声を張り上げた。

「都会ってそんなに明るいの？」

「明るい。京都は都会やないけど」

「ここに比べたら都会だよ」

「比べんのが間違っとるわ」

大口を開けて笑った。風が正面から吹きつけて、逆巻く髪が額や頬でぴんぴん跳ねる。こんなに楽しいのは久しぶりで、あっという間に櫂の家に着いてしまった。櫂の家は商店が集まる島の中心にある。以前は食堂だったけれど、今は『スナックほのか』と看板がかかっている。

「おおきに。遠回りになったやろ」

「わたしも、今日つきあってくれてありがとう」

最後の挨拶を交わしてしまうと、なんとなく間が生まれ、じゃあ、とそそくさとペダルを踏んだ。気いつけてと声がかかったけれど、なぜか恥ずかしくて振り返れなかった。

自宅の玄関前に立った途端、明るい気持ちは急速にしぼんだ。台所の小窓から漂う料理の匂いと共に現実が押し寄せてくる。今日のことをお母さんにどう言おう。どうも言えない。言いたくない。でもわたしが帰る家はここしかない。

玄関を開け、ただいまと普通に声をかけた。奥から足音が駆けてくる。

「おかえりなさい。遅かったわね」

わたしがひとりだとわかり、お母さんの笑顔が曇った。

「お父さんは？」

背中がひやりとする。

「仕事行ってた」

「待ってればよかったのに」

短い沈黙が落ちる。お母さんにとって、わたしはとんだ役立たずだ。

「ご飯できてるから」

お母さんはかろうじて笑みを浮かべ、台所へと戻っていく。わたしは洗面所に手を洗いに行った。お腹は空いているけれど、お母さんとふたりきりの食卓は気が重い。

夕飯はイカナゴの釘煮、筍と蕗の炊き合わせ、鶏と山菜の天ぷら、どれもお父さんの好物だった。どんな気持ちで作っていたのかを思うと、瞳子さんの家でお菓子を食べたことを罪悪に感じた。百合と茉莉花が揺れるお茶も。すべて罪だ。

「どんな人だった？」

ご飯をよそいながらお母さんが問う。

「普通」

「どう普通なの」

「普通は普通」

「美人だった？」

ごまかすことは不可能で、頭の中から今日の記憶を掃き出した。

「地味だったよ。なーんか華がないっていうか」

意識して乱暴な口調を心がけた。

「お母さんのほうがまだ綺麗だよ」

「まだってどういう意味よ」

眉(まゆ)をひそめ、でも声は少し嬉しそうだ。がんばろう。がんばろう。

「気にしなくても、お父さんすぐ帰ってくるんじゃないかな」

気楽に、気楽に、重さを感じさせないように。それだけに神経を集中させる。お母さんが食卓に着いたので、一瞬で空気を変えた櫂を思い出し、いただきまーすと音を立てて手を合わせた。豆ご飯をごっそり口に入れ、鶏の天ぷらも詰め込む。

「ちょっと、ちゃんと噛みなさい」

ハムスターのように食べもので頬を膨らませ、おいしいねと伝えるように親指を立てて見せた。お母さんはあきれた顔をしたあと、ふっと目を伏せた。

「お父さん、ちゃんとご飯食べさせてもらってるのかしら。あちらさんは仕事してる人だから、家のことなんか後回しでしょう。お父さんは結構味にうるさいのに」

食べさせてもらってる――という言い方がいやだ。大人なんだから自分で勝手に食べればいい。そんな反発心とは別に、お父さんのご飯は心配ないと思う。瞳子さんの家のキッチンには使い勝手のよさそうな調理器具がそろっていた。なによりドライフルーツを手作りする人だ。

「これ、明日お父さんに持っていってよ」

お母さんが食卓を見回し、わたしはぎょっとした。

「いやだよ。めんどくさい」

「でもお父さんの好物ばかりだし」

「残らないよ。今日すごくお腹空いてるから」

鈍感を装い、皿のものを片っ端から口に詰め込んでいく。そしてお母さんを安心させるために瞳子さんの悪口をたくさん言った。心にもない言葉をひとつ紡ぐたびに舌の感覚が奪われていき、最後は味がよくわからなかった。

「ほんとによく食べたわねえ」

ほとんどの皿を空にしたときには、お母さんの顔は和らいでいた。

「お母さんのご飯おいしいから」

最後の仕上げをして、上機嫌で自室に戻った。後ろ手で襖を閉めた瞬間、メッキの笑顔がばりばりと剝がれ落ちていく。着替える気力もなくて、制服のままシングルベッドに倒れ込んだ。胃が限界まで膨張していて吐きそうだ。

――苦しい。

余分なものを詰め込まれ、必要なものが押し出されていく。横たわったまま重だるい腕を伸ばし、マットの下に隠している刺繡用の丸い木枠を引き抜いた。張られたオーガンジーには光沢のある糸で蝶が刺繡されている。あとは翅の内側をスパンコールで刺し埋めれば完成だ。

――去年、今治の教室にきてくれたでしょう。

あんなの行かなければよかった。人の旦那さんに手を出す悪い人なのに、教壇に立つ瞳子さんの背筋は真っ直ぐ伸び、明るい声は最後列のわたしまできちんと届いた。

『オートクチュール刺繍なんて、なんだかとっても大層な感じがしますよね。選ばれた特別な人たちのためのもの、普段の暮らしには必要ないもののような』

そう思う。裁縫なんてボタンつけや裾上げができれば充分。一時期お母さんが手芸に凝り、家中がファンシーな手づくり小物で埋まったときは落ち着かなかった。

『確かに必要ないんです。けれど必要ないものを愛でる、それこそが文化です。オートクチュール刺繍はパリを代表するメゾンに愛されてきた芸術です』

ぽかんとした。文化、芸術。わたしの暮らしの中にはまったくない言葉の羅列。

『オートクチュール刺繍を支える代表的な技法のひとつに、リュネビル刺繍というものがあります。それをものにできれば、こんなものが作れてしまいます』

瞳子さんがふわりと広げて見せたものに、さざ波のような溜息が満ちた。純白のウエディングベールに椿のヘッドドレス。窓から差し込む陽光に、きらきらとなにかが反射している。椿のヘッドドレスは花弁全面に真珠色のスパンコールが縫い込まれているそうだ。初めて目にする繊細な美に、わたしは一瞬で心を奪われてしまった。

月に四度の初心者コース。それ以上教室に通うことはできなかったけれど、どうしても自分でもあんな綺麗なものを作りたくて、今治までリュネビル針と柄、糸や布やスパンコールを買いにいった。お小遣いで買えるものはあまり多くなかった。元が不器用な上に、独学なのでなかなか上達しない。基本のチェーンステッチも上手にできなくて蝶の翅が歪んでいる。まあスパンコールで覆ってしまえばマシになるだろう。できあがったらキーホルダーに仕立ててカバンにつけたい。でもお母さんの目に触れたら困る。わたしが刺繍をしているなんてバレたら大変なことになる。

ベッドに倒れ込んだまま、歪な翅を見つめた。

子供のころ、いたずらをすると大人に叱られた。けれど大人だってしてはいけないことをしている。お父さんも、お母さんも、瞳子さんも。大人になるほど世界は混沌としていることを知る。とても怖くて、こんな気持ちを誰かに聞いてほしい。でも打ち明けるにも勇気がいる。噂の的はいつでも孤独だ。

——また、しゃべろうや。

夕暮れの淡い空気の中で、振り返った櫂を思い出した。

青埜櫂　十七歳　夏

夕方から相方の尚人、担当編集者の植木さんと三人でオンライン打ち合わせをした。月刊『ヤングラッシュ』の連載枠を勝ち取るべく、編集会議に提出する原稿について——。

『絶対に獲れるよ。これで獲れなきゃおかしい』

植木さんは興奮気味で、俺と尚人は満面の笑みを浮かべた。

以前投稿していた少年誌だったら、シリアスすぎると省いただろうエピソードを遠慮なく入れたことで個性がはっきり出たと植木さんは言う。

『デビュー作からちっさくまとめるなんておもしろくないよ。勝負しよう』

植木さんは編集者歴三年で、まだ担当作からヒットを飛ばしたことがない。意気込む植木さんに煽（あお）られて、普段は心配性の尚人ですら目を輝かせてこれからの話をしていた。

「雑誌で連載するなんて夢みたい」

暁海は目を丸くした。砂浜に後ろ手をついて、校則を遵守（じゅんしゅ）した長めのボックススカートから、しゃれっ気のない白のスクールソックスのふくらはぎが伸びている。

「まあ、期待せんで待つわ」

「プロの編集さんがいけるって言ってるのに？」

「植木さんもキャリア三年やし、言うても俺らと同じ新人やからな」

「でも櫂よりはわかってる」

「そらそうや。けど全面的に信用もできん」

「櫂ってさ」

暁海がこちらを向いた。

「夢があるわりに冷めてるよね」

「チビのときから現実をぎょうさん見てる」

「櫂の昔話はハードすぎる」

「生きるか死ぬかのサバイバルゲームやったわ」

茶化（ちゃか）す俺に、笑いごとじゃないよと暁海が顔をしかめる。

いいや、笑いごとだ。笑いごとにするのだと俺は決めている。悲しい話を悲しいまで終わらせるということは、昔の俺をその物語に永遠に閉じ込めるということだ。俺はそこから逃げ出して、同じ材料でまったくちがう物語を組み上げたい。それが俺自身を救うことになる。

あの日以来、俺たちはよく話をするようになった。初っ端から泥沼な井上家の内部事情を知ったからか、俺も構えずに自分のことを話せた。自己開示と秘密の共有という最短ルートを辿って、俺たちは『同じ群れの仲間』を見つけたわけだ。学校では特に話さない。放課後、わざわざ学校から離れたひとけのない浜で待ち合わせをする。この島では高校生の男女が親しくしているとつきあっていると思われる。

「連載、獲れたらいいね」

「今回あかんくても、なんとのう、この三人やったらいつか行けんのちゃうかて思てる。俺と尚人と植木さん、みんな性格ちゃうけどバランスが取れてるねや」

「尚人くんと植木さんってどんな人なの」

「植木さんは普段は大人やけど興奮すると熱血になる。高校生のときは野球部やったって聞いてなるほどって納得したわ。尚人は繊細ちゅうか重箱の隅系やな」

「櫂より年上だっけ」

「ふたつ上。東京でひとり暮らししとる」

「櫂も来年には東京に住むんだよね」

暁海はオレンジ色の空を見上げた。おまえはどうするのだとは訊かなかった。親の離婚は子供の人生に直結する。別れても父親が学費を出してくれればいいが——。

「櫂といると楽。全部話さなくても察してくれるから」

暁海は砂浜に後ろ手をついたままうつむき、俺も同じポーズで黙り込んだ。

「お腹空いたね」

重い空気を払うように、暁海は高校指定のカバンからじゃがりこを取り出した。ぺりりと紙蓋をはがし、カップを互いの間の砂浜に埋めて固定する。

「おまえのカバンは常に菓子が入っとんな」

「コンビニないからね。自給自足」

「太んで。ただでさえ立派な足やのに」

一本つまんで暁海の日に焼けた頬をつついた。うるさいと暁海が唇を尖らせる。暁海は特に美人ではない。でも意志の強そうな濃い眉と大きな目がいいと思う。

「進学のこと、とりあえずおばちゃんに相談せえよ」

「言えないよ。お酒の量また増えたし」

「進路希望調査、来週までやろ」

暁海は答えない。波音に菓子をかじる滑稽な音だけが混ざる。

「櫂はいいなあ。わたしも東京行きたい」

砂をにぎり込み、それをさらさらと落としながら暁海は溜息をつく。

「東京行って、なにするん？」

「え、なにって別に」

「おまえは勉強したいん？　それとも単に島を出たいん？」

「なに急に」

暁海は瞬きを繰り返す。俺は言おうか言うまいか迷ったが――。

「時間ないし、そろそろ現実見いよ。親がちゃんと段取りしてくれるやつらより、俺らは不利やねや。ほな手持ちのカードの中から一番譲れんもんを選ぶしかないやろ」

暁海の眉間に皺が寄る。俺をにらみつけ、あきらめたようにうなだれた。

「……今は」

そう言ったきり黙り込む。俺は待った。

「今は島を出たいのが先かも。これ以上噂話の的にされるのはいや」

暁海の父親は双方の親戚の説得で家に戻ってきたが、それでも週の半分を瞳子さんの家で過ごしている。島中に家庭内の問題を知られ、気の毒な目で見られるのはつらいだろう。常にべたべたした手で触られているような不快感は俺にも覚えがある。

「でも高卒で仕事を選べないのもいや」

「なんかしたい仕事あるんか」

「まだわからない。だから選べる自由をなくしたくない」

「大学はあとでも行けるし、資格取ったらええやろ」

「言うのは簡単だけど」

暁海は砂浜に投げ出していた足を折り曲げ、三角座りの膝を抱えて縮こまった。

「……刺繍がしたい」

「刺繍？」

「瞳子さんがやってるオートクチュール刺繍。クロシェにビーズやスパンコールを通して布に刺していくの。パリコレでも使われてて夢みたいに綺麗なの。こんな世界があるんだってびっくりして、刺繍してるときだけそっちに行ける気がするんだ」

そっち、という言葉が胸を衝いた。

一時でも現実から逃れられる、ここではないどこかへ行くための手段。

俺にとっての物語が、暁海にとっての刺繍なのかもしれない。

「プロになりたいんか」

　暁海はびっくりしたように俺を見た。

「まさか、好きなだけ。プロなんて無理だよ」

「好きやったらがんばったらええやん」

「無理。お母さんには死んでも言えない。今だって内緒でやってるのに」

「旦那を盗られた上に娘まで——はさすがにきついだろう。

「うちでやる？」

「え？」

「刺繍。めんどくさいかもしれんけど、おばちゃんにバレるよりええやろ」

「櫂の家で？　いいの？」

「俺も漫画やっとるから構ったれんけど」

　自分で言い出しておいて、不思議な気分だった。書いているとき、人の気配は邪魔なだけだ。でも暁海ならいいと思える。その理由を考えるのは照れくさい。

「ありがとう。場所代に休憩のお菓子持ってく」

「また菓子かい」

「いらない？」

「いる。瞳子さんとこで出た檸檬のケーキみたいなん食いたい」

「甘いの好きだっけ」

「ここきてから、たまに猛烈に食いとうなる」

「ケーキ屋さんないもんね。今治に出たらあるけど。今度行く？」

「ほなミスド行こ。あとうまいラーメン食いたい」

「だったら広島かなあ。尾道(おのみち)ラーメン有名だよ。はっさく大福もあるし」

「大福はいちごしか勝たんやろ」

将来の話をしていたはずなのに、いつの間にか食い物の話で盛り上がっていた。暁海とは不思議なほど話が尽きない。親のこと、将来のこと、自分のこと、会話は縦横無尽に飛び、それゆえすべての話が中途半端に終わる。泥棒に荒らされ、部屋中の引き出しが開きっぱなしになっている部屋のような関係だ。それが心地よく、どれだけ話しても物足りない感じで終わってしまう。だからまた話したくなる。

「そろそろ帰ろうか」

暁海が立ち上がった。もっと話していたいが、暁海の母親がうるさいのでしかたない。帰ってこない旦那の分まで、暁海の母親は娘に寄りかかるようになっている。初夏の夕闇(ゆうやみ)に紛れて、暁海の自転車にふたり乗りで帰る。俺はもう当たり前のように後ろに乗る。水平線の向こうにオレンジの太陽が沈んでいく海岸沿いを左に曲がり、小さな食品店や雑貨店が並ぶ商店街の端が我が家だが、いつもと様子がちがった。普段なら看板に灯りがついている時間なのに暗いままだ。

「デートでも行っとんのかな。あいつほんま男がすべての世界で生きとるからな」

自転車から降りたとき、いきなり店の窓ガラスが内側から割れた。きゃっと暁海が小さく声を上げる。アスファルトにカラオケ用のマイクが転がっている。店の中から投げられたようだ。なにごとだと駆け込むと、間接照明だけの薄暗いフロアの床で母親がうずくまっていた。引きつったような呼吸音で泣いているのだとわかる。

——ああ、またか。

びしょびしょに濡れた啜り泣きが毛穴から沁み込んできて、身体が湿り気を帯びて重くなっていく。のろのろと近づき、おかん、大丈夫かと話しかけた。

「……櫂」

母親が顔を上げる。アイライナーやマスカラが涙でにじんでひどいことになっている。床に伏している親から見上げられる、この構図には永遠に慣れない。

「今度はどした」

聞きたくない。けれど聞いてやらねばならない。しゃがんで目線の高さを合わせると、母親が這いずるように近寄ってきて俺に縋りついてきた。ああ、重い。

「あーくん、奥さんと子供おったん」

洟をすりながら母親が言う。

「船ができて契約切れたから、宮城の家族のとこに帰るって」

溜息をつきそうになるのをこらえた。あの男のキーホルダーには手作りらしいマスコットがぶら下がっていて、それは手垢でくすんでボロボロに毛羽立っていた。見た目はこざっぱりした男なのに、そこだけ違和感があったのだ。

——やっぱ家族おったか。

恋をすると男がすべてになる母親の目には映らなかったのだろう。恋が最高潮のとき、息子の俺ですら母親の視界から弾き出される。いまさら腹は立たない。深く考えなければいい。欲しても与えられないものなんて最初からないものだとあきらめればいい。期待しなければいい。

「なんでなん。全部ほかしてついてきたのに、なんでいっつもこうなるん」

「全部ほかすからやろが」

どうしても埋まらないからっぽの場所に、俺は架空の物語を詰め込んできた。寂しさを積み上げて建てたものでも城は城だ。けっして他人には明け渡さない俺だけの領地であり、生命線でもある。それがあるからひとりでも踏ん張れる。

そんなことを言っても母親には理解できない。俺の言葉は届かない。それでも俺のたったひとりの親だ。その親を馬鹿に仕立て上げた男をぶん殴ってやりたくなる。しがみつく力も尽きて母親がずるずると崩れ落ちていく。

「奥さんなんか死ねばええのに。あたしはこんな尽くしてんのに、あーくんだけ働かして家でぬくぬくしとる女のなにがええの。あたしのほうが絶対好きやのに」

ここまでされても男ではなく嫁を責める。おまえを騙したのは嫁ではなく、おまえが好きになった男だ。母親を哀れみ、親を哀れむ自分がほとほといやになる。だから考えるな、考えたらきつくなるだけだと自分に言い聞かせる。

「せやな、おかんはなんも悪うない」

なだめるように薄い背中を叩く。ああ、もういやだ。うんざりだ。

「寝かせてあげようよ」

暁海が隣にしゃがみ込む。目線の高さが同じで、それだけで俺はこいつを猛烈に信用してしまう。せやなと笑ったけれど、ちゃんと笑えたかは自信がない。

「おかん、二階行こか」

暁海とふたりで左右から母親を担ぎ上げた。階段へと向かう途中、ずるりと足が滑った。暁海も巻き込んで、床についた手も滑って仰向けになった視界に天井が映る。母親が吐いたものに足を滑らせたと理解するまでに数秒かかった。最悪だ。さすがにこれはない。後頭部や背中がじっとり濡れていく感覚が気持ち悪くて動けない。

「暁海、すまん」

「大丈夫。とりあえず、なんか楽しいこと考えよう」

俺たちは完全に脱力している。

「なに考えたらええねや」

「なにか綺麗なもの。真珠色のビーズ、七色のスパンコール、蝶々の光る翅」

暁海は目を閉じてつぶやく。自分だけの美しいものを思い浮かべて、ほんの少し心を休ませる。俺は瞼を閉じると深い闇が広がりそうで、かたくなに目を開け続けた。

「……お酒」

母親がのそりと起き上がる。スツールの足に蛇のように巻き付いてカウンターに手を伸ばす。その先には『あーくん』とネームプレートがかかった焼酎のボトルがある。瞬間、頭に血が上った。吐瀉物にも構わず起き上がり、母親の手が届く寸前にボトルを奪い、さっき母親が割った窓からボトルを投げ捨てた。すごい音が響く。

「なにすんの！」

金切り声を上げ、足をもつれさせながら母親が外へと飛び出していく。

暁海が身体を起こし、開きっぱなしのドアと俺を見比べる。動かない俺を見て、暁海が母親を追いかけていくのを絶望的な気持ちで見送った。俺は追いかけたくない。けれどあれは俺の母親なのだ。力尽きそうな足を引きずって外へと出た。

「あーくん、あーくん、あーくん」

昼間の熱を吸い込んで、まだほんのりと温かいアスファルトに割れたボトルの欠片とアルコールがぶちまけられている。自分を騙して捨てた男の欠片を、母親は泣きじゃくりながら拾い集めている。惨めすぎる姿を見ないように母親の手を取った。

「やめえ。手え切んぞ」

振り払われた。もう一度手を取る、振り払われる。不毛なやり取りを繰り返していると、通りの向こうから常連客たちがやってきた。「ほのかちゃーん」と上機嫌で手を振るが、様子がおかしいことに気づいて立ち止まった。

割れたボトル、泣きじゃくっている母親、髪や制服を吐瀉物で汚している俺と暁海を見て眉をひそめる。異質なものを見る目。得体の知れないものを排除する空気。

まずい。俺は元から異分子だが暁海はちがう。ここにいさせてはいけない。そう思うのに足が動かない。馬鹿みたいに固まる中、自転車が通りかかった。化学の北原先生だ。一瞬目が合い、耳障り(みみざわ)なブレーキ音と共に自転車が停(と)まった。

「なにかありましたか」

相変わらず白衣を着たままで、自転車の前カゴにはネギの突き出た食料品店の袋が積まれている。北原先生は俺たちと客、泣いている母親を等分に見た。

「今日はお店は休みですね。みなさん、お引き取りください」

常連客たちに頭を下げ、返事を待たずに俺たちを振り返った。

「きみたちは中に入ってください」

そう言い、北原先生は泣き崩れている母親を担いだ。白衣に吐瀉物がついたが、ぼさっとした横顔にはなんの動揺も見られない。さっさと中に入っていく北原先生についていく形で俺と暁海も店に戻った。背中を客たちの声が引っかく。

「ありゃあ井上んとこの娘じゃないか」

「なんで一緒にいるんだ」

同じ島民への心配と好奇心。きっと明日には島中に広まるだろう。暗澹(あんたん)たる気持ちで店のドアを閉めた。おっさんどもを追い払っても、ここからは教師による事情聴取と悩み相談室が開催される。いくら相談をしても、現実は一ミリたりとも動かない。こちらの心労が増すだけなので放っておいてほしい。

「なにかぼくにできることはありますか」

北原先生がボックスシートに母親を横たえる。疲れているからなにも聞かず帰ってほしい。黙っていると、北原先生は白衣のポケットからメモ帳とペンを取り出した。

「困ったことがあれば、ここに連絡をください」

電話番号を書きつけたメモを破ってテーブルに置く。

「夜でも大丈夫です。話をしたいだけでも構いません」

それでは、と北原先生はきたときと同じようにさっさと店を出ていった。

店のドアが閉まり、しんとした空気と共に取り残された。とりあえずスツールに座ろうとして、自分の有様を思い出した。暁海もひどい恰好だ。

「暁海、風呂入ってけ。そのなりで帰れんやろ」

風呂場に案内してやり、バスタオルと俺のTシャツを一緒に渡した。

「……櫂、どこー」

母親の声が聞こえてくる。ゆっくり入れと言い置いて店に戻ると、母親はボックスシートに横たわったまま俺の名前を連呼していた。近寄ると、いきなり腕をつかまれた。弱々しい声とは裏腹に、ぎょっとするほど強い力だった。

「あんたは、あたしのそばにいてくれるやんな？」

ふざけんな、とこの手を振り払えればどれだけせいせいするだろう。

「ずっとそばにおってな。櫂がおらんくなったら、あたし、ひとりぼっちや」

「またすぐ男作るやろ」

「もう男なんかいらん。息子だけでええ」

「その息子を、半月も家に置き去りにしたんはどこのどいつや」

小学四年生のとき、母親が男の元に入り浸って帰ってこないことがあった。二、三日の留守にはもう慣れっこだったが、半月はさすがにヤバかった。米もなく冷蔵庫には調味料くらい。給食だけで飢えを凌(しの)いだが、それすらない週末は死ぬかと思った。

「……昔のことやん。もう忘れてよ」

酔い潰れている母親に付き添いながら、昨日の打ち合わせを思い出した。必ず連載を獲ると興奮していた植木さん。嬉しそうな尚人。来年には俺は東京へ行く。プロの漫画家になる。こんな暮らしと縁を切る。それだけを思い描いて、ずぶずぶと沈みそうになる心をかろうじてつなぎ止めた。

しばらくすると暁海が戻ってきた。ぶかぶかのTシャツに制服のスカート。汚したシャツは洗われて手に持っている。濡れ髪からうちのシャンプーの匂いがする。

「櫂もシャワー浴びてきなよ」

そうしたいが、母親が眠ったまま俺の手を離さない。

「わたしが見てるから」

暁海は俺と母親の手を柔らかくほどいた。薄っぺらいくせに鉛のように重い手がなくなり、一気に軽くなった俺に暁海が笑いかけてくる。

「行ってきて」

「……うん」

子供じみた返事になってしまい、恥ずかしくてとっとと風呂へ逃げた。母親が迷惑をかけるかもしれず、最速で風呂をすませて戻ると母親は鼾をかいていた。暁海は汚れた床を拭いている。慌てて代わろうとしたが、もう終わったと言われた。汚れた雑巾を洗面所で洗う、暁海の慣れた手つきがやるせなかった。他人の吐瀉物の始末に慣れている十七歳は幸せじゃない。暁海の母親も酒量が増えているらしい。

「……櫂、そばにおって」

母親が寝言をつぶやく。自分のことで精一杯で、なにかあると子供に負担をかけてくる。切り捨ててしまえば楽になれるが、切り捨てたがゆえの罪悪感が生まれるだろう。俺たちにできるのは、結局どちらの荷物を持つか選ぶことくらいだ。

「暁海、今日はほんまにすまんかった」

「いいよ。それよりわたしもお酒を飲みたい気分」

暁海がスツールに腰を下ろした。

「売るほどあるで」

茶化した調子で俺はカウンターの中に入った。

「ウイスキー、焼酎、ワイン、日本酒。サワーやハイボールも作れる」

「櫂がいつも飲んでるやつがいい」

「ほなウイスキーやな。こんようになった客のボトルをくすねてる」

棚から適当に一本取り出した。安酒の中では万人向けで飲みやすい。

「水割り、ロック、ストレート。どれがええ？」

「櫂はどうやって飲むの」

「俺はめんどくさいからストレートをちびちび」

「じゃあそれで」

大丈夫かと思ったが、意外にも暁海はするすると飲んだ。

「おいしい。いい感じに身体が重くなってく」

話しながら二杯目もリズムよく飲み干してしまった。洗いっぱなしの黒髪。手入れされていない眉や唇。真面目な見た目とは裏腹に、こいつは酒飲みかもしれない。

「櫂はお酒好きなの？」

「うまいと思たことは一度もないな」

「じゃあ、なんで飲んでるの」

「さあ、なんでやろ」

初めて飲んだ中学生のときから、酒は手っ取り早く現実を手放すための手段でしかなかった。いつもなら酔いと一緒に意識が輪郭から抜け出していく。けれど今夜は無理だった。目の端にボックスシートで眠っている母親の姿が映っている。目覚めたらまためそめそと縋りついてくるだろう。明日からしばらく滅入る日々が続く。

「うちに連絡せんでええのか。おばちゃん心配しとるやろ」

「さっきメッセージしといた。櫂のとこにいるって」

「そんなん言うてええのか」

暁海はいつも女友達と勉強をしていると嘘をついている。

「もう正直になることにした。どうせ明日には誰かから聞くだろうし」

好奇心が隠せない常連客たちの顔を思い出した。

「あんな店の息子なんかと、ってえらい怒られるやろな」

笑って流そうとしたが、暁海がふいに真顔になった。

「なんで、わたしたちが怒られるの？」

答えられなかった。

「わたしたち、なにか悪いことしてるの？」

していない。けれど正面から挑めば傷つくだけだから、受け流していくほうが楽だ。俺と目を合わせたまま暁海が唇を嚙む。どうか泣かないでくれ。

「……かーい、そばにおって」

母親が寝言を繰り返す。俺は耳を塞ぎたくなる衝動と闘う。

──そばにおっても、おまえは男ができたらどっか行くやろが。

理不尽をこらえていると、暁海が俺の手をにぎった。

唇をきつく嚙みしめ、ただ強くにぎりしめてくる。母親の薄っぺらく冷えた手とはちがう、しっかりと体温と骨を感じさせる手が俺をつかむ。

ゆっくりと沖合から感情の波が迫ってくる。カウンターから身を乗り出して、俺たちは初めてのキスを交わした。こんな夜に、独り（ひと）ではないことに感謝した。

井上暁海　十七歳　夏

わたしたちがつきあっていることはすぐに広まった。

櫂は密かに女の子に人気があったので、学校でわたしはいろいろといやな噂をされた。しょうもな、と櫂は一言で片付け、そのうち夏休みに入ったのでわたしも気が楽になった。

水商売の家の子なんて、とお母さんは案の定怒った。心の底に『よその家の旦那さんに手を出す女』という個人的な感情が潜んでいる。もっともそれはお母さんだけじゃなく、島の多くのおばさんたちの気持ちでもある。

「悪いけど、あたしは島のおっさんは客としてしか見てへんわ。あーくんもおらんようになったし、櫂が高校卒業したらさっさと京都に帰ろ」

開店前の店のカウンターでぶつぶつ言いながら、櫂のお母さんは突き出しの準備をしている。わたしは枝豆を枝から外すお手伝いをしている。夏休みに入ってから、わたしはお母さんが止めるのも聞かず、ほぼ毎日櫂の家にきている。

「暁海ちゃんちも大変やろ。なんせ本格的にお父さん略奪されそうなんやから」

「そうですね。お父さんが帰ってきたときは必ず言い合いになってます」

「それはお母さんがまずいと思うわ。それでのうても気持ちは浮気相手んとこやのに、たまに帰って奥さんに怒られたら余計いやになるやん」

「でも浮気してる男の人を優しく迎えるなんておかしいじゃないですか」

「せいぜい甘く見さしといたらええのよ。あたしはいつでもあんたを待ってるわよって健気なふりして、完全に浮気相手と手え切らせてからとっちめたらええの」

そういう手もあるのかと聞いていると、

「その浮気相手がなに言うてんねや」

櫂が奥から出てきた。

「暁海にいらんこと吹き込むな」

「実戦で役に立つことやん」

「あたしが負け続けの女が言うても信憑性ない」

「あたしが負けんのは本命だけで、その他の男には圧勝や。あ、櫂、あたしちょっと今治に買い物行ってくる。夕方、ネオンだけつけといて。それと先月分の——」

「売り上げ集計と酒の注文しといたらええんやろ」

そうそう、お願いしますとお母さんが櫂を拝む。どちらが経営者なのかわからない。慌ただしくお母さんが出かけていき、わたしと櫂は二階に上がった。

「それ、どないしたん」

もうすっかり慣れた櫂の部屋のベッドに腰を下ろすと、持っていたピンク色のボトルに櫂が目を留めた。さっき櫂のお母さんからもらったものだ。

——暁海ちゃん、あたしら女友達みたいな嫁姑になろ。約束な。

子供みたいな指切りをしたあと、『Miss Dior』と書いてあるボトルをもらった。高そうなのにいいのかなと問うと、不吉や、と櫂がしかめっ面をした。

「それ、あーくんからのプレゼントや」

「それは……まあまあ不吉だね」

わたしは笑って薄いピンク色のボトルの蓋を開けた。手であおいで香りを確かめてみる。春の花が咲き乱れているような、甘くて華やかな香りにうっとりした。

「いい匂い。こんな女の子らしい香り、わたしには似合わないけど」

そう言うと、櫂がわたしの手からボトルを奪った。自分の手首に一吹きし、わたしの首に腕を回してくる。耳の後ろからうなじを滑って香りを移していく。

「暁海のほうが似合うとるよ」

首筋に顔を埋めてくる。すんすんと鼻を鳴らすたび吹きかかる息に、じんわりと体温が上がっていく。櫂の筋張った大きな手がＴシャツの中に入ってくる。

初めてキスをしたあと、抱き合うまでに時間はかからなかった。わたしは初めてで、意外にも櫂も初めてだった。都会の子は進んでいると思っていたけれど、京都は都会やないし、人間はどこでもそない変わらんと言われた。

そうなる瞬間まで、男の子の前で、それも好きな子の前で服を脱ぐなんて絶対に無理だと思っていた。なのにそのとき、この部屋のこのベッドで、わたしはなにひとつ迷わなかった。夏で、暑くて、エアコンがないから終わったあとは汗だくで、それでも離れがたくてずっと抱き合っていた。湿った肌同士が密着して、少しでも動くとかすかな抵抗が生まれた。

窓辺で風鈴が澄んだ音を鳴らしていて、初めて味わう幸せに浸りながら、自分の手が届かない場所に一生消えない跡をつけられたような不安感もあった。

目を開けると、仰向けの視界の中で風鈴が揺れていた。夏の遅い午後。けだるさが空気に混じっていて、まだ完全に目覚めきらない。行為が終わると、わたしは櫂すら置き去りにすとんと眠ってしまう。その間、一、二分のことで、よくからかわれる。うつらうつらしながら寝返りを打ち、ゆっくりと視線を机へと移動させていくと、そこには見慣れた背中がある。わたしが眠っている間、櫂はいつもノートパソコンで物語を書いている。机には教科書なんて一冊も出ておらず、漫画とプリントアウトされた原稿に占領されている。

――今、櫂の中にわたしはいないんだろうな。

ぱちぱちと、ときにぽつぽつと、櫂がキーを打つ音は雨だれのように変化する。その音を聞きながら、うとうとしたり刺繍をするのが好きだ。

わたしはベッドサイドに置いてある刺繍セットに手を伸ばした。ベッドのヘッドボードにもたれ、お腹と立て膝の間に刺繍枠をはさんで固定する。専用の台がほしいけどお小遣いが足りない。バイトでもしようかなと考えながら、雪の結晶をチェーンステッチで象(かたど)っていく。綺麗な六角形にしたいのに鋭角がうまく出せない。どれだけ引っ張れば、どれだけたゆませれば美しい形になるのだろう。うまく操れない糸に、自分の将来が重なってしまう。高校三年生の夏休みだというのに、まだ進路が決まらない。

――おまえは勉強したいん？　お父さんとお母さんの今後のこともわからない。

それとも単に島を出たいん？

——手持ちのカードの中から一番譲れんもんを選ぶしかないやろ。

燿の言葉はシビアで、わたしが直面しているリアルだ。油断すると洩れそうになる溜息ごと細い針で刺していく。雪の結晶だから銀色のビーズを使おうか。透明も交ぜると綺麗かも。仕上がりを想像しているときだけ、わたしは現実から逃れられる。

——わたしの刺繍が、燿にとっての漫画なのかな。

ふとタイピングの音がやんでいるのに気づいた。視線を上げると、こちらを見ている燿と目が合った。いつから見ていたんだろう。燿がこちらにやってくる。

「終わったんなら声かけて」

「おもろい顔しとったから。こんなんとか、こんなん」

燿が眉をひそめたり唇を尖らせたりする。そしてわたしから刺繍枠を取り上げベッドサイドに置くと、大きくシーツをめくって隣に潜り込んできた。

「疲れた。アイデア浮かばん」

首筋に顔を埋めて、鼻をこすりつけてくる。わたしは燿の痩せた肩に手を回す。抱き合うか、しゃべるか、眠るか、わたしたちは高校最後の夏休みを贅沢に溶かしている。

ずっと一緒にいたいのに、五時を少しでもすぎるとお母さんからスマートフォンにメッセージが入る。なにをしているの、早く帰ってきなさいと何通も何通も。うっかり眠り込んで六時をすぎたときなど、三十件以上も入っていて怖くなった。

——おばちゃん、ちょっとヤバいんちゃうか。

櫂も心配し、門限だけは絶対に守ろうということになった。

今日も慌ただしく服を着て、家に着いたのはぎりぎり五時前だった。ただいまあと駆け込んだけれどお母さんはおらず、台所のテーブルに夕飯の用意がしてあった。パプリカやレモンを使った華やかなサラダ、グラタン。和食が得意なお母さんにしては珍しい。庭から水音がする。わたしは縁側をのぞき、次の瞬間、硬直した。

「おかえり、暁海」

男の子のようなショートカットにベージュのコットンワンピースを着た後ろ姿はまるっきり瞳子さんで、けれど振り返った顔はお母さんだった。

——髪、切ったの？　なんでそんなワンピース着てるの？

お母さんは鼻唄を歌いながらシャワーホースで水をまいている。

わたしは叫び出したいのを必死でこらえた。

「お母さん」

呼びかける声が震えた。

「なあに?」

そんなのんびりとした問いかたもお母さんじゃない。怖い。とても怖い。

「わたし、東京の大学に行きたい」

ついに告げた。わたしはもうここにいたくない。今、はっきりとわかった。

「松山か岡山の大学って言ってなかった?」

「考え直したの。東京がいい」

お母さんは笑顔のまま黙り込んだ。鼓動が速くなっていく。

「じゃあお父さんに相談するから、帰ってきてって電話しなさい」

「お母さんがしてよ」

途端、お母さんの表情が一変した。手からシャワーホースが落ち、上向きに噴き出る水がお母さんのワンピースの裾を濡らして暗く変色させていく。

「急に東京なんて、どうせあのスナックの息子が行くからでしょう。勉強するつもりもないくせに、馬鹿みたいに男を追いかけ回して、お父さんとあんたのせいであたしがどんな恥ずかしい思いをしているかわかる? みんな好き勝手ばかりして」

——みんなって誰? お父さんとわたし?

——浮気をして家庭を顧みない夫と、娘の将来をどうして一緒にするの。

——お母さんの孤独にわたしを巻き込まないで。

怒りが渦巻く。なのに出口が塞がれていて窒息しそうに苦しい。わたしはぐっと唇を引き結んで踵を返した。こらえろ。お母さんだって苦しいんだ。

「暁海、どこ行くの」

「散歩」

「もう夕飯よ。どうしてお父さんもあんたもそう勝手なの」

振り返らずに家を出た。これ以上一緒にいたらお母さんを傷つけてしまう。

ざかざかと大股で近所の海岸線を歩いていく。果てなく続く夕暮れの海と空を横目に、どれだけ歩いてもどこにもたどり着けないことに絶望してしまう。

——親がちゃんと段取りしてくれるやつらより、俺らは不利やねや。

どうしてわたしたちばかり、と悔し涙がこぼれる。泣いてもどうにもならない。考えろ。考えろ。ひたすら前をにらみつけ歩いているとスマートフォンが鳴った。

［おばちゃん、怒っとらんかったか？］

［なんかあったら連絡せえよ］

メッセージを読んだ瞬間、指が勝手に櫂の番号を呼び出していた。櫂はすぐに出て、しゃくり上げるわたしに驚き、どこにおる、すぐ行くと繰り返した。

櫂が駆けつけてきてくれたとき、夏の光はすっかり消えていた。ほとんど夕闇に沈んでしまいそうな群青(ぐんじょう)の中で、自転車が止まる甲高(かんだか)い音が響く。

「暁海」

視線を上げた先に、汗だくの櫂がいた。都会っ子の櫂が暗い山道を越えるのはきつかっただろう。それだけで気持ちが決壊して、また涙があふれた。話を全部聞いてくれた櫂は、しばらく考えたあと、「行こ」と言った。

「どこに」

「おっちゃんのとこ。東京の大学行かしてくれて頼みに行こ」

びっくりして、反射的に首を横に振った。

「おばちゃんが話にならんのやったら、おっちゃんしかおらんやろ」

「お父さんには頼りたくない」

今の最悪な状況を作ったのはお父さんだ。

「頼らんでええ。使ったれ」

意味がわからず、わたしは瞬きを繰り返した。

「好きとか嫌いとか、したいとかしたくないの問題やあらへん。ただでさえ俺ら使えるカードが少ないんや。持っとるもんは全部無駄にせんで活かさなあかん」

　話しながら櫂はバス停へ向かい、ちょうどやってきた島を巡るバスに強引にわたしを連れ込んだ。以前と同じように最後尾のシートに並んで座る。

「話書いてるとな、いやなシーンとかあんねん。書くのがしんどうて、腹が痛なるときもあるけど、そこ書かんと先に進めんし、絶対おもろなるって信じて書くねや」

　バスの窓越し、真っ暗な海を櫂は眺めている。

「踏ん張れ、暁海」

　つないだ手にぎゅっと力を込めてくる。

　高校を卒業したら櫂は東京へ行く。東京には相方の尚人くんがいて、面倒をみてくれる編集者さんがいる。それは櫂が自分の力で得たものだ。親の力を借りず、自力で作った居場所だ。それを得るまで、櫂はどれだけ『いやなシーン』をくぐり抜けてきたんだろう。

「……うん、がんばる」

　櫂の手をにぎり返した。

　玄関に出てきた瞳子さんは、わたしの思い詰めた表情を見て、なにも問わず、いらっしゃいと招き入れてくれた。お父さんと並ぶ元凶のひとつである人なのに、肩に置かれた手のあたたかさにほっとした。

突然現れたわたしを見て、お父さんはあからさまに動揺した。なにか声をかけようとして口を開き、隣にいる櫂を見て不快そうに眉をひそめた。

「進学はすればいい。学費は出す」

話をしたあと、お父さんは言い切ってくれた。頼りたくないと思っていたのに、安堵のあまり吐息が洩れた。けど、とお父さんはビールを手酌で注いだ。

「東京はなあ。あいつも大変だろうし、島から通えるとこじゃ駄目なのか」

曖昧な言い方だけれど、お母さんを心配していることが伝わってきた。だから家から通える大学はどうかとわたしに勧めている。

——なんで親の尻拭いを子供に押しつけるの。

沸々と理不尽さが込み上げてくる。ほとんど壊れている『家族』の輪郭を、かろうじて保つためのパーツとしてわたしがいる。正座の姿勢でスカートの太もも部分をぎゅっと皺が寄るほどつかんだ。沈黙がどんどん重くなっていく中、

「わたしが援助する」

瞳子さんが口を開いた。お父さんがぎょっとする。

「こうなったのはわたしたちの責任だし、あなたが東京行きは反対で、東京行くなら

お金を出さないって言うんだったら、わたしが出すしかないわよね」

「出さないとは言ってない。もう一度、よく考えろと言ってるんだ」

「この時期よ。もう考えてる時間なんてないでしょう」

瞳子さんはわたしに向き合った。

「東京に行きたいなら行きなさい。学費と仕送りはわたしたちがちゃんとする」

「瞳子さんからはもらえません」

「どうして？」

「お母さんが許してくれません」

「お母さんは関係ない。今は暁海ちゃんの人生の話をしてる」

「……でも」

「暁海ちゃんは好きに生きていいの」

「そんなの自分勝手です。許されない」

「誰が許さないの？」

間髪いれず問い返されて答えに詰まった。

「自分の人生を生きることを、他の誰かに許されたいの？」

島のみんな。世間の目。でもその人たちに許されたとして、わたしは一体——。

「誰かに遠慮して大事なことを諦めたら、あとで後悔するかもしれない。そのとき、その誰かのせいにしてしまうかもしれない。でもわたしの経験からすると、誰のせいにしても納得できないし救われないの。誰もあなたの人生の責任を取ってくれない」

瞳子さんの言葉は真っ直ぐにわたしの胸を貫いた。

「わたしは仕事をしていて、それなりに蓄えもある。もちろんお金で買えないものはある。でもお金があるから自由でいられることもある。たとえば誰かに依存しなくていい。いやいや誰かに従わなくていい。それはすごく大事なことだと思う」

痛いほどわかる。まさしく今、わたしはお金に将来を左右されようとしている。お母さんがお父さんに執着するのは、経済的な問題もあるとわかっている。

「暁海ちゃんの学費はわたしたちが出す。それでいいわよね？」

瞳子さんがお父さんに問う。

「わかった。わかったよ。俺が悪かった」

驚いた。家では自分の手が届くものでもお母さんに取らせていたお父さんが謝った。どこの家もそんな感じで、それが普通だと思っていた。なのに今のお父さんはちょっとバツが悪そうで、わたしは『父親』ではないお父さんを初めて見た。お父さんを『お父さん』でなくしてしまった瞳子さんが憎らしく、その一方で羨ましく思った。瞳子さんは自立していて、男の人に頼らず自分の望むことを貫いて、悪く言えば身勝手で、お母さんとわたしの家をめちゃくちゃにした。なのにわたしはその身勝手さに助けられ、その強さに憧れさえ抱いている。この矛盾を、今のわたしは解消できそうもない。

最終のバスが出てしまい、お父さんはビールを飲んだので瞳子さんが車で家まで送ってくれた。自転車を停めっぱなしにしていたバス停で先に櫂が降りた。

「どうも」

頭を下げる櫂に、またねと瞳子さんが笑顔で手を振り、お父さんは助手席で櫂のほうを見もしなかった。櫂は後部座席のわたしに、『あとで』というようなジェスチャーをした。その瞬間、わたしはロックを外して車を降りた。

「暁海、もう夜だぞ」

お父さんが強く言う。でも聞かなかった。

「瞳子さん、送ってくれてありがとう」

「どういたしまして。またいつでも遊びにきてね」

「暁海、こんな夜に男とふたりきりなんて――」

途中で瞳子さんが車を発進させた。

「とこちゃん、駄目だよ。戻れよ」

お父さんの声を置き去りに、瞳子さんの車は夜の海岸線を走っていく。どんどん小さくなるテールランプを見送りながら、櫂とわたしは同時に噴きだした。

「とこちゃん、だって」

目を合わせて笑いあった――と思う。バス停の灯りは消えていて、あたりは夜に閉ざされている。見えないことに安堵して、わたしは笑顔を歪めてうつむいた。お父さんはわたしのお父さんだけれど、もう本当に『お父さん』じゃないことを実感した。

「わたし、東京に行く」

夜にうっすらと浮かび上がる、櫂の白いスニーカーの爪先だけを手がかりにつぶやいた。

「東京の大学に行って、将来はやりたい仕事につく」

なにをしたいのか、今はまだわからない。でもしたいことが見つかったとき、そこに向かって踏み出せる位置にいたい。

お母さんを残すのは心配だ。でもお母さんのような弱い立場でいたくない。お金があれば誰かに依存しなくていい。いやいや誰かに従わなくていい。瞳子さんの言葉が胸に突き刺さっている。この島にいる限り、その棘は抜けないのだ。

「そんだけ？」

燿が問いかけてくる。見上げても夜が深すぎて燿の表情は見えない。

「燿と一緒にいたい」

言い終わらないうちに抱きしめられた。

燿の肩越し、濃紺の夜空とそれよりも暗い漆黒の海が広がっている。今夜も凪で、波音すらしない。目を開けていても閉じていても、耳を澄ましても塞いでいても、なにも見えないし聞こえない。以前は当たり前だと思っていた島の夜がなぜか恐ろしい。わたしは、これから、どう生きるのだろう。

青埜櫂　十七歳　夏

夏休みも残りわずかとなった八月、暁海とふたりで学校に呼び出された。

「だからいやだって言ったのに」

暁海はさっきからずっと機嫌が悪い。

「櫂は男だからいいけど、わたしは恥ずかしいんだよ」

「男も女も関係あるか。俺かて恥ずかしいわ」

「櫂が悪いんだよ。わたしは花火楽しみにしてたのに」

化学室の前で言い争っている俺たちの横を、すれちがう部活生が意味深にちらちらと見ていく。俺たちはしかめっ面を見合わせ、行くか、と覚悟を決めた。

失礼しますと化学室のドアを開けると、こちらです、と声がした。準備室を覗くと、北原先生が窓辺の椅子に座ってクッキーをかじっていた。のんびりとした光景だった。

「食べますか？」

勧められたが、形も不細工で色も生っちろい。

「娘が焼いてくれたんです」

「ああ、ほな、もらいます」

「中まで火が通っていません。生の小麦粉はお腹を壊す可能性があります」

伸ばした手を引っ込めた。そんなものを勧めるなという気持ちが顔に出たのか、

「まだ五歳なんです。結といいます」

北原先生がわずかに口角を上げた。いつも飄々（ひょうひょう）としている分、子供への愛情が色濃く伝わってくる。北原先生は生焼けクッキーを口に放り込むと、先日の件ですがと切り出し、俺と暁海は姿勢を正した。うちはともかく、暁海の家への報告は勘弁してくれと訴える前に、

「避妊はしていますか」

予想外の質問にぎょっとした。避妊はしていますかともう一度問われ、外に……などと口ごもる俺たちを見て、北原先生は白衣のポケットに手を入れた。

「わかりました。これを使ってください」

差し出されたのはコンドームの箱で、今度こそ絶句した。

先週末、俺と暁海は今治の花火大会を観にいった。人混みは苦手なので海をはさんだ島の浜辺からだ。花火大会なんていう高校生らしいデートは初めてで、俺なりに楽しみにしていたのだ。なのに浴衣姿の暁海に一気に沸き立ち、打ち上げを待てずに波消しブロックの陰に引きずり込んでしまった。

最近の俺はおかしい。今まで漫画以上に俺を現実から引き剝がす女なんていなかった。暁海は逆に俺の現実に浸潤してきた初めての女だ。抱き合っているとき、俺と暁海の愛情の天秤は不安定に揺れず、ぴたりと止まる。そのとき、俺の中の虚ろな部分が埋まる。内も外も満たされるという感覚を初めて知った。

解放したあとは、身体中の力という力をすべてもっていかれたように脱力する。誰もいない夜の浜辺なのをいいことに、暁海の浴衣を砂浜に敷いて、絶命寸前の動物みたいにぐったりと寝転がった。花火は途中ではじまり、気づくと終わっていた。

「わたしたち、なにしにきたんだっけ」

「すまん。来年、東京で観よ」

星明かりに浮かぶ暁海の顎や肩の影。結っていた髪もほどけてしまい、かわいそうでかわいい。髪をなでていると寝息が聞こえてきた。暁海は終わるとすぐに寝る。好きな女が腕の中で眠っている。たかがそれだけで、こんなに幸せな気持ちになっていることが滑稽ですらある。暁海の寝息を聞きながら、俺も目を閉じたときだ。

突然、闇を切り裂くようなライトを浴びて飛び起きた。きゃーきゃーと甲高い悲鳴を上げて飛び回る小さな影と、動きに合わせて振り回される光。懐中電灯を持った子供だ。向こうから砂を蹴る音が駆けてくる。花火帰りの親子連れだろう。

「やばい、暁海、起きい」

肩を揺するが、じゃまくさそうに寝返りを打つ。とにかくズボンを穿き、シャツを暁海にかぶせたと同時、揺れ動いていたライトがぴたりと俺たちに固定された。

「青埜くん？」

聞き覚えのある声だった。眩しさに目を眇めると、ライトが横にずらされる。そこにいたのは北原先生だった。小さな女の子が先生の腰にしがみついている。

「きみたち、こんなところでなにを——と訊くまでもないですね」

あられもない俺たちの姿に北原先生はうなずき、他の場所に行きましょう、と娘だろう女の子の手を引いて踵を返した。見逃してくれるのかと思いきや、

「お盆明け、月曜の午後一時に化学室にふたりできてください」

と言い置いて去っていった。

てっきり説教の嵐だと覚悟していたが、

「これは化学準備室の鍵です。使いたいときがあれば事前に申告してください。砂浜ほどロマンはありませんが、少なくとも先日のようなトラブルは防げるでしょう」

避妊具と一緒に鍵を渡されたが、どう答えていいのかわからない。

「なにか不都合がありますか」

ない。ないことが不可解だ。暁海も戸惑っている。

「なんで叱らへんの」

「ぼくが叱っても、きみたちはしないではいられないでしょう」

ストレートすぎて言葉を失った。

「いけないことだとわかっていても、そうしたいならすればいいんです。いえ、するしかないのだと思います。それが本当に自分のしたいことであるのならば」

隣で暁海がうつむいた。黒髪の隙間から見える耳が真っ赤に染まっている。それほどセックスがしたいのだろうと、猿扱いされたも同然なので気持ちはわかる。

「以上です。帰って結構ですよ」

北原先生は再び生焼けクッキーをかじりながらテーブルのプリントに手を伸ばし、俺たちは一礼して化学準備室を出た。カバンの中には避妊具と鍵が入っている。

「地味で影の薄い先生っていう印象だったのに」

「変わってんな。けど良い人なんちゃう」

「珍しい。櫂が先生を褒めるなんて」

「別に教師が嫌いなわけやない」

手に負えないことに責任感だけで首を突っ込んでこられるのが迷惑なだけだ。けれど北原先生はそうではなかった。あの夜もらった携帯番号は登録してあるが、一度もかけていないし、向こうからも特に世話を焼いてこなかった。穏やかに流す、という対応が俺には一番ありがたい。

どうせ俺たちは我慢がきかない十七歳だ。だったら対策として避妊具と隠れ家の鍵は最善だった。北原先生は教師としてはどうかと思う。けれど良い教師と良い大人はイコールではなく、良い大人と正しい大人もイコールでは結べない。

「それより、俺はこのあとのほうが気がかりや」

「担当さんから連絡くるんだよね？」

「遅うても夕方には決まるらしい」

駐輪場からそれぞれの自転車を引っ張り出した。いつもなら暁海に家まで送ってもらってふたりでだらだら過ごすが、今日は編集部で新連載を決めるための会議が行われる。編集者がこれぞと思う作品を持ち寄り、俺と尚人の漫画も候補のひとつに上がっている。

「連載、獲れるといいね」

「獲っても獲れんでも、どっちにしろ連絡するわ」

暁海はうなずき、自転車にまたがった。

「あ、鍵、先生に返しといてね」

「持っとくだけ持っとこうや」

「絶対使わないから」

暁海は断言し、すごいスピードで走り去っていった。まあ確かにと笑った。使うときは事前に言ってくださいと言われても、誰がそんな恥ずかしい申告をするか。

帰ってから尚人とオンラインをつなぎ、ふたりで植木さんからの連絡を待った。尚人は俺よりも年上だが繊細で、五時をすぎたあたりから『やっぱり駄目だったんじゃないか』『だから連絡できないんじゃないか』と悲観的なことを言い出した。

「不吉なこと言うなや。言霊（ことだま）ってあるんやぞ」

『吐き出さないと苦しくなるんだよ』

「もうちょい男らしゅうせえよ」

『作家が性差別するな。そういうのは作品に出るんだぞ』

「はいはい、すんません、尚人姐(ねえ)さん」

『今のはゲイ差別だ』

「ああもう、うっさいな。俺に当たんなや」

尚人は男が好きな男だ。初めてオンラインで顔合わせをしたときから察していたが、カミングアウトされたのは最近だ。整った顔をしているのに、パープルグレイの前髪で目を隠しているのは、人と目を合わせるのが怖いからと言っていた。臆病で、傷つきやすく、美意識が高く、細かいことが気になる。そういう尚人の描く絵は尚人自身にそっくりで、原稿用紙の隅々まで神経が行き届いている。

『ぼくも櫂くらい大雑把に生きたいよ』

そう言われる俺にしても、ウイスキーで緊張をごまかしている。実は肝っ玉が小さいのだ。それを素直に見せられないだけだと、いやな自己確認をしていると植木さんがオンラインに入ってきた。すぐに入室を許可した。

『大変お待たせしました。近年まれに見る大混戦だったんだよ』

画面越し、俺と尚人はあわあわと頭を下げた。もう七時をすぎている。

『まずは結果を伝えます』

緊張が一気に高まり、心臓のあたりがどすんどすんと揺れているように感じた。

『おめでとうございます。来年四月から連載開始です』

数秒の空白のあと、三つに分割されている画面の中でそれぞれが吠(ほ)えた。尚人は涙ぐみ、俺は笑いが止まらず、植木さんは謎のドヤ顔をしている。

連載開始が来年の四月というのは遅く感じるが、そこは俺が高校生ということを考慮されたらしい。まだまだ練るところはあるし、今からじっくり直していこう、ストック原稿も作らないといけない、来年なんてあっという間だと植木さんは言う。

『でも今夜は単純に喜ぼう』

植木さんは画面の外に手を伸ばし、じゃーんと缶ビールを映した。

『櫂くんも尚人くんも、よくここまでがんばった。おめでとう』

がらにもなく胸が熱くなり、マグカップにどぼどぼとウイスキーを注いだ。尚人はスパークリングワインを用意していて、散々ネガティブなことを言っていたのに、ちゃっかり祝杯の用意をしていたことがおかしかった。植木さんは画面の向こうで顔をしかめている。

『おめでたい夜だから大目に見るけど、お酒飲んでることはＳＮＳで絶対言っちゃ駄目だよ。今はなんでもすぐ燃えるし、下手したら連載の話飛ぶからね』

お願いだよ、頼むよと言いながら、植木さんは『……乾杯』と必要もないのに小声で缶ビールを開けた。そこからは顔合わせや、尚人が作画に凝りすぎて〆切(しめきり)に間に合わなかったこと、植木さんの修正案に納得できず激論になった思い出話で盛り上がった。けれどやはり最後は連載の話になり、打ち合わせになってしまった。

「やばい。今話してること、俺、覚えてへんかも」

酔いで頭が回らなくなってきた俺たちとちがい、植木さんはしゃっきりしている。

「植木さん、意外と酒強いなあ」

『編集者が作家と飲んで酔うわけないだろう』

さすがプロだと感心したのだが、

『まあ、たまに酔うけど』

「どないやねん」

綺麗にオチがつき、オンラインはお開きとなった。

時計を見ると十時をすぎていて、慌てて暁海にメッセージを送った。きっとやきもきしているはずだ。しかし五分待っても返信はない。用を足しに店に下りると客はおらず、母親が電話をしていた。甘ったるい話し方はまんざら営業でもない雰囲気だ。

また新しい男ができたのかもしれない。

「ほな金曜日な。楽しみにしてる」

母親が電話を切り、鼻唄をうたいながら新しいボトルを出した。ネームプレートにマジックで『たっちゃん』と書き込んでいる。新しい男の名前がわかった。

「櫂、さっきなに大声上げてたん？」

「連載が決まったんや」

母親はきょとんとし、次にええーと頭のてっぺんから声を出した。

「雑誌に毎月櫂の漫画が載るってことやろう。もう有名人やん。先生やん」

「そない簡単にいくか」

ネット全盛の時代に、紙雑誌の連載枠を勝ち取るのは大変なことだ。枠を獲れたら次はベテランも新人も関係なく同じ皿の上で比べられる。人気が出なければ連載は打ち切られ、空いた席はすぐに埋まる。新人はあふれている。

「漫画家ってすごい儲(もう)かるんやろう。アニメとか流行(はや)ってるもんな。なあなあ、そしたらおっきい家建ててえや。ここまで育ててあげたんやから」

「はいはい、儲かったらな」

さっさと用を足して二階に上がった。いつも男を優先させて子供などほったらかしだったくせに『育ててあげた』は笑う。その幸せで、気楽で、身勝手な遺伝子を俺も受け継ぎたかった。やったほうは忘れても、やられたほうは一生忘れない。しかしそのいやな経験や記憶が、ああ、ちがう、その記憶からの逃避こそが、俺に物語を書かせている。幼いころからずっと居心地悪く生きてきた。俺の日常生活はクラスメイトの誰とも共有できなかった。

黴(か)びた米やパン、腐って変色した野菜の味など知りたくなかった。けれどそれしかないから食べた結果、耐性ができていたのか特に腹も壊さなかった。そんな経験はただのゴミだから、ゴミであふれ返った日常を見たくなくて物語にのめり込んだ。

けれどあるとき、ふと気づいたのだ。

他の連中が知らないことを、俺は知っているのだと。

それが宝石だろうが汚物だろうが、ものを書く上では同じ宝の山となる。捨てたくても捨てられないゴミのような経験を物語に活かして、尚人と出会い、漫画という形にして、学歴の高い大手出版社の編集者が『才能』『繊細な感性』と褒めてくれる。嬉しい一方、据わりの悪い椅子に腰掛けているような違和感が拭えない。これは一体どんな錬金術なのか。だからといって母親に礼など言わない。それはそれ、これはこれだ。腐ったものの味など知らないほうが幸せだと俺は断言する。

――浮き足立つなよ。

高まった気持ちを静めるよう、自分に言い聞かせる。俺にとって世の中は信用できないもので、信じたら痛い目を見るものだ。気を抜くな。甘く見るな。まだスタートラインに立ったばかりだ。自分に運がないことを俺は知っている。昔から、いいことがあったら悪いことがふたつ起きた。調子のいいときほど自虐をして守りを固める。そんな卑屈な癖がついている。

尚人のことをとやかく言えないなと考えていると、スマートフォンが鳴った。画面に暁海の名前が出ていて、素早く通話を押した。今夜の報告をしようとする前に、

『どうしよう！』

悲鳴のような声音に鼓膜を破られそうになった。

「どないした」

『お母さんがいなくなった。お風呂から上がったら、いなかった』

「どこ行きよったんや」

『わからない。車がない。駐車場が灯油臭い』

「灯油？」

『裏に置いてたポリタンクがないの。三月に神崎さんとこで買ったやつ。そんなにも

う使わないって言ったのに、お母さんが寒いのいやだからって。毎年残るのに』

そんな話はどうでもいい。それぐらい動揺している。

暁海の母親はどこに行った。なぜ灯油を持っていった。考えるのもいやだが、まあ火をつけるのだろう。なにを焼くつもりだろう。ひとりで死ぬつもりなら近所の浜辺でいい。車で出たなら近所じゃない。頭の中で細切れのメモが乱舞する。それらを順当に並べていくと最悪の物語ができあがる。耳元で泣きじゃくる声が響く。

「暁海、落ち着け。すぐ行くし、それまで家にいとけ。絶対動くなや」

万が一にも暁海が巻き込まれないように。

『櫂、電話切らないで、怖い』

「うん、うん、けど一旦切ろ。おばちゃんから、かかってくるかもしれんやろ？」

暁海はしゃくり上げながら、うん……と言った。

「すぐ行くからな？　待っとけよ？」

通話を切ったあと、少し迷ったが北原先生に電話をかけた。頼れる大人という条件で浮かぶのが北原先生しかいなかった。つながるなり、どうしましたと問われた。一度も電話などしない俺がしてくるのだから、なにかあったのだと察してくれたのだ。ぼさっとした見た目のわりに話が早い。

『わかりました。きみを車で拾って、一緒に井上さんの家に行きましょう』

「ありがとう、頼んます」

転がるように階段を下りると、閑古鳥の鳴いている店内で母親がひとりカラオケを楽しんでいた。スピッツの『チェリー』だ。新しい男の趣味なのだろう。ちょっと出てくると言うと、気いつけてーとマイクを通して返ってきた。

北原先生はすぐにきてくれた。助手席に乗り込もうとして、後部座席に小さな女の子が眠っていることに気づいた。ブランケットにくるまれ、すうすうと寝息を立てている。浜辺で悲鳴を上げていた子だ。起こさないよう、静かに乗り込んだ。

「ごめん、子供おるのに、こんな夜に呼び出して」

「大丈夫ですよ。結は一度寝ると抱え上げても起きないんです」

北原先生はちらりとルームミラーで結ちゃんの姿を確認した。先生は幼い娘を家に置き去りにはしないのだ。それだけでも俺にはいい親だと思える。

十分も走ると暁海の家が見えてきた。石垣に囲まれた大きな敷地（しきち）の前を暁海は行ったり来たりしていて、泣きそうな顔で車に駆け寄ってきた。

「おばちゃんから連絡あったか？」

「ない。親戚の家にも訊いたけど行ってない」

「わかった。車乗れ。ナビしろ」

「どこ行くの？」

「瞳子さんとこ」

黙り込んでしまった暁海を後部座席へと促した。並んで座ってやりたいが、向こう側に結ちゃんが眠っているので俺は助手席に戻った。北原先生が車を発進させる。島と島をつなぐ大橋を渡るとき、窓の向こうが真っ黒に塗りつぶされていることに気がついた。夜の海は空より黒く、世界を飲み込もうとするブラックホールのようだ。暁海はうつむいて胸の前で手を組んでいる。どうか間に合ってくれ。どうかなにも起きないでくれと祈るしかできない。

「次の信号、曲がってください」

隣島に入り、暁海が初めて口をきいた。集落を山へ向かって走っていくと、ヘッドライトの先に暁海の家の車が見えた。特に異変は感じられない。手前で停まり、足音を立てないよう家に近づいていく。玄関へ続く長いアプローチの先に、闇に揺らめく小さなオレンジ色が見えた。火だ。

「……お母さん」

呆然とつぶやく暁海の視線の先に人影がある。暗くて顔はわからない。けれど丸まった背中や輪郭から放たれる不幸の粒子が、暁海の母親だとこれ以上なく証明している。どこにも出口がない、ひたすら暗い夜の中に閉じ込められている姿。

「お母さん、なにしてるの」

近づこうとした暁海を咄嗟に引き止めた。暁海の母親の足下で、丸められた新聞紙が燃えている。すぐそばにポリタンクが横倒しになっていて、こぼれた灯油がアプローチの下草を濡らしている。炎との距離が近すぎる。

「放して。お母さんが」

「行ったらあかん。おばちゃん、そこ離れえ。火いつく」

パニックで硬直する俺たちの横を大股で通りすぎ、北原先生が火のついた新聞紙を灯油から距離を取った場所へ蹴り飛ばした。足で何度も踏みつけて消火している。

「青埜くん、バケツでもホースでもいい。水を持ってきてください。井上さんはお母さんを連れて車に戻って。結が目を覚ましたら、ぼくはすぐ戻ると伝えてください」

「水ってどこに」

「チャイムを鳴らして、家の人に訊いてください」

そんなことをしたら、暁海の母親のしたことがバレてしまう。

「どうせ隠しきれません。それより消火優先です」

考えを読んだかのような指示に背中を押され、俺はようやく動くことができた。チャイムを鳴らし、出てきた暁海の父親と瞳子さんに水の在処を訊き、裏庭からホースを引っ張ってきて念入りに水をまいた。途中、暁海の母親が車から飛び出してきて夫を突き飛ばし、瞳子さんの短い髪を鷲づかみにして地面に押し倒した。なにかを叫んでいるが、よく聞き取れない。馬乗りになって瞳子さんを殴りつけるのを暁海の父親と北原先生のふたりがかりで引き剝がした。暁海の父親は瞳子さんを自分の後ろに隠し、それを見た暁海の母親が髪を振り乱して泣き喚く。男女の修羅場に慣れている俺でもきつい光景を、暁海は震えながら見ていた。

どうにか暁海の母親を車に押し込んだが、そのあとも一騒動あった。ここまで心を壊している妻を前にしても、暁海の父親は瞳子さんの家にとどまると言った。

「お父さん、お願いだから一緒に帰ってよ」

娘の訴えにも、うつむいて答えない。これでは埒が明かない。

「瞳子さん、今夜一晩でええから、おっちゃん帰したってえや」

少し離れた場所で、殴られて切った唇を拭っている瞳子さんに頼んだ。

「おんなじ女として、おばちゃんの気持ちわかるやろ。おばちゃんがやろうとしたことは許されへんけど、そこまで追い詰められとったんや」

言外にあんたのせいだと責めた。

「そうね。愛する男が毎晩別の女の隣で寝ている。それで病まない女はいないわ」

「そう思うんやったら」

「だから一歩間違えたら、わたしが暁海ちゃんの家に火をつけてたかもね」

そう言うと、瞳子さんは唐突に身体を半回転させて俺と向き合った。真っ直ぐ見上げてくる強い目に不覚にも気圧（けお）された。

「櫂くん、介錯（かいしゃく）って知ってる？」

「え、あ、切腹？」

瞳子さんはうなずいた。

「お腹を切るだけじゃ死ねないから、苦痛を長引かせないために首を落とす。武士の情けってやつ。わたしも奥さんももう腹は切ってる。あとは男がとどめを刺すだけ。そこで男が怖がって逃げたら、死にきれずに女がのたうち回ることになるじゃない」

表現の苛烈（かれつ）さに、ぞくりと鳥肌が立った。一方で、毎度男にずさんな介錯をされて絶命しきれずのたうち回る母親の姿を思い出す。それに引きずり回された自分の子供時代も。あんな思いを暁海には味わわせたくない。

「それは、瞳子さんが選ばれたほうやから言えることなんちゃう？」

俺の非難も瞳子さんは正面から受け止めた。

「わたしも死にきれずにのたうち回ったことがある。お願いだからもう死なせてって思うくらい苦しかったけど、櫂くんだったらどうしてほしい？」

「俺だったら？」

「あとでもっと苦しくなるのに、ひとときだけでも優しくされたい？」

返す言葉がない。しかし納得はできない。

「瞳子さんの言うてるのは正論やん。いっつも正しい強い人間なんかおらんよ。あかんってわかってても、そっち行ってまうことがあるやん。人間はそない単純やない」

「きみのそれは優しさじゃない。弱さよ」

一刀で斬り落とされた。

「いざってときは誰に罵られようが切り捨てる、もしくは誰に恨まれようが手に入れる。そういう覚悟がないと、人生はどんどん複雑になっていくわよ」

玄関灯の淡い光の下で、瞳子さんと見つめ合った。俺はそんなに強くない。だから強くあろうとしている。それは強いのか、弱いのか、どちらなのだ。俺を見据える瞳子さんの目は強くて、澄んでいて、そのせいでかえって悲しそうにも見えてくる。

「ごめんなさい」

ふいに瞳子さんが目を伏せた。

「今のは忘れて。わたしの言うことなんか、あてにならないわ」

戸惑う俺の髪にそっと触れてくる。

「きみはとても良い子よ。今夜はありがとう」

手のひらを沿わせるように俺の頭をひとなでして瞳子さんは家に入っていった。暁海の父親もあとを追い、俺と暁海は疲れ切って車に戻った。

「せまくて申し訳ないですが、きみたちはお母さんと後ろに座ってください」

暁海の母親は後部座席でほうけたように脱力しているが、いつ激高するかわからないので俺たちではさんでおく必要がある。結ちゃんは助手席で変わらず健やかな寝息を立てている。羨ましいような複雑な気持ちになる。結ちゃんのように守られる子供と、俺たちのように守られない子供がいる。それは単なる運の差でしかない。

母親の肩を抱き寄せ、暁海はじっと目を閉じている。

先に暁海の家へ送ってもらい、北原先生と俺で暁海の母親を家へと担ぎ込んだ。堂々と暁海の家に入ったのはこれが初めてだ。室内は雑然としていて生気がない。

「先生、ほんまにおおきにな」

北原先生を見送り、俺は残った。こんな夜に暁海をひとりにはできない。

「きみたちも疲れたでしょう。ちゃんと休んで、なにかあれば連絡してください」

北原先生は必要な言葉を必要なだけ残して帰っていった。去っていく車を見送りながら、それにしても肝が据わっていたなと改めて思い返した。それに比べてビビって特に役に立たなかった自分を情けなく思っていると、暁海が肩に顔を伏せてきた。

「櫂、いろいろありがとう」

「俺はなんもしてへん。北原先生がおってくれてよかった」

「ううん、櫂がきてくれて嬉しかった」

暁海の声にはなんの力も残っていなくて、いたわるように背中をなでていると家の中から低いうなり声が聞こえてきた。暁海がびくりと震える。様子を見に行くと、こんもりと盛り上がった布団の中からくぐもった声が洩れていた。

「……お母さん」

暁海が布団にそっと手を添える。豆電球の弱い灯りが満ちる和室で、そろそろとおばさんの手が布団から出てきて、探し当てた暁海の手をつかんだ。

俺は砂壁にもたれて、既視感のある光景を見ていた。前にもこんなことがあったが、あれは俺の母親だった。夜の中で暁海はうなだれている。無力なシルエットはまるでもうひとりの俺を見ているようだ。

俺たちは親につかまれた手を離せない。振り払ってしまえれば楽なのに、それがわかっているのに、俺たちは、どうしようもなく、愛を欲している。

明け方になって暁海も眠り、俺は海岸線をだらだらと歩いて帰った。朝焼けの色に染まった海は波打つたび不定形に揺らめき、なぜか不安を掻き立てられる。帰宅するなりベッドに倒れ込んで熟睡し、午後遅く、ようやく起きてトイレに下りた。

「あれ、帰ってたん？」

母親に驚かれた。

「そう、帰ってたんや」

俺がどこへ行こうと、帰りが遅くなろうと、母親は心配しない。昔からそうだ。

「暁海ちゃんとこ行っとったんやろ？」

「どこでもええやろ」

「ええなあ、青春やなあ。あたしも高校生に戻りたいわ」

戻れるなら戻ってくれ。そしてもう少しマシな親になって出直してくれと考えながら飯をよそい、卵を割って醤油をかけたところで暁海からメッセージが届いた。見たくない。俺はずっといやな予感がしていて、おそらくそれは当たる。少しでもショックを和らげたくて、卵かけご飯を食べながら片手間にメッセージを開いた。

［ごめん、東京行けない］

数秒の空白のあと、波が引いていくような脱力感に襲われた。

大丈夫だ。慣れている。良いことのあとには悪いことが起きる。昔からそうだった。わかっていただろう。

［お母さんをひとりにできない］

ああ、そうだろうな。わかるよ。やっぱりな。腹の底から湧いてくるやりきれなさを、卵かけご飯をかき込んで一緒くたに飲み込んでいく。

ふいに薬品の匂いが鼻をついた。母親がボックスシートに足を上げペディキュアを塗っている。食べかけの茶碗を手に、溜息をついた。

「飯食ってるときにすんなや」

「ごめーん。途中でやめれんし我慢して」

反省の色もなく、母親は鼻唄をうたいながらマニキュアの瓶をからからと振る。

「なあ、おかん」

カウンターのスツールごと回転して母親に向き合った。

「俺と一緒に東京くるか？」

言った瞬間、後悔していた。なにを言っているんだ。俺が高校を卒業したら、母親は京都に帰る予定だ。男が消えた島に居続ける理由はない。

「なんやの急に。暁海ちゃんと暮らすんやろ」

「わからん」

「喧嘩したん？」

「しとらん」

「どうせ男が悪いんや。さっさと謝り」

母親は手元に集中して顔も上げない。

「あたしも、ちょっと前から言おうと思ってたんやけど」

「なんや」

「あたし、やっぱり京都には帰らん」

それだけでピンときた。

「最近ええ感じになっとる人がおってな、達也(たつや)くんいうんやけど、今治の人やねん。息子が東京行くて言うたら、ほんなら一緒に暮らそうって言うてくれて」

嬉しそうにボトルに男の名前を書き込んでいた母親を思い出した。

「よかったやん」

なんの抑揚(よくよう)もなく言うと、母親はぱっと顔を上げた。

「うん、めっちゃええ人やねん。今度紹介する」

「客か？」

「この島に独身のええ男が残っとるはずないやろ。みんな嫁持ちやん」

「ほなどこで知り合ってん」

「マッチングアプリ」

アホか、とつっこむ気力も萎(な)えていく。しかしアホは俺もだ。弱気になって母親に甘えるなんて。そもそも受け止めてもらえたことなどないだろう。

「今度は幸せになれそうか」

問うと、母親は夢見るように煙草(たばこ)の煙で黄ばんだ天井を見上げた。

「たっちゃん、幸せにしてくれるやろうか」

今度も無理そうだ。俺は幸せになれそうかと訊いたのだ。幸せにしてくれそうかなど訊いていない。誰かに幸せにしてもらおうなんて思うから駄目になる。自分で勝手に幸せになれ。自分は自分を裏切らない。母親を通して俺自身に言い聞かせた。

一方で、暁海もこれくらい馬鹿ならよかったのにと思っていた。

俺のために暁海はすべてを捨てられない。その事実が驚くくらい俺を痛めつけている。男のためにすべてを捨てる母親を馬鹿だと思っているのに、俺は暁海に母親と同じ馬鹿な女になることを求めている。俺も母親や暁海を苦しめる身勝手な男のひとりだったのだ。

［会おか］

メッセージを送ると、

［浜で待ってる］

三秒で返ってきた。

俺たちはもう駄目かもしれない。悲観ではなく現実の話だ。十七歳で、これから世界が広がって、環境も考え方もみるみる変わっていくだろう。それらを常に擦り合わせ、愛情を保っていく。それを遠距離でどこまでこなせるだろう。

なのに昨夜のうちひしがれた姿を思い浮かべると、それだけであいつのすべてを受け入れてやりたくなる。あいつは俺を選ばなかったが、けっして俺をないがしろにしたわけではない。どうしようもないことがあるのだと、俺自身が子供のころから知っている。

待ち合わせたいつもの浜辺で、俺たちは腐るほど約束を交わした。

メールやメッセージでいつでも連絡できる。声が聴きたかったら電話がある。状況が改善したらすぐに東京にくればいい。長い休暇は一緒に過ごそう。

好きだとか、いつも想っているとか、浮気はしないとか、言えば言うほど不安が増していくのを感じながら、それでも言わねばならない矛盾にほとほと疲れてきたころ、「おーい」と呼ばれた。護岸ブロックを仰ぎ見ると、海岸線に軽トラックが停まっていた。運転席の窓からスナックの常連客が身を乗り出している。

「おまえらー、そんなとこでやんなよー」

大声でからかわれ、一瞬で頭に血が上った。

「うっさい去ねや」

怒鳴り返すと、おっさんは笑って車を発進させた。隣を見ると、暁海がうつむいて目元を拭っていた。好きな女ひとり守れない。俺も泣きたいとは言えず、もうやけくそで暁海のシャツの背中を引っ張って、強引に砂浜にふたり並んで仰向けに倒れ込んだ。どちらもなにも話さない。ただただ波音を聞きながら暮れていく空を見る。

「……夕星やな」

西の空の低い位置に、たった一粒で煌めいている星を見つけた。

「ゆうづつ？」

暁海が首だけをこちらにねじる。

「一番星。宵の明星。金星」

「夕星っていうの知らなかった」

「朝も出よる。そっちは明けの明星で赤星(あかぼし)」

「そんなに呼び方があるんだね」

「同じ星やのに、おもろいな」

なんてことない会話に安心した。大袈裟な言葉は使うほどに関係を削る。

「東京でも見えるのかな」

「見えるやろ。けど島からのほうが綺麗やろな」

「ちょっと霞(かす)んでるのも味があるよ」

なんやそれと笑い、同じタイミングで手を差し出した。つないだ手から熱が伝わってくる。どこまで続くかわからない。けれど続くところまで共に歩きたい。互いの目に同じ星が映っているうちは――。

第二章　波蝕(はしょく)

井上暁海　十九歳　夏

最初は物珍しかった東京も、何度もきているうちに慣れてしまった。スムーズに移動できるのは羽田空港から櫂の住む高円寺までで、新宿駅はいまだに怖いけれど。櫂が上京して一年と少し、二度目のお盆休みをわたしは高円寺の櫂のアパートで過ごしている。駅から十五分、家賃七万円の古い１ＤＫのアパート。

「お昼どうする？」

シングルサイズのパイプベッドで、手も足も絡ませながら訊いた。昭和テイストな磨りガラス窓の向こうでは、うるさいくらいに蟬が啼いている。東京に蟬はいないと思っていた。なんの根拠もなく――今は蟬も蝶々もトンボもいると知っている。

「外行こか。なにがええ？」

「無農薬野菜のヴィーガンプレート」

えぇーと櫂がうなったので笑った。最初は東京らしいおしゃれな店に行くのが楽しかったけれど、見た目番長なお店はすぐ飽きて、今では燿が連れていってくれる安くておいしい店をわたしも好むようになった。

「嘘。天丼（てんどん）がいい。お腹減った」

よっしゃあと腕を伸ばす燿の裸の胸に、幸せな気持ちで鼻先をこすりつけた。

昨日は仕事が終わったあと、用意していたスーツケースを手に東京へと飛んできた。定時退社で直行しても、燿のアパートに着くのは十一時前になる。疲れているのに、高円寺の改札の向こうに燿の姿を見つけると高揚（こうよう）した。五月の連休からほぼ三ヵ月ぶりに会い、アパートに着くなりベッドに倒れ込んで、今にいたる。

シャワーを浴びてから、近所の天丼屋さんへ出かけた。半熟卵の天ぷらがのった天丼が名物で、カウンターの客はほぼそれを頼んでいる。

「こないだおばさんとこ行ってきた。こっちは元気だから心配するなって言ってた」

燿は顔をしかめた。

「心配はしてへん。彼氏とうまいこといっとるんやろ」

「みたいだね。のろけ話たくさん聞かされた」

燿のお母さんは今治で恋人と暮らしている。恋人の達也さんは飲食店に勤めていて、わたしが訪ねる時間にはいつもアパートにいないので会ったことがない。

「うまいことやってんのやったら、それでええわ」

櫂は頬杖をついて厨房に目をやった。安堵にほんのわずか寂しさが混じっているように感じるのは気のせいではないだろう。さりげなく話題を変えた。

「漫画、今度三巻が出るんでしょう。すごいね」

「すごいことはない。連載しとるんやし、原稿が溜まったら本は出る」

「本が出るって、わたしからしたらすごいことだよ」

「けど人気が出ん。このままやと打ち切りになるかも」

驚いた。櫂の漫画の感想は好意的なものしか見たことがない。けれどいい評判しかないということは、読者が少なく偏っているということだと櫂は言う。ヒット作に酷評が多いのは、それだけ多くの人が読んでいるからで、それ以上にファンが多いからヒット作なのだと。

――打ち切りになったらどうなるの？

なんて問うまでもない。無職だ。人気商売はヒットすればとんでもないお金が入るらしいけれど、反面なんの保証もない厳しい世界だと思い知る。

「俺の作る話は『こじらせすぎ』って植木さんから言われる」

いつどこで誰が作ったのかわからない、名もない土人形が本物の命を求めて永劫(えいごう)を旅する物語。古代エジプト、中世ヨーロッパ、現代日本、それぞれの時代に巡り会う人たちを通して、命とはなにかを問い続ける。わたしはおもしろいと思うけれど、同じくらい難解だとも思う。

「モノローグを削れって言われるけど、削ったら伝わらん気がするし」

カウンターに肘をついてしかめっ面をする。どうしたらいいのだろうとわたしも考える中、おまちどおとカウンターに熱々の天丼と味噌汁が置かれた。

「とりあえず食おか」

いただきますと手を合わせ、しばらく無言で天丼を食べた。並んでいる人がいるので、食べ終わったらすぐに席を立つ。東京では食事はいつも櫂が奢ってくれる。でも今日はわたしも財布を出した。いらん、と櫂は三千円をカウンターに置いた。

「そんなすぐ無職にならん。しょうもない気い遣うな」

さっさと店を出ていく。こういうところ、櫂は古い男だと思う。

「まだまだ先の展開用意してんのや。こんなとこで打ち切られてたまるか」

心配すんなと櫂は笑う。本当に大丈夫なのだろうか。相談に乗りたいけれど、漫画のことはわからない。そもそも櫂は愚痴を言うタイプじゃない。

「せっかく会えたんや。そんな顔すな」

歩調をゆるめ、櫂がわたしの手を取る。

「なあ、夕飯は家で作ってえや」

「なにか食べたいものある？」

「普通の飯。米と味噌汁と魚とか」

「東京の魚はおいしくないよ」

「島と比べんなや」

ふたりで手をつないで午後の高円寺を歩いていく。こうしていると、島に残ると決めたときの悲壮な決意が嘘みたいだ。わたしたちは順調に続いている。

理由のひとつに櫂の忙しさがある。慣れない新人にとって連載は大変だという。さらに尚人くんは描くのが遅く、原作担当の櫂も簡単な背景処理を手伝ったりしている。櫂の毎日は漫画一色で、浮気の心配をしなくていいのは大きい。

新鮮なアジが安かったので、夕飯には尚人くんも呼んだ。尚人くんは歩いて五分のところに住んでいる。アジのタタキ、ニラレバ炒め、タマネギとトマトのサラダ、お味噌汁というなんの変哲もない夕飯を、ふたりは本当に喜んでおかわりをした。

〆切中、櫂たちの食事はカップラーメンやコンビニ弁当が続く。わたしへの連絡も途絶えるし、あっても「腹減った」「疲れた」「眠い」の三つしかない。そんなにがんばっているのに打ち切りになるかもしれない。

心配する一方、わたしがいない東京で、櫂がそれほど楽しい思いをしていないという事実に安堵する自分がいる。好きな人の成功を純粋に願っていない。わたしは『いい彼女』ではなく、実はとても自己中心的な人間だと思い知らされる。

——暁海はいいなあ。プロの漫画家が彼氏なんてすごいよ。

——将来は青埜くんと結婚して東京で暮らすんでしょう。

絶対にお式には呼んでねとみんなに羨ましがられる。小さな島ではプロの漫画家なんてスターに等しいので、彼女であるわたしも一目置かれる。でも『すごい青埜くんとつきあっている』ことが今のわたしの自慢できるすべてになっている。

——わたしは、いつの間にそんなふうになったのだろう。

高校卒業後、わたしは今治の内装資材を扱う会社に勤めた。

「将来の保険として、大学は行ったほうがいいと思いますが」

進路について相談したとき、北原先生から言われた。母親の放火騒ぎ以来、わたしは頻繁に化学準備室を訪ねるようになっていた。これ以上ない恥をさらしたあとだからか、担任よりも本音で相談できた。北原先生の前では取り繕わなくてもいい。

学費はお父さんが出すと言ってくれたけれど、両親の離婚がほぼ決まり、母親がひどく体調を崩した。学費とは別に慰謝料は三百万円くらいらしく、将来、経済的に苦しくなることは見えている。だから進学はやめて就職すると自分で決めた。

「井上さんが決めたのなら、それが一番いいと思います」

そう言ったあと、けれど、と北原先生は続けた。

「きみはもう少し周囲に甘えてもいいと思いますよ」

「わたしだって、甘えられるなら甘えたいです」

即座に言い返すと沈黙が落ちた。

「すみません、ぼくの配慮が足りなかったですね」

北原先生は謝り、なにかあれば相談に乗りますと言ってくれた。

化学準備室を出たあと、恥ずかしさでしゃがみ込みたくなった。わたしを心配してくれている人の言葉も素直に受け入れられないくらい、余裕をなくしていた。

その余裕のなさは、社会人二年目となった今も続いている。

毎朝六時半に起きて、朝食とお母さんのお昼ご飯の準備をして、自分のお弁当を作り、洗濯や掃除といった家事をすませる。八時すぎに家を出て、九時から夕方の五時まで働く。新規顧客を開拓するための外回り、見積書から商材を発注、手配、配送の手続き、既存の顧客に向けた新商材の提案書作り。仕事がおもしろくないことに不満はないけれど、これがこの先ずっと続くと思うとうんざりする。

最初はそうではなかったのに――。

「井上さん、ちょっと」

入社してすぐのころ、女子社員のボスである佐々木さんから呼び出された。なにか失敗をしただろうかと緊張したけれど、注意の内容は他愛ないことだった。

「お茶のことなんだけど、自分が飲むときは周りにも声をかけてあげてほしいの」

叱るというよりもお願いという口調で、なんだそんなことかと安堵し、気がつかなくてすみませんと謝った。違和感を覚えたのは、しばらく経ってからだ。

「お茶を淹れますけど、みなさん、どうですか？」

そう声をかけるのは女子社員だけだと気がついた。男性社員は自分の分だけを淹れる。納得できないものを感じたけれど、そんな些細なことで不満を言うのもどうかと思って黙ってしまった。それが大きな問題の一端だと気がつかないままに。

入社して半年も経つと外回りも任され、自力で新規契約を取れたときは嬉しかった。しかし飲み会で酔った同期の男性社員が零した事実に愕然とした。その同期は営業成績によって給料が上がっているのに、わたしの給料は変わっていない。名刺の肩書きもちがう。男性は『営業』、女性は『営業アシスタント』。

「営業はしんどいし、女の子には酷だから」

いたわりなのか侮りなのか、それが主任からの返事だった。男性社員と変わりなく仕事をしているのにおかしいのではないかと佐々木さんに相談すると、

「うちは昔からそうなの」

という簡単な一言ですまされた。当然とは思っていない、でも言っても無駄というあきらめムードが伝わってきて、それ以上は言えなくなった。なんとなく島の寄り合いを思い出した。料理を作って運ぶのは女の人で、男の人は座って食べるだけだった。

慣れてはいたけれど、社会に出てもそうなのかと落胆した。都会ではこんなことはないのだろうと思うたび、幻となった櫂との東京での暮らしに想いが飛んでしまう。

そうしてわたしは毎日、自分がお茶を飲みたくなるたびに事務所にいるみんなに声をかける。お茶、コーヒー、それぞれの好みどおりにミルクや砂糖を入れる。せめてオフィス用のドリンクマシンを導入してほしいと思いながら。

「お茶くらい淹れてあげればいいじゃない。それもお給料のうちなんでしょうよ」

　夕飯を食べながら、お母さんはどうでもよさげに言った。

「どうせ青埜くんと結婚したら辞めるんでしょう。だったら適当でいいじゃない。それより化粧ちゃんとしなさい。そんなんじゃ東京の女の子に取られるわよ」

　お母さんは以前とちがい、櫂との交際に積極的だ。水商売をしている女の息子から、漫画家へとクラスチェンジをしたからか。島の多くの人たちと同じように、漫画家イコール儲かる華やかな仕事と認識している。

　人気商売はそんなに甘くない。がんばっている櫂を近くで支えたい。でもお母さんが心配だからわたしは島に残ってるんだよ、わたしの化粧の心配なんかするくらいなら早く元気になってよ、そんな言葉が喉元まで込み上げる。

　口うるさいけど朗らかだったお母さんはもういない。月に二度、抗うつ剤をもらいに今治の病院に通院し、それ以外はずっと家にこもっている。愚痴っぽくていつも不機嫌。励ますのも叱るのもいけないので、わたしはそうだねと聞いているしかない。

「結婚するなら、お茶を上手に淹れられるほうがいいわよ。料理もね」

　お母さんは煮魚をひとくち食べ、味が全然しみてないと溜息をついた。つくばかりで食べない魚が、皿の上でぐちゃぐちゃになっていく。

　一度は離婚に応じたものの、お母さんは今も届に判子を押さない。お父さんからは毎月婚費が振り込まれる。ふたつの家庭を支えられるほどお父さんは高給取りではないけれど、向こうは瞳子さんにも収入がある。男の人に頼らなくても瞳子さん自身に経済力があることが、お母さんを余計惨めにさせている。瞳子さんは島では『人でなし』と呼ばれ、お母さんとわたしは『かわいそう』という同情の対象だ。知ったかぶりの哀れみを向けられるよりも、『人でなし』と呼ばれるほうがマシだと思う。

——お金で買えないものはある。でもお金があるから自由でいられることもある。

——たとえば誰かに依存しなくていい。いやいや誰かに従わなくていい。

あの言葉は、社会人になった今のほうが胸にくる。

お金は大事だ。お金を得るための仕事も。そう思ってがんばった社会人一年目。現実を思い知らされた二年目、同期の男性社員と同等に働いているのに、やはり給料は上がらないままお茶を淹れる。

先日、女子社員のボスである佐々木さんの昔話を伝え聞いた。佐々木さんは若いころは同期である今の課長よりも営業成績がよかったそうだ。けれど昇進はなく、名刺もいつまでも営業アシスタントのまま、佐々木さんは今日も黙って課長にお茶を淹れている。

あのときから、わたしは仕事を流すようになった。サボりはしないけれど、特別がんばりもしない。代わりに、それまで以上に刺繍にのめり込むようになった。ぽっかりと空いた虚ろな部分を、煌めくビーズやスパンコールで刺し埋めてゆく。

仕事終わり、残業だとお母さんに嘘をついて頻繁に瞳子さんの元を訪ねるようになった。最初は教室に通おうとしたけれど、あなたから教室代はもらわない、と瞳子さんは言った。もらえないではなく、もらわないと言い切るところが瞳子さんらしい。いかなるときも、瞳子さんの中心は瞳子さん自身だ。

「刺繍って本当に性格が出るわね」

仕上げたばかりのブローチを、瞳子さんがしげしげと見つめる。鶏頭（けいとう）の花をチェーンステッチで象り、金色と暗赤色の極小ビーズで花房を埋めた。もっと柔らかく波打たせたかったのに、わたしの技量では無理だった。あちこち隙間だらけでとても恥ずかしい。

「暁海ちゃんらしいわよ。自己流でどんどん簡単にできるのに、わかんないところ適当にしないできちんと刺そうとしてる。そういう真面目さはプロ向きよ」

「ただ好きなだけです」

「好きこそものの上手なれ。櫂くんだってそうやってプロになったんでしょう」

考えもしなかった。でもそうか。最初は誰でもただ好きだからはじめるのだ。そうして櫂はプロの漫画家に、瞳子さんはプロの刺繡作家に。けれどわたしは――。

「そこまで打ち込める時間はないです。会社もあるし」

「お仕事はどう？」

「まあ、それなりに」

「ちっとも楽しくないのね」

瞳子さんには隠し事ができない。

「ねえ暁海ちゃん、いざってときは、誰になんて言われようと好きなことをしなさいね。怖いのは、えいって飛び越えるその一瞬だけよ。飛び越えたら、あとはもう自由なの」

瞳子さんの口調は軽やかで、なんの押しつけがましさもない。

「そうですね。きっと、そうなんですよね。わかってるんです」

自嘲的に笑い、続きを言い淀んだ。言いたいことはいつも胸に渦巻いている。それを言葉にしてしまったら――うつむくわたしの頭に瞳子さんが触れた。

「あなたたちは良い子ね」

「たち？」

「前に櫂くんにも似たようなことを言ったの」

ゆっくりと小さな子のように髪をなでられる。

「あなたたちは本当に良い子。でも褒めてないのよ」

頭をなでる瞳子さんの手首から、ほのかに香水が薫る。出勤する前にわたしが適当に片付ける洗濯物とは全然ちがう香り。わたしはいつも時間に追われている。

お母さんに復調の兆(きざ)しはなくて、なにをどうしてもありがとうの一言がない。仕事をがんばろうにも、がんばった先にはなにもない。この暮らしがいつまで続くのかわからないまま、砂時計の砂みたいにわたしの十八歳からの時間が流れ落ちていく。

「ごめんなさい。わたしは、あなたにだけは謝る」

いつも軽やかな瞳子さんの声が、今は薄い薄いガラスみたいに響く。瞳子さんがわたしを心配してくれていることが伝わってくる。申し訳ないと思っていることも。

わたしは首を横に振った。きっかけは確かに瞳子さんだった。けれどいくつかあった選択肢の中から『今』を選んだのはわたしだ。それが間違いだったならば、間違えたのはわたしだ。誰のせいにもできない。けれどただひとつ、知りたいことがある。

——わたしは、いつまでこんなふうなのだろう。

た。お盆休みはあっという間にすぎてしまい、最終日、櫂は高円寺駅まで送ってくれた。最初は羽田空港まできてくれていたけれど、お別れの雰囲気が出すぎてしまうのがいやで、高円寺駅まででいいと以前にわたしが言ったのだ。

「やっぱ羽田まで送ってくわ」

「ここでいいよ」

「けど荷物多いし」

みんなへのお土産でわたしの両手は塞がっている。いつものことだ。なのに櫂が気を遣うのは、昨夜ちょっとした言い争いをしたからだろう。

昨日、櫂の漫画仲間の集まりに連れていってもらった。その中に以前からよく名前を聞くさとるくんがいた。驚いたのは、さとるくんが女の子だったことだ。青年誌で描く女性漫画家が中性的なペンネームをつけるのはよくあることらしい。

——前にさとるくんの家に泊まったって言ってなかった？

——〆切前にな。ヤバいし手伝ってほしい言われて。

——女の子の家だよ。普通泊まる？

櫂が眉根を寄せた。さとるくんは女ではなく仲間だと言う。頭ではわかる。それでも納得いかないわたしに、櫂は大きな溜息をついた。

――ここ東京やで。一緒に歩いとるだけで変な目で見られる島とはちがう。

衝撃を受けた。島特有の色眼鏡（いろめがね）、会社で当たり前のように行われる男女差別。それらにうんざりしていたわたし自身、島の考えが染みついていることを思い知らされた。耳がじわじわと熱くなり、わたしはお風呂へと逃げて話はそれきりになった。

「昨日ごめんな。おまえの気持ち考えてへんかった」

ホームで電車を待ちながら櫂が言う。

「もうさとるんちには行かん」

「ちがうから」

思わず声が大きくなってしまった。

「ごめん。でもちがう。昨日はわたしが悪かった」

櫂がなにか言いかけ、わたしは両手を突き出してそれを遮った。

「わたしは櫂の仕事の邪魔はしたくない。応援したい。櫂が大事に思う人たちのことはわたしも大事にしたい。こっちがわたしの本心。疑わないで。お願い」

本当にごめんと重ねて言うと、俺もごめんと返ってきた。電車がくるまでの短い時間、わたしたちはずっと手をつないでいた。やってきた電車にわたしだけが乗り込み、ドアが閉まり、一度大きく揺れる。窓越しに手を振り合い、櫂が遠くなっていく。完全に見えなくなってから、わたしはようやく笑顔をほどいた。

——ちゃんとやれただろうか。

恋人との別離の寂しさよりも先に、流れていく景色にそれを問いかけた。櫂の負担になっていないか。櫂が安らげる存在でいられているか。帰り道、いつも自分を採点する。いつからわたしはこんなふうになってしまったんだろう。櫂はきっと気づいていない。

島に残ると決めたとき、櫂は一言も文句を言わなかった。すべて飲み込んで、たくさんの約束を交わしてわたしを安心させてくれた。それでも遠距離恋愛は難しい。気持ちなんてささいなきっかけで離れていく。だから精一杯がんばっている。手取り十三万円のうち八万円を家に入れ、残りは友人づきあいと、東京への交通費と服と化粧品に注ぎ込んでいる。普段着は安いファストファッションだけれど、上京用に二万円もするワンピースと新しい下着を買った。東京の女の子たちに比べてださいと思われたくない。でもその考えがもうださい。

お金は大事、仕事も大事、櫂も大事。

なのに、なににも手が届かない。

東京で夢を叶えている櫂に、わたしが誇れるものはなにもない。だからせめて理解のある彼女のふりをする。わたしの不安はわたしの事情で、わたしがなんとかしなくちゃいけない。東京でがんばっている櫂に背負わせるものじゃない。

じゃあどうすればいい。櫂とは関係ない、自分だけのなにかを見つけなくちゃいけない。カバンから雑誌を取り出した。櫂の資料探しでつきあった古本屋さんで見つけたパリのメゾンの作品集。黒のオーガンジーに淡水パール、メタルビーズ、ピンクビーズ、スワロフスキーのクリスタルやブラックダイヤ、三千粒ものビーズが刺された『CIEL DE NUIT』というブラックドレス。なんて美しいんだろう。こんな夢のような世界があるのだ。

——そういう真面目さはプロ向きよ。

——好きこそものの上手なれ。

一瞬心が羽ばたきかけ、けれどすぐ折りたたまれていく。

櫂を通してクリエイティブな仕事の過酷さを知っている。多くの時間を注ぎ込んで、それでも叶うかどうかわからない。そんな夢を見られる状況じゃない。今わたしが見るのは夢ではない。現実だ。

雑誌をしまい、スマートフォンで転職サイトを開いた。一件ずつ条件を見ていく。せめてもう少しがんばり甲斐のある会社に移りたい。できるところから、一歩でも、ここから抜け出すために。

青埜櫂　二十二歳　夏

目覚めると、隣に知らない女が眠っていた。

睫毛（まつげ）の長い色白の寝顔を見つめるうち、じわじわと緊迫感が漂いはじめた。

酒で濁（にご）った頭で、昨夜のことを順番に思い出していく。

昨日は俺と尚人と植木さん、そして編集長も同席で人生初の星つきフレンチレストランで夕飯を食べた。最新刊の売れ行きがよく、続々と重版がかかっている。その祝いの席だった。一時期打ち切りに怯えていたことが嘘のように好調だ。

そのあとクラブに出向いた。さとるから友人のイベントがあるので顔を出してくれと頼まれたのだ。俺は人気漫画家と紹介され、女の子たちからツーショットをねだられた。酔った帰り道、方向が同じだという女とタクシーに同乗したところまでは覚えている。

「おはよ」

女が目を開けた。しかたがないので、おはよう、と返した。ここからどうするか考えているとキスをされた。足を絡められ、あきらかにそういう空気を感じる。俺は酔いも醒めていて、それどころかひどく焦っている。暁海の顔が脳裏にちらつく。さりげなく身体を起こしてベッドを抜け出した。とにかく女を帰そう。

「お腹すいたね。なにか作ってあげようか」

「冷蔵庫空っぽや」

「角曲がったとこにコンビニあった。卵とかパン買ってくる」

はじめてきたくせに、どうしてコンビニの位置を正確に把握しているのか。女がそれほど酔っていなかったことがわかり、ますます危機感が高まっていく。時計を見ると昼をすぎていたので、打ち合わせが一件入っていると嘘をついた。

「また会える？」

女がベッドに横たわったまま訊いてくる。そのうちにと曖昧に返しながら素早く着替え、スマートフォンと財布だけを手に玄関へ向かった。

「時間ないし先出るわ。鍵はポストに入れといて」

逃げるように、いや、完全に逃げた。最後にちらっと見た女の顔が不満げで、自分が最低であることを突きつけられる。罪悪感にまみれて牛丼屋で昼飯を食べていると暁海からメッセージが入った。おそるおそる開けてみる。

[今日も暑いね。お盆休みはどうする?]

ほっとした。大丈夫だ。遠距離だしバレるはずがない。昨日は酔いすぎた。ちょっと酒を控えよう。自戒しながら、そういう問題ではないことはわかっていた。

上京して四年が経ち、俺は順調に東京に染まってきている。食い止めるのは難しい。以前はそうではなかった。なかなか数字が伸びず、打ち切りの危機もあり、少しでも原稿の質を上げようと徹夜が続いてぼろぼろの〆切明け、もう誰でもいいからそばにいてほしくなり、それでもなんとか耐えられた。

けれど漫画が売れ出し、金が入ってきて、周りからちやほやされだした途端、俺は流されてしまった。初めて砂糖を口にした子供みたいにはしゃぎ、その甘さに搦め捕られてしまっている。満たされている余裕が、俺によそ見をさせている。

[今年は俺がそっちに帰る]

そう返した。忙しいので本当はきてくれると助かるが、浮気をしたという罪悪感が俺に優しい言葉を吐かせている。なんだか二重に居たたまれない。

牛丼屋を出たが、女がまだ家にいたらまずいので新宿の書店へ向かった。使えそうな資料本を何冊かレジに持っていくと一万円を越え、価格を確認していなかったことに気づいた。以前なら考えられない。日常の些細なところからも、自分のゆるみっぷりがわかる。

買った本をカフェで読んでいると、母親からメッセージがきた。

［元気なん？　たまには電話してきいや］

返事をする前に二通目がきた。

［冷蔵庫が壊れたんやけど、どうしよう］

またか。彼氏との暮らしが順調で息子のことはほったらかしだったくせに、漫画が売れてから連絡が増えた。今はまああの額を仕送りしていて、それでも足りずにねだられる。

——これから自分で財産管理するのは難しくなると思うよ。

先日、植木さんから税理士を紹介された。漫画が波に乗り、編集部も力を入れるので次巻の初版部数は跳ね上がると言われた。それに伴って既刊も大重版がかかる。印税がすごい額になるので、節税対策にプロを雇うようアドバイスされたのだ。

最近、俺と尚人の周りには人が増えた。やたらと友人を強調する顔見知りたち。飯を食えば奢ってもらって当然という顔をしている。別にそれはいい。俺たちも金がなかったときは先輩や仲間に奢ってもらった。自分たちが返す番というだけだ。

そんな中、暁海だけが変わらない。少ない手取りの半分以上を家に入れ、残りでやりくりし、長い休みは俺に会いにきてくれる。飯代は基本俺が出すが、たまにはわたしが払うと財布を出す。そういう暁海を人として信用している。

［冷蔵庫は買えよ。払っとく］

返信すると、母親からは秒で［ありがと―］と投げキスのスタンプが返ってきた。続けざま［こないだ暁海ちゃんがきてくれた］［ほんまええ子やな］［暁海ちゃんだけは大事にせなあかんよ］と続く。母親は暁海に関してだけはまともなことを言う。

家に帰ると、女がいなかったのでほっとした。ばたりとベッドに倒れ込むと甘ったるい匂いがした。思い出したのは昨日の女ではなく暁海だ。目を閉じるとすうっと眠りに引き込まれていき、起きたらもう夜だった。

高円寺駅前のいつもの居酒屋に、すでに尚人と植木さんはきていた。

「やっぱりここは急ぎすぎる。もうひとつふたつエピソードをはさまないと」

タブレットを手に植木さんが考え込んでいる。

「エピソード足したら中弛みせんかな。リズムよう行きたいねんけど」

「新人みたいなこと言わないの。エピソードを追加することとリズムが悪くなることはイコールじゃないだろう。丁寧に、スピーディーに」

「言うのは簡単やけど」

「櫂くん、単純にここのシーン書きたくないんだろう？」

返事に詰まった。展開を自然につなげるためには、人物の過酷な幼少期を振り返る場面を入れたほうが説得力が出る。わかっているのだ。でも書きたくない。さすがにデビュー前から面倒をみてくれている担当編集者だけあって鋭い。

「何度も言うけど、人格形成には段階があるんだよ。それは生身でも漫画のキャラクターでも同じ。ひとつでも飛ばすと薄っぺらくなる。しんどくても逃げないで」

「わかっとるよ」

「じゃあ明後日までに練り直して。で、尚人くんのほうだけど」

タイトな〆切に異を唱える間もなく、植木さんは昨日上がったばかりのストック原稿のネームデータを出した。的確なダメ出しに今度は尚人の表情に焦りがにじむ。

「コマ割りが細かすぎる。繊細さは尚人くんの持ち味だけど、それを充分に魅せるために大胆さも意識して。今回の見せ場はここだろう。見開きでもいいくらいだよ」

「それじゃ他がもっときゅうきゅうになっちゃうよ」

「そこは櫂くんの仕事。モノローグをもう少し削ってもらおう」

「は？　エピソード増やせってさっき言うたやん」

「このあたりは削れるんじゃないかな」

指差されたのは、確かに若干もたつきが気になっていた場面だった。

ヒットの兆しが見えはじめたころから、植木さんは厳しくなった。チェックがうるさすぎて腐りかけたとき、この作品はもっとおもしろくなるし、ぼくは編集人生かけてヒットさせるつもりだ、こんな序盤でいい気分にならないでくれよと怒られた。

正直、腹が立った。けれど植木さんは俺たちと同じくらい俺たちの漫画を愛して、理解してくれているという信頼がある。修正するたびによくなっていくので、最後はぐうの音も出ない。人としても作家としても信用している。

それにしても、ここのシーン書きたくないんだろう、という指摘には本気でひやりとさせられた。俺にとって物語は現実から逃避するための手段だったのに、だんだんとそれでは通用しなくなってきている。自分が見たくないものも直視し、読者にわかりやすく組み直し、物語に落とし込んでいかなくてはいけない。それは逃避とは逆に、自分と向き合う行為だ。内側から湧いてくるものを解体して再構築していくことで、俺はいやでも自分という人間を理解させられる。狡さや弱さや卑屈さ、それがどういう経緯で作り上げられていったのかまで。

「わかりました。コマ割り、最初からやり直します」

隣で尚人が大きくうなずいている。ダメ出しをされると以前はすぐ落ち込んでいたのに、最近の尚人は前向きだ。理由は単純で、初めての恋人ができたのだ。

相手が高校生と聞いたときは驚いた。条例に引っかかるぞとからかうと、大事にしたいから相手が卒業するまで手は出さないと返された。デートでも友人同士に見えるよう細心の注意を払っているそうだ。多様性が謳(うた)われる今でもゲイの恋愛は難しい。

将来はふたりで海外に出たいと尚人は言う。いいんじゃないか。漫画はどこでも描けるし、好きな相手と堂々と結ばれることが許されない国なんて出ていけばいい。国は俺たちのためにあるのであって、俺たちが国のためにあるわけじゃない。

「そうだ。既刊全巻にまた重版かかったから」

打ち合わせが一段落したあと、思い出したように植木さんが言った。

「植木さん、それは一番に言うてや」

「ごめん。ぼくも何刷まで伝えたのかわからなくなってきたよ。口コミでもどんどん広まってるし、将来はうちの看板になるかもって編集長も期待してる」

「看板?」

「今の看板がそろそろ連載終わらせたいらしいんだよ」

植木さんが声をひそめた。漫画雑誌には看板作品が必要で、後釜(あとがま)はできれば手垢のついていない新人がいい。これと決めたら出版社はバンバン宣伝費をかけて売っていく。

「お金かけて強引に売るのってどうなのかな」

潔癖で理想主義の尚人がいやな顔をした。

「誤解しないで。才能と実力があるのが大前提だよ。雑誌が売れない今の時代、看板作品の最新話が読みたくて読者が雑誌を買ってくれる。一緒に他の漫画も読んでくれる。コミックスでも稼いでくれるから新人を出せる。看板作家は他の作家も背負ってるんだよ。その力がない作品に出版社が金を出すもんか」

「でも実力以上の魔法もかかる。そういうのは下品だよ」

「いや、だから、尚人くんと櫂くんの漫画はその重圧に耐えうる、それだけ価値があると期待されてると受け取ってほしい。お金の話をしたぼくも悪かったけど」

植木さんが誤解を解こうとするが、尚人は浮かない顔のままだ。

「櫂はどう思う？」

話を振られ、ええやん、とジョッキを飲み干した。

金の話をするのはいやらしい、そう思うのは本当の底辺を知らないからだ。俺は金のありがたみをチビのころから知っている。経済的な問題で暁海が進学を諦めたのも見ている。金は人生を左右する。そんな大事なものを注ぎ込むと言われているのだ。だったらこっちは必死に応えるしかないだろう。一方で、金に左右されて地べたを這いずりまわらされた過去を思うと、そんなものに頼らなくても這い上がることはできると言いたい。いいや、そう信じたいだけかもしれない。尚人よりも俺のほうが理想主義なのだろうか。なんにせよ金の話は難しい。

「なるようにしかならんやろ」

「真面目に考えろよ」

にらまれたが、俺は知らんぷりで酒のおかわりを頼んだ。

うまく言葉にできない鬱屈のすべてを、俺は物語にそそぎ込む。SNSでだらだらとお気持ちを垂れ流している同業者を見ると、無駄打ちしてんなあと思う。俺はもったいないからひとつもただでは零したくない。

酔っぱらった帰り道、暁海からメッセージがきているのに気づいた。

[こっちで会うの久しぶりだね。仕事はいいの？]

返信しようとしたが、酔いで指がもつれる。もう深夜近かったが、電話をかけると暁海はすぐに出た。声を聞いた瞬間、酔いがもう一段深まった。

『こんな時間にどうしたの。なにかあった？』

なんとなく好きな女の声が聴きたくなっただけだ。

「なあ、暁海」

結婚しよか――と口走りそうになり、寸前でブレーキを踏んだ。

今夜の俺はまあまあ浮かれている。次期看板なんて言われたからか。馬鹿め。額に手を当て、意識して頭を冷やした。いいことが起きたあとは、ふたつ悪いことが起きる。うまくいっているときほど気を引き締めろ。人生は甘くない。

『櫂？』

「いや、最近どないしてんの」

『普通だよ。毎日会社行って家のことしてる』

暁海が抑揚なく言う。以前はもっとやり甲斐のある仕事がしたいと転職サイトを覗いていたが、最近は言わなくなった。今の職場でやり甲斐を見つけたのだろう。

「たまには友達とかと飲みに行ってこいよ」

『うん。でも夜に出かけるとお母さんが心配するから』

「おばちゃん、調子どうや」

『相変わらず。あ、こないだ結ちゃんに刺繍を教えてあげた』

暁海が声の調子を明るく変える。母親のことはあまり話したがらない。

『もうすぐ北原先生の誕生日でね、ハンカチになにか刺繍してあげたいんだって』

「男のハンカチに刺繍はいらんやろ」

『結ちゃんの気持ちだからいいの。北原先生は喜ぶよ』

「生焼けのクッキー食うくらいやしな」

高校時代の共通の記憶にふたりで笑った。

「北原先生とよう会ってんの？」

『進路のことでもお世話になったしね。でも今は結ちゃんと会うほうが多いかな』

「暁海に懐いとんな」

『櫂の話も出るよ。漫画いつも読んでて——あ』

「どした」

『刺し違えた』

物騒な言い方に一瞬驚いた。話しながら刺繍をしていたようだ。

酔っ払った頭に、高校時代の暁海が思い浮かぶ。俺が原作を書いてる間、窓辺に置かれたベッドでかぎ針を動かしていた。暁海がほんの少し指を動かすと、赤や青、色とりどりのビーズが光を散らす。小さな魔法を使っているようで、俺はよくこっそり見とれていた。

「暁海は変わらんねやな」

深夜でも明るくにぎやかな東京。この街に少しずつ飼い慣らされながら、それとはちがうもうひとつの世界を感じる。街灯のひとつもない、日が暮れれば恐ろしいほどに静まり返る海に囲まれるあの島。そこには暁海がいて、今、俺と話しながら刺繍をしている。その想像が、俺の中でからまったものをほどいていく。暁海の前では俺は戦わなくてもいいのだ。

「なんや、ねむうなってきた」

『無理してるんじゃない？　ちゃんと寝てる？』

「今、無理せんでいっすんねや」

『じゃあ、せめて、ちゃんと寝てご飯食べて』

「わかった。ほな、またな」

愛され、満ち足り、傲慢（ごうまん）な子供のように電話を切った。アパートまでの短い距離をいい気分で歩いているとスマートフォンが震えた。真帆（まほ）と名前が出ている。誰だ。

[今日はバタバタだったね、また時間あるとき遊ぼ]

うちのベッドに寝ていた女を思い出す。色が白くて長い睫毛の寝顔。華奢(きやしゃ)な肩にかかるハイライトが入ったアッシュグレイの巻き髪。暁海とは正反対のタイプだった。

「今なにしてる?」

「暇しとる」

無視するべきなのに、指が勝手に返事を打っていく。

「うちこない?」

「行こかな」

俺はなにをしているのだろう。

俺には俺をずっと待っている暁海がいるというのに。

一方で、いいんじゃないかとも思う。あの静かな島が俺の帰る場所で、この女は幻で、幻は何度抱いても幻のままだ。

約束どおり、お盆には島へ帰った。

俺の故郷でもなんでもないのに、『帰る』という表現がしっくりくる。

宿は今治にホテルを取った。島にも民宿はあるが、島民のほとんどが顔見知りの中で、好奇の視線を向けられながら恋人と過ごすなんてごめんだ。暁海の母親がうちに泊まればいいと言ったそうだが、それもいろいろと落ち着かない。

松山空港まで暁海が車で迎えにきてくれて、ホテルに荷物を置いてから、まずは俺の母親の家に向かった。今治駅に近いアパートでたっちゃんと暮らしている。俺が上京してからなので、もう四年ほど続いている。すぐに別れると思っていたので意外だった。

「たっちゃんはほんまにええ人やのよ。今の店でも主任やし」

母親から視線を向けられ、隣でたっちゃんが照れている。数えるほどしか会ったことはないが、確かに今までの男よりは真面目そうだ。いい大人が四年もつきあってて籍を入れていないのは気にかかるが、男女のことは口出ししてもどうにもならない。とにかく一日でも長続きしてくれと願うばかりだ。俺は母親の泣き顔にはほとほと飽きている。

「櫂くんの漫画、うちのバイトたちも読んでるよ。俺もちゃんと買ってるからね」

たっちゃんが最新刊をほらと見せてくる。

「なあなあ櫂、これいつドラマとかアニメになるん？」

「さあな。なるとええな」

「人気あるんやろ？」

「そんな甘い世界ちゃうねや」

映像化についてはいくつか話がきている。けれど決定するまでは迂闊なことを言わないほうがいい。特に舞い上がりやすい母親には。

「息子が漫画家って言うと、みんなすごいなあって褒めてくれんねん。アニメやドラマになったらお金いっぱい入るんやろって。なあ櫂、そうなったら豪邸建ててな」

母親はテーブルに置いた俺の漫画をざあっとめくり、ぱたりと閉じた。遊びに飽きた子供みたいな仕草。そして土産に渡したブランドの袋に手を伸ばした。

「頼んでたん、買うてきてくれたん」

嬉しそうに化粧品を取り出す。アイシャドウ、口紅、マスカラ。俺にはよくわからないので真帆に買い物につきあってもらった。真帆とはあれから数回会っている。

「やっぱボビイのシャドウは発色がええわ」

アイシャドウのパレットを開け、さっそく試している。煌めく粉が漫画の表紙に落ちた。母親は俺の成功を願っているが、俺の漫画が載っている雑誌は買わないし、未だにストーリーも知らない。以前「字が多うて、ようわからん」と言われた。

「毎回あんなんの相手さして、ほんま悪いな」

母親の家を出たあと、車に乗り込んで一番に謝った。

「そんなふうに思わないよ」

うちの親もいろいろあるし、とつけ足して暁海はエンジンをかけた。

「櫂が許してるならそれでいいんだよ。勝手にひどい親だとかかわいそうな子供だとか、他人が決めつけてどうこう言う権利なんてない」

暁海の声にかすかに苛立(いらだ)ちがにじむ。あの小さな島にはプライベートがない。人間関係が濃密で、その分、なにかあれば誰かが駆けつけてくれる。ごく自然と助け合いができる暮らしは、慣れてしまえば居心地がいいのだろうが――。

「晴れてよかった。台風きてたから心配してたけど、逸(そ)れたね」

暁海が話を切り替えた。今治から来島(くるしま)海峡大橋を渡って島へと向かう。巨大な橋の両側を海の青に、前面を空の青に占領される。俺が知るどこよりも、瀬戸内の海は明るい。穏やかな眩しさに眠気を誘われ、起こされたときは暁海の家についていた。

「悪い。寝てもうた」

「疲れてるんだよ。昨日遅かった？」

「打ち合わせでな」

嘘をついた。昨日は真帆と一緒に母親への土産の化粧品を買いにいき、そのあと真帆が服を見たいと言ったのでつきあって何着か買ってやった。夜は日本初上陸という話題の店で食事をして、そのまま俺のアパートに帰って朝まで一緒にいた。

俺に本命の女がいることを真帆には伝えてあるし、それでもいいと言われている。申し訳ない気持ちはあるので、おねだりをされたらなるべく買ってやることにしている。ただの金蔓じゃんと尚人はあきれているが、そのほうが俺も気が楽なのだ。

「青埜くん、久しぶりねえ。こんな遠いところまで疲れたでしょう」

出迎えてくれた暁海の母親に、ご無沙汰してますと頭を下げた。いそいそと案内された居間のテーブルには、あふれそうなほど皿が並んでいる。

「すんません。気い遣ってもろて」

「遠慮しないの。いずれは親子になるんだから」

お母さん、と暁海が小声でたしなめたが、

「そういう気持ちでつきあってるんでしょう？」

念押しされ、はいとうなずいた。男にだらしない女の息子だと昔は毛嫌いしていたのが、えらい変わりようだ。暁海の母親はよくしゃべり、笑い、酒まで飲んだ。不自然なほどのはしゃぎかたで、おそらくあとで落ちるだろう。仲間うちでも何人か鬱を患っているのでわかる。暁海は母親の様子を心配そうに窺い、俺には申し訳なさそうにしていた。

食事のあとは、早々に散歩へと逃げた。かなかなと弱く啼く蝉の声を聞きながら、高校時代、よく暁海と会っていた浜辺へ歩いていく。西日が穏やかな海面を銀色に反射させている。

「ここはなんも変わらんなあ」

目を眇め、ゆっくり視界を移動させる。遠くに淡く浮かぶ島影、ゆるくカーブしている海岸線の向こうから走ってくるバス、振り返ると猛々しいまでに生い茂る山の緑。打ち寄せる波音が子守歌のようで、まるで時間が止まっているかのようだ。

「高校のとき、毎日ここで待ち合わせたね」

浜辺へ下り、ふたりで護岸ブロックの傾斜にもたれて足を投げ出した。

「お菓子も飲み物も全部持参で」

「コンビニできたんやっけ」

できてないと暁海は笑い、カバンからじゃがりこを取り出した。懐かしくなって持ってきたと蓋を剝がしていく。カップを差し出されて一本つまんだ。

「昔はみんなにバレないよう、別々にこそこそきたよね」

「せやったな」

「そういえば、あれ焦った。花火のとき裸で寝てるの見つかって」

「せやったな」

「北原先生に見つかって、呼び出されて、てっきり怒られると思ったら」

楽しそうに話す暁海に相槌を打ちながら、俺は眠気を感じていた。暁海は島での思い出話が好きだ。俺だって懐かしい。けれどずり切れるほど聴いたレコードの、そのすり切れ具合ごと愛しむには俺たちはまだ若すぎると思うのだ。

「せっかくの花火大会だったのに観られなかったし、結局あれから一度も――」

「仕事は？」

え、と暁海がこちらを見た。

「仕事、今どんなんしてるん？」

「普通。話してもおもしろくないよ」

昔話よりはおもしろい――とは言えなかった。

「ええから話せよ。暁海がどんな仕事してんのか知りたい」

「営業補助だよ。外回りして、オーダーに沿って見積書作って、商材発注する」

「それは前も聞いた」

「仕事なんてそう変わらない。わたしは営業アシスタントだし」

「いつ昇格するん」

「昇格？」

「アシスタントってことは、いつか本職になるってことやろ」

暁海はなにか言いかけ、しかしすいと視線を海へ投げた。

「営業は男ばっかりだよ」

「なんで？」

「東京とはちがうから」

投げやりな言い方だった。

「東京かていろいろしんどいで。そんな変わらんと思うけどなあ」

「東京と島はちがうって櫂が言ったんだよ」

声にわずかな怒りがこもっていた。

「え、いつ？」

「さとるくんのとき。東京は一緒にいるだけで変な目で見られる島とはちがうって」

うっすらと思い出した。漫画家仲間のさとるが女だとわかったとき、暁海と揉めたことがある。俺はさとるを女とは見ていなかったし、それどころか当時は俺たちより売れていたさとるの才能に嫉妬していたくらいだった。さとるは今でも同じ雑誌でがんばっている仲間で、俺はそんな些細な揉め事はすっかり忘れていた。逆にそんなことをいちいち覚えていて、さらに今この場面で出してくる暁海に戸惑った。

——それ、今、関係ないやろ。

そう言ったら揉めそうで、せっかくの休暇中に喧嘩をするのは面倒だった。

「そやったっけ。ごめん、俺もこっちの事情よう知らんから」

暁海は我に返ったように目を逸らした。

「ううん、わたしもごめん。えっと仕事は……職種的なとこはなんともできないけど、待遇面の改善はしてほしいってがんばってるよ。女子社員のボスみたいな人がいたんだけど、その人が今年辞めたの。それからはお茶は男性社員も自分で淹れるようお願いしたり、あと生理休暇のこと。生理期間を毎月申告して、それに沿ってないと有給扱いにならないとか信じられないルールがあって、それだと不順の子が——」

タイムスリップして二十年ほど過去に戻ったのかと思った。昔話よりはおもしろいと思ったのに、暁海の職場の話はなにひとつピンとこない。お茶、生理期間の申告、周回遅れもはなはだしい話にあくびをかみ殺している自分がいる。

——暁海って、こんな女やったかな。

いくら話しても話が尽きず、毎日放課後に待ち合わせて、それでも足りなかった高校時代を遠く感じる。このあたりの海独特の穏やかな波音や息苦しいほどの潮の香り。そんな中でふれた暁海の肌、うなじの匂いまで、すべて鮮やかに刻み込まれているのに、隣にいる暁海だけがあのころの輝きを失っている。

「刺繍はずっと続けてるよ。こないだ瞳子さんが仕事紹介しようかって言ってくれたの。わたしのレベルなら仕事にしてもいいんじゃないかって」

刺繍の話も、特に代わり映えがしない。光るビーズやスパンコールを紡ぐ暁海の姿は、東京で疲れているときに想像すると癒やされるのに、ゼロ距離だと眠くなるのはどうしてだろう。結婚するなら暁海しかいないと思っているけれど、結婚は現実で、ゼロ距離のただの日常の連続で、だったらこの退屈さはある意味正しいのだろうか。

ポケットの中でスマートフォンが震えた。尚人からのメッセージだ。セリフの収まりが悪いので調整してほしいと言っている。植木さんからも何件か入っている。これはホテルに帰ってから確認しよう。ノートパソコンを持ってきてよかった。

「聞いてる？」

我に返った。完全に会話がお留守になっていた。

「すまん、ちょっとぼうっとしとった」

「わたしといるの、退屈？」

とっさに答えられなかった。暁海は怒っていない。ただ穏やかに俺を見ている。嵐の前の静けさのような、なにかが手遅れになりそうな気配を感じた。

「暁海」

俺はただ呼び掛けただけだった。暁海は黙ってこちらを見ている。

「結婚……する？」

暁海が目を見開いた。俺はなにを言っているのだ。けれど、そう言わなくてはいけない気がした。女がひとりで生きていける仕事は島には少なく、五年も俺とつきあっていることは島中が知っていて、いまさら島の他の男とつきあうのも難しい。俺は暁海の人生に責任を取るべきだ。

「なに言ってるの」

暁海はあきれたあと、「帰ろ」と話を流した。

正直、ほっとした。暁海を愛しているのに、執行猶予がついたみたいに感じている。それがまた暁海への後ろめたさにつながる。

暁海と手をつなぎ、護岸ブロックの傾斜を上がりながら振り返った。

十七歳のころ、衝動を我慢できずに波消しブロックの陰で抱き合ったことを思い出す。俺たちはもう大人だから、そんなことはしない。同時に俺たちはまだ若く、そんなことをかろうじてできる年齢でもある。俺たちは成長したのか。それとも熱情を失ったのか。わからないまま、光を反射させる午後の海沿いをふたりで歩いた。

井上暁海　二十五歳　夏

［お盆は会えへんかも］

昼休み、みんなでお弁当を食べているとき櫂からメッセージが入った。櫂と尚人くんの漫画は去年アニメ化されたのをきっかけにブレイクし、いろんな雑誌やテレビで取り上げられている。忙しいのは傍目(はため)にもわかる。

［仕事の邪魔はしない。会うだけでも駄目？］

そう打ったメッセージは、字面のあまりの重たさに消した。わたしと櫂の心の秤(はかり)はいつしか一方的に傾きはじめ、もう二度と水平には戻らない気がする。

昨日の残りの煮物を詰めた小さな弁当箱をつついていると、休憩室に社長が入ってきた。みんな慌てて立ち上がろうとすると、いいよ、そのままでと鷹揚に手で制された。社長はわたしのほうにきて、遠慮がちに色紙を差し出してきた。

「息子が青埜先生のファンなんだ。いつでもいいからサインをお願いできないかな」

わたしと櫂がつきあっていることは社内でも知られていて、最近は取引先の人からも「彼氏すごいね」と声をかけられる。わたしは曖昧な笑みを返す。いつまで『櫂の彼女』でいられるかわからない。

「それとこの際だから、前から言ってた生理期間の申告もやめることになったから」

色紙を受け取りながら、えっと顔を上げた。

「社員の体調管理というか福利厚生の一環だったんだけど、もし漫画でそういうこと描かれたら大変だし、今はインターネットですぐ炎上する時代だから気を遣うよ」

返答に困った。櫂がわたしの恋人だから、櫂の漫画に自分の会社が登場するかもと無邪気に思えることがすごい。ある年代以上の男性の自尊心の扱いに困りながら、ああ、でも櫂も似たようなことを言っていたなと思い出した。

——俺の今までの人生、漫画にしてくれてもいいよ。

——わたしって変わってるし、取材したらおもしろいと思う。

自分は普通ではない、と思いたがる普通の人たちの多さに櫂はうんざりしていた。一方で、その自己肯定感の高さが羨ましいとも言っていた。わたしも、今、同じように感じる。

「でも女の子の身体のことだから、ぼくたちも大事にしなくちゃと思ってるよ」

社長に悪気はない。だから余計に気持ち悪く感じた。女の身体はその女のものだ。『ぼくたち』で大事にしてもらう必要はない。女の身体は公共物じゃない。

――見当違いの思いやりより、職種や給料面での男女差を是正してください。

そう言えたら、どれだけすっきりするだろう。生理休暇の件は当たり前の要求がようやく通っただけなので礼を言う必要はなく、色紙を手に黙っていると社長は物足りない顔をした。

「女の子も偉くなったよね。うん、いいことだ」

笑って去っていく社長に、社員として頭を下げて見送った。

社長が出ていったあと、女子社員みんなから拍手喝采された。現状が改善されたことは嬉しいけれど、個人的には情けない気持ちが勝った。

わたしたちが改善してほしいと何年も訴えてきたことが、櫂のおかげで一瞬で叶った。結局は男が男を回したというだけのことだ。けれどそれを虚しく感じる資格がわたしにあるのだろうか。もっとやり甲斐のある会社に移ろう、できるところから一歩でもと思っていたけれど、あれから六年、わたしを取り巻く状況はなにも変わっていない。少しでも櫂に追いつきたかった。なのに追いつけないほど距離が空いてしまった。この拍手は、わたしではなく櫂のものだ。

「使えるものはなんでも使えばいいじゃない」

瞳子さんはさっぱりと言い切った。

「結果を出せたんだから、少しは自分を褒めてあげなさいよ」

「わたしはなにもできませんでした」

「力のある人を味方にしている、ってことも力のひとつ。なんでもはじめの一歩が大変なんだし、手段のクリーンさは次世代に任しちゃえば？」

柔らかなコットンワンピース姿でビーズを刺しながら、瞳子さんは軽やかに話す。自分に自信のある女のほうが、素直に男に頼れるのだろうか。もしくは、そもそも力があるから、頼る頼らないではなくギブアンドテイクのスタンスなのか。

「瞳子さんはいいなあ」

「うん？」

「ひとりで生きていけるってすごい。羨ましい」

「経済的に自立してることと、ひとりで生きていくことはまた別の話だけどね」

そう言う瞳子さんの肩越し、キッチンで魚を捌いているお父さんが見える。家ではなにもしなかったお父さんが――とはもう驚かない。

親ではない、ひとりの男性としての父の姿に子供として傷ついたけれど、人は変わっていくのだと今は思える。それは寂しくもあり希望でもある。逆に変わらない、いや、変われないことこそが不幸なのだとも知った。お母さんはまだ離婚届に判を押さない。

「こないだの『シマネコ』のイヤリング、評判よかったわよ」

「ほんとですか」

「週末の二日間で十点全部売れたって」

うそー、と思わず学生みたいな声が出た。『シマネコ』は今年オープンしたカフェ兼雑貨屋さんだ。数年前から島には都会からのIターン移住者が増えはじめ、カフェやレストラン、雑貨店など、おしゃれな店が次々オープンするようになった。それらが雑誌やネットで紹介され、瀬戸内旅行の定番観光コースになりつつある。瞳子さんはIターン組の住人との橋渡し的存在で、その人たちがやっている店から、わたしでもできる刺繡細工の仕事を紹介してくれる。

「また仕事をお願いしたいそうなんだけど」

「ぜひやらせてください。イヤリングですか」

「ストールとミニバッグ」

膝に置いている手をにぎりしめた。大きい仕事だ。

「デザインはお任せで、二十代向けにお願いしたいんだって。こないだ納品してもらったイヤリング、買ってくれたのが全員都市圏から旅行にきてる若い女の子たちだったみたい。まずは二点ずつ、来月末の納品でいけそうか訊いてほしいって」

できますと大きくうなずいた。興奮で鼓動が速くなっている。

先日納品したのは、モザイクタイルのようなティラビーズを使ったモノトーンのイヤリングだった。観光客相手だとしまなみらしい檸檬や蜜柑のモチーフが多いけれど、あえてはずしてみた。報酬はひとつ八百円、十点で八千円。材料費と手間賃で足が出る。仕事だなんて到底言えないけれど、思い切って自由にやったことが功を奏したようだ。

「がんばってね。そのうちこっちが本職になるかもしれないわよ」

「さすがにそんな」

高鳴っていた胸がするすると温度を下げた。わたしひとりならチャレンジしたい。けれどお母さんとの暮らしを支えるために会社は辞められない。

「暁海ちゃんなら、プロとしてちゃんと稼げると思うんだけど」

瞳子さんは残念そうな顔をして、けれどそれ以上は踏み込んでこなかった。

趣味だった刺繡がいつの間にか仕事をもらえるほどになったのは、何年勤めてもアシスタント止まりの仕事や、先細りするばかりの恋愛からの逃避という理由が大きい。焦燥という糸を繰り、細い針で不安を埋め尽くしていく。そうして浮かび上がる煌めく草花や雪の結晶や夜空の星が、わたしの暮らしの中にあるたったひとつの『美しいもの』だ。

「仕事もいいけど結婚はどうするんだ。青埜くんは責任取るつもりがないのか」

お父さんが夕飯の皿を食卓に並べながら訊いてくる。

「わたしたちに言う権利ないでしょう」

わたしが言う前に瞳子さんが遮った。諫めながらも、『わたしたち』という言葉の揺るぎなさ。幸も不幸もこの人と一緒に背負うという覚悟。わたしと櫂にはないものだ。

今年になって櫂は東京にマンションを買った。五月の連休に上京したとき、それまで住んでいた高円寺の古い1DKとは比べ物にならない、広々とした3LDKの新築マンションを披露された。ローンは大丈夫なのかと心配するわたしに、櫂はことなげに答えた。

――買ったほうが税金対策で得やねや。

櫂の年収が一体いくらなのか、わたしは訊かなかった。訊いたら教えてくれただろうけれど、最近はできるだけ私生活に踏み込まないようにしている。なぜなのか。その理由を直視しないまま、わたしは少しずつ櫂から離れようとしている。

新居はどこもかしこも綺麗で明るかった。快適なのに、わたしは高円寺のアパートが懐かしかった。狭いから身を寄せ合うしかなかった、あのシングルベッドが。

連休中、櫂と尚人くん主催の飲み会でアシスタントスタッフを紹介された。今はほとんどデジタルなので普段顔を合わせる機会が少ないらしく、みんなどことなく緊張していて、けれど憧れの先生たちの仕事場を直接見られるので勉強になりますと嬉しそうだった。上京したての櫂もこんなふうだったのだろうか。

櫂はみんなから先生と呼ばれていて、わたしは彼女さんと呼ばれた。スタッフの中ににやたらと暗い顔の女の子がいて、櫂とできているんだろうなとすぐにわかった。年収と同じく、わたしはなにも訊かない。だって他にもそんな子がたくさんいる。いつだったか寝室を掃除しているとき、ベッドと壁の間にシュシュが落ちているのを見つけた。わたしはそれで髪をくくってみたけれど、櫂がなんにも気づかないので笑ってしまった。

――なんやご機嫌やな。

わたしが気づいていることに、櫂は気づかなかった。

櫂はなんでも買ってくれるようになった。服もカバンも指輪も、コンビニでジュースを買うようにひょいひょいと。その気軽さに乗れず、わたしだけが高級な店内で緊張していた。櫂に連れられて、初めてクラブという場所にも行った。みんなおしゃれで、わたしが今日のために奮発したスカートはひどく野暮ったく見えた。

フロアを見下ろせる一段高い場所にあるVIPルームでも、二軒目の会員制バーでも、櫂がすべての会計をすませた。高そうなお酒が次々空くのを横目に、ふたりで飲んだ一本千円しないウイスキーの味を思い出している自分を惨めに感じた。

――あっちのほうがおいしかった。

なんて言えない。それは思い出の味で、思い出の価値は人によって異なる。わたしと櫂がちょうどぴったりの天秤に乗っていたときなら言えただろうけれど、秤はいつの間にか不均衡に傾いて、あと少しでも重さを加えたら秤ごとひっくり返りそうで怖い。なのに、さっさとひっくり返ればいい、そうしたら楽になれると思う自分もいる。

会計のあと、店員が櫂に領収書を渡しにきた。ちらりと見えた十五万円という金額に目眩（めまい）がした。一回の飲み代が、わたしの一ヵ月の手取りよりも多い。

——なんでそんな機嫌悪い？

帰りのタクシーの中で問われた。

——そういうのやめえよ。みんな気い遣っとったやん。

沈黙のあと、思い切って口を開いた。

——お金の使い方、もう少し考えたほうがいいと思う。

櫂は首をかしげた。昇給しても手取り十四万円で、十円、百円の節約をしているわたしの気持ちなど今の櫂にはわからないだろう。そう思うと抑えていたものがあふれ出た。

今の櫂のお金の使い方は異常だ。どうして同い年の友人の分まで払う必要があるのか。櫂は自分の母親にもマンションを買ってあげた。そこで恋人の達也さんと暮らしながら、櫂は親孝行だ、あたしの子育ては間違ってなかったと、おばさんは嬉しそうに話していた。

——言われるまま、なんでも買ってあげるのはよくないよ。

——おまえにも買（こ）うたってるやろ。

瞬間、怒りが湧いた。

――そういうこと言ってるんじゃない。

――ほな、なんやねや。

――今の櫂は浮かれすぎだよ。周りが見えてなくて恰好悪い。

そこまで言ったとき、櫂がタクシーの運転手さんに、停まって、と声をかけた。

櫂はさっさとタクシーを降りて別のタクシーに乗り換えた。去っていく車のテールランプ。こんな真夜中にどこに行くのだろう。落ちていたシュシュが脳裏をよぎり、出してくださいと運転手さんに告げてシートにもたれた。

――母親のことは言っちゃ駄目だよ。男は怒るよ。

運転手さんがぽつりとつぶやき、そうですね、と脱力して答えた。

言いたいことを言ったのに、ちっともすっきりしない。逆に自己嫌悪に囚われている。わたしは本当に櫂のことを思って言ったのだろうか。単に櫂がどんどんわたしの知らない、追いつけない別の世界の人になっていくのを阻止したかっただけなんじゃないか。馬鹿みたいだ。もう阻止しようがないのに。櫂はもう完全に東京で成功した人だ。

つきあいが八年になった今、櫂からは常に他の女の気配がするようになった。

初めて気づいたのは三年前のお盆休み、珍しく櫂が島に帰ってきてくれたとき。おばさんへのお土産に化粧品を渡していた。誰に選んでもらったのと訊いたら、さとる、と櫂は答えた。とても自然で、だからこそ嘘だとわかってしまった。櫂はいつからこんなふうになめらかに嘘をつく男になったんだろう。わたしはあのときから、櫂の言葉を信用できなくなった。

それ以上にわたしを傷つけたのは、櫂がわたしの話を聞きながらあくびをかみ殺していたことだった。いつもそこにあって、たまに帰って安らいで、ずっといると退屈してしまう田舎(いなか)。そんなものにわたしはなってしまったのだと思い知らされた。

あのとき、どうして櫂はプロポーズなんかしたんだろう。口にした櫂自身が戸惑っていたことも、断わられて安堵していたこともわかった。あのとき、わたしは浮気を責めるべきだった。なのに気づかないふりをして曖昧に流した。櫂を責めて別れになるのが怖かったのだ。

遠距離での喧嘩は致命傷になる。特にわたしには、櫂に対して強気に出られるものがなにひとつない。結果、他の女の影を容認するという最低な今の状況を作ることにわたし自身が加担した。今では自分を共犯者のように感じている。

タクシーがマンションに着き、合鍵を使ってオートロックの玄関を開けた。広いリビングの大きなソファ。わたしはおずおずと端に座った。ここはわたしがいる場所ではない。そのままソファで眠ってしまい、明け方近くに鍵の回る音で目が覚めた。

——ただいま。ベッド行こ。

髪をなでられ、櫂の首に腕を回した。手を引かれて寝室へと行き、ふたりで服をぽいぽい脱ぎ散らかしてシーツに潜り込んだ。セックスはせず、手だけをつないだ。櫂の体温に包まれて、わたしはまだ愛されているのかもしれないと、ふいにささやかな希望が芽生え、それをしっかりとにぎりこむ前にわたしは眠りに落ちた。

今日から八度目のお盆休みに入った。会えないかもしれないという連絡がきたきり、櫂からはなにも言ってこない。わたしは放っておいた。最近はメッセージも一週間に一度、二週間に一度のときもある。このまま自然消滅できれば楽だと思う。櫂との別れよりも、出口がないまま少しずつ膨らんでいく不安をだましだまし飼い慣らすことに疲れている。

「東京に行かないの？」

庭の草むしりをしているわたしに、お母さんが話しかけてくる。

「向こうも忙しいみたい」

「去年から大活躍だものね」

蒸し暑い夏の空気に似た、もったりとした口調が背中や肩にのしかかってくる。

「結婚の話はちゃんとしてるの？　時期とか」

聞こえないふりで、わたしは黙々と雑草をむしる。

「わかってるの？　いまさら青埜くんと別れたら――」

玄関のほうでチャイムが鳴り、これ幸いと逃げ出した。庭をぐるりと半周し、玄関前に立っている北原先生と結ちゃんに「いらっしゃい」と声をかけた。

「暁海ちゃん」

艶（つや）やかな黒髪をポニーテールにしている結ちゃんの隣で、北原先生が会釈をした。

「結ちゃん、少し背が伸びた？」

「一センチ伸びた。それでもまだ前から三番目だけど」

結ちゃんは今年中学二年生になった。今夜は今治の花火大会に行くので、浴衣を貸してあげる約束をしていた。ひとりで着られないと言うので一緒に着付けもする。

「うちも暁海が小さいときはよく行ったわ。親子で花火大会なんていいわね」

お母さんが冷たい麦茶を北原先生に出す。

「ぼくは留守番ですよ。中学生にもなると友人づきあいを優先されます」

「男手ひとつで育てたのに寂しいわね」

「そういうものです」

「先生はお嫁さんをもらう気はないの？」

「ひとりのほうが気楽なので」

襖越しに会話が聞こえてくる。鬱を患ってからお母さんは親戚や仲のよかったご近所とも距離を取るようになったのに、北原先生とは比較的よく話をする。以前に修羅場を見られたのでいまさらなのだろうけれど、おそらく北原先生が淡々としているからだ。お母さんもわたしも湿り気をたっぷりと含んだ同情には飽き飽きしている。

「お父さん、見て見て、じゃじゃーん」

結ちゃんが効果音つきで襖を開け、自ら浴衣姿を披露した。白地に淡い紅芙蓉（べにふよう）の浴衣は大人っぽすぎるかと思ったけれど、整った顔立ちの結ちゃんによく映えている。

「どう？」

袂（たもと）を持ってくるりと回ってみせる姿に、北原先生は目を細めた。

「そういえば暁海の髪飾りがあったんじゃないかしらね。結ちゃん、おいで」

お母さんが結ちゃんを連れて隣の部屋へと行き、わたしは北原先生に新しい麦茶を入れた。テーブルには結ちゃんが焼いたクッキーが出ている。もう生焼けではない。

「せっかくの休みにお邪魔してすみません」

「いいんです、どうせ暇してたんで。結ちゃん、本当に浴衣似合ってましたね」

北原先生は嬉しそうに微笑んだ。目尻に皺が寄って優しい顔になる。

「お母さん、綺麗な人だったんでしょうね」

「そうですね。顔立ちに加えて、立ち居振る舞いも美しい人でした」

それは本当の美人だ。ここまで堂々と惚気る大人を見たことがない。

「青埜くんは元気ですか？」

「多分。すごく忙しいみたいですけど」

「青埜くんは憧れの先輩だと、高校でも評判です。恋人として鼻が高いですね」

「どうかな。櫂とはもう駄目かもしれません」

ずっと見守ってきてくれた北原先生だからか、あっさりと口にすることができた。不思議なことに、口にした途端、それは既定の近未来だと納得できた。

「なにかあったんですか」

少し考えて、なにも、と首を横に振った。表だってはなにも起きていない。いつだって核心は言葉の届かない深い場所にある。長い遠距離恋愛は相当に心を摩耗させた。櫂の浮気が常態化していても喧嘩のひとつもしない。収穫されなかった果実がゆっくりと腐っていくような関係だ。

――もう、ふってくれればいいのに。

でも無理だろうなと思う。あのお母さんとの関係性によって育(はぐく)まれ、いろんなことを我慢して、あきらめなければいけなかった子供時代に根ざした、深情けのような過剰な櫂の優しさ。それは切るべきものを切れない弱さとよく似ている。

「わたしって、かわいそうな女ですかね」

ずっと田舎で自分を待っているかわいそうな彼女。だから櫂はわたしと別れられないのだろうか。投げやりな問いに、北原先生はわずかに眉を動かした。

「自分がかわいそうと思わなければ、誰にそう思われてもいいじゃないですか」

いつものように淡々とした答え。強い人だ。こんなに強ければ他人を必要としないだろう。わたしとは正反対で、だからこそ北原先生の言葉は正しく響いた。

櫂に答えを求めるから苦しいのだ。

自分がどうありたいかの選択権は、いつでも自分の手の中に在る。

櫂に求めず、なんらかの答えをわたし自身が出せばいい。

それはひどく勇気がいることで、だからずっと見ないふりをしてきた。

結ちゃんは友達と花火に出かけてしまったので、北原先生を夕飯に誘った。母親とふたりだとついあっさりしたものが多くなるけれど、久しぶりに唐揚げを作った。

「おいしいです。井上さんは料理が上手ですね」

　細身の体型とは裏腹に、北原先生はよく食べた。片栗粉をたっぷりとまぶした塩檸檬味の唐揚げ、夏野菜の筑前煮、玉葱とハムのマリネが次々と消えていく。

「気持ちのいい食べっぷりねえ」

　こんなに自然に話すお母さんは久しぶりで、わたしも嬉しくなった。滅多にない和やかな食卓を楽しんでいるとスマートフォンにメッセージがきた。櫂からだ。

［ただいま。今治におる。今からそっち行ってもいい？］

　え、と声が洩れた。

「どうしたの」

「櫂から。今治にいるんだって。今からうちにきてもいいかって」

「約束してたの？」

「してない」

「せっかくだし、きてもらったらいいじゃない」

「でもこんな急に」

「青埜くん、すごく忙しいんでしょう。そんな中きてくれたんだから」

「忙しいからって、こっちの都合を無視していいわけじゃない」

話している間にも続けてメッセージがくる。

［それかおまえがくる？　国際ホテルにおるから］

強い苛立ちが湧いた。だから、どうして、連絡もないのに会えるつもりでいるんだろう。忙しいから時間を作れないのはしかたない。でもくるなら事前の連絡くらいはしてほしい。迷惑だし勝手だ。

「かわいげのない子ねえ。素直に感謝しておけば男は喜ぶのに」

頭に血が上った。

「そういう舐められる一方だと思う。だからお父さんは――」

「ぼくが送りましょう」

北原先生が割って入ってきた。

「そろそろ今治へ買い出しに行くつもりでしたので」

「先生、わたしは」

「支度をしてきてください」

やや強引に促され、しかたなく立ち上がった。着替えをして玄関を出ると、北原先生はもう車に乗っていた。失礼しますと助手席のドアを開ける。

「ありがとうございました」

走り出してすぐにお礼を言った。

「北原先生が止めてくれなかったら、お母さんにひどいことを言ってたと思います。いつもは我慢できるのに、痛いところを突かれたからでしょうか。お母さんの言い分にも一理あると思ったから、八つ当たりしたのかもしれません」

北原先生が小さく笑う。

「きみはひとりで考えて、ひとりで反省して、ひとりで答えを出すんですね」

「馬鹿みたいだと思ってます？」

「逆です。おそらく青埜くんもそのタイプでしょう」

「そうでしょうか」

「年齢のわりに、きみたちは理性的すぎます。もう少し身勝手でもいいんですよ」

「それはないです」

きっぱりと言い切った。

「櫂は櫂で調子に乗ってるし、わたしはわたしで自虐が止まらないところがある。お互い、相手を思いやってない。自分の楽しさや苦しさが優先で」

「それを自覚しているところが理性的なんだと思いますが」

「自覚しても、なんともできないから馬鹿なんです」

「青埜くんと喧嘩はしますか」

「しません」

「どうしてですか」

別れにつながることが怖いから——とは情けなくて言えなかった。

ホテルの部屋を訪ねると、耀は一応謝ってくれた。

「急で悪い。出かける前にめんどくさい連絡きてバタバタしてしもた」

「仕事、なにかあったの？」

「いろいろ。それより腹減ったわ。なんか食お」

簡単に流し、耀はルームサービスのメニューを開いた。初めての浮気とプロポーズのあとから、耀は仕事の詳しい話をしなくなった。話してほしいとさりげなく水を向けたりもしたけれど、疲れてんねや、と面倒そうに返された。

——おまえとおるときくらい、ほっとしたいねや。

そのときは嬉しかったけれど、時間が経つにつれ、『いい女であれ』という呪(のろ)いをかけられたように感じた。呪いは解けないまま、今日、お母さんの言葉に過剰反応した。素直に感謝しておけば男は喜ぶ——そうなのだろう。じゃあ、言えずに飲み込んだ不満はどこへいくのだろう。飲み込んで、飲み込み続けて、いつか――。

「水」

糴が言い、備え付けの冷蔵庫からミネラルウォーターを取り出した。グラスに注いでテーブルに置く。糴はルームサービスの馬鹿みたいに高いカレーライスを食べながらタブレットで映画を観ている。わたしは所在なげに向かいに座った。

「おまえもなんか好きなん食えよ」

「いい。もう食べた」

連絡くれたら食べなかったのに、という言葉を飲み込んだ。

「映画、あとで観たら？」

せっかくきたんだから、という言葉も飲み込んだ。

今まで飲み込んだあらゆる言葉たちで、わたしはもう溺れそうだ。

「盆明け、この脚本家と対談すんねや。作品ひとつも知らんと話せんやろ」

「忙しいんだね」

「せやな」

「おもしろい？」

「わからん。途中やし」

画面から目を離さないまま、最低限の返事しかしてくれない。

愛媛まで映画を観にきたの？　という問いが喉まで出かかった。忙しいのはわかるし、映画を観ることも仕事なのだとわかる。でもそれがなに？　櫂は他の人にはこんな失礼なことはしないだろう。どうしてわたしなら許されると思うんだろうか。

「最近、仕事以外でなんの映画観た？」

「いろいろ」

「タイトル教えて」

「すぐ出てこんて」

「考えて思い出して」

強めに言うと、櫂がようやくタブレットから顔を上げた。

「なんで？」

不思議そうに問われ、歯がゆさが生まれた。

「せっかく会ってるんだから、話がしたいの」

櫂は困った顔をした。

「うん、けど、ほんまやったら会えへんかったんやし」

大袈裟ではなく仕事が忙しく、今年のお盆は会えないと思っていた。けれど少しでも会いたかったから都合をつけた。それはおまえが好きだからだ。だから少しくらい仕事をするのを許してほしい。まとめるとそんな感じのことを櫂は言った。

「それがあかんのやったら、もう会えへんやん」

　脅しのような言葉に、煮えたぎるものを感じた。苦い薬を飲みやすく包むオブラート。薄っぺらいそれを剝がしてしまえば、櫂の主張の本質が見えてくる。

　俺のことが好きなら我慢しろよ。じゃなきゃ終わるぞと、そう言われているのだ。わたしはいつからそこまで舐められるようになったんだろう。櫂が忙しいことはわかっている。けれどわかっていることと、すべて受け入れることは別の問題だ。

　わたしはあなたを癒やすためだけに存在しているぬいぐるみじゃない。生きて、考えて、時間の経過と共に変化していき、傷ついたり喜んだりするひとりの人間で、あなたの恋人だ。それをどう伝えればいいのだろう。愛しているという言葉はいつの間にか空洞化していて、だからといって身体を重ねても伝わる気がしない。

「最近どんな映画観た？　音楽でもいいよ」

　それは今話さなくてはいけないこと？　と言いたげに櫂が首をかしげる。わたしにもわからない。わからないから振り出しに戻るしか思いつかない。わたしたちが見つめ合い、お互いについてたくさん話をしていたころまで。

「古いけど、『エターナル・サンシャイン』とか」

耀が渋々といったふうに答える。

「どんな話？」

「記憶を消した恋人同士の話」

「耀も恋愛映画とか観るんだね」

「まあ恋愛やけど、それだけやない感じ。SFっていうか、謎解きだらけで構成がめちゃくちゃ入り組んどんねん。アカデミー脚本賞獲ってるけど知らん？」

「知らない」

「俳優も有名どこばっか出とる」

俳優の名前を耀が羅列する。

「名前は聞いたことあるけど、顔が浮かばない」

そっかと耀はつぶやき、まあそんな感じ、とまたタブレットに目を落とした。

自分がもの知らずな馬鹿に思えて、恥ずかしさが込み上げてくる。けれど会社勤めをして、家のことと母親の世話をして、休日は仕事として刺繍をする。日々をこなすことに必死で、学生のときのように映画や本や音楽に割く時間がない。

「こないだ刺繍で大きい注文をもらったの」

へえ、と櫂は映画を観ながら答える。

「前に納品したイヤリングが評判よくて、週末だけで十点完売したんだって」

「それってすごいん？」

答えに躊躇（ちゅうちょ）した。わたしにはすごいことだけれど、櫂には——。

「いくらになんの？」

「八千円」

「十点で八万か。結構いい副業やな」

「ちがう。十点で八千円」

え、と櫂がわたしを見た。

「材料費と手間考えたら利益出んやろ」

「プロじゃないし、利益より大事なものがあると思って」

「金もらったらプロやで」

櫂が眉根を寄せ、すぐにほどいた。

「まあ、でも、せやな。趣味の延長で楽しんだらええか」

好きなことでプロになって成功している櫂の前で、自分の甘さを浮き彫りにされたように感じた。さっきとは別種の恥ずかしさに襲われ、足下の陣地がどんどん削られる。

「プロになれるかもって瞳子さんに言われた」

そんなことを言って、わたしはなにを証明したいんだろう。

「瞳子さんが言うんやったら、すごいやん」

すごいのはわたしではなくて瞳子さんだ。また恥ずかしさが増した。

「イヤリングは十点で八千円だけど、ストールやミニバッグは大物だし、評判よかったら別のとこから注文くるかもしれないし、これからは利益を出していきたい」

なにをむきになっているのだ。母親との生活があるから会社を辞めるわけにはいかないと言ったのは自分のくせに、張りぼての自尊心に煽られている。

「そんな気張らんでええやん」

櫂がまたタブレットに視線を落とす。

「でもプロになるんだったら先のこと考えて動かないと」

わたしは話を延ばそうとする。

「営業とかしたほうがいいのかな。櫂はどう思う?」

「そやな、まあ負担にならん程度に」

櫂は見逃したのか画面をタッチして三十秒戻している。

「聞いて」

「聞いとるよ」

「ちゃんと聞いて」

「聞いとるって。なあ暁海、俺、ほんまにちょっとこれ観んと——」

「いいかげんにして！」

櫂がびっくりしたようにわたしを見た。

「……もう、いいかげんにしてよ」

縁いっぱいまでそそがれたものがついにあふれていく。わたしにも、もうなす術がない。

「なんや急に」

「急じゃない。前からずっとこんなふうじゃない。ねえ、なにかちがうって思うならちがうって言って。めんどくさそうに流さないで。ちゃんと喧嘩して」

「なんでわざわざ喧嘩せんとあかんねや」

「もう好きじゃないなら、そう言って」

やっと言えた。鼻の奥が痛みと共に湿っていく。泣くな。ここで泣いたら負けだ。

櫂はぽかんとしている。

「いや、ちょっと待ってくれ。ごめん」

「謝ってほしいわけじゃない」

「わかっとる。ほんまごめん。なんていうか、その」

言葉を探すような間のあと、

「……結婚しよか？」

頭の中が漂白されたように感じた。

空っぽになった場所に、ぽつりと炎が立ち上がる。

櫂はなんて残酷なのだろう。こんなタイミングで、しかたなくされたプロポーズを喜ぶ女がどこにいるのか。わたしたちの関係はとうに腐っていて、あとは枝から落下して潰れるしかない。なのに、ここまできても決断できず結婚を口にして答えをわたしに押しつける。イエスかノーかの二択。だったら最後の刃はわたしが振り下ろすしかない。

「別れようか」

ずっと言いたくて、けれど言えなかった言葉がこぼれた。それは自分でも驚くほど軽く響いた。よかった。死んでも重くは言いたくなかった。櫂がまばたきをする。

「なんて？」

「別れようか」

見つめ合う中、突然、空気が爆ぜる音が響いた。花火大会がはじまったのだ。窓へと目を向けたけれど、ぽつりぽつりとした街の灯りと瀬戸内の真っ暗な海が広がっているだけだった。内臓ごと震わせる重い音だけが連続で室内に響く。

「じゃあ、帰るね」

立ち上がると腕をつかまれた。

「なに言うてんねや」

「帰るって言ったの」

「明日一緒に帰ろうや」

「別れたのに？」

櫂の表情が怒りに変わった。わたしを引っ張ってベッドへと向かう。もつれ合って倒れ込む。櫂の指がボタンにかかる。それをつかんで払う。スカートの中に入ってこようとする手を身体ごとねじって拒む。上になり下になり、獣のようにとっくみあい、威嚇し、爪を立て、必死の攻防の末、最後は共に力尽きてベッドに大の字に寝転んだ。

「……なんやねや、おまえ」

息を弾ませ、苛立ちが混じった櫂の声音。

「もう意味わからんわ」

それでもわたしの手を離さない。

花火が打ち上がる音だけが響く中、わたしは途方に暮れて目を閉じた。

「高校んとき、島から観たなあ」

ぽつりと櫂が言う。

「観てないよ」

あのころわたしたちはお互いに夢中で、打ち上げを待てずに波消しブロックの陰で抱き合った。覚えてるのは櫂の肩越しに、ちらりと夜空に咲く火花だけだ。

「今から観にいこか」

「行かない」

わたしはかたくなに目を閉じ続ける。次に目を開けたら高校時代に戻っていたりしないだろうか。そうしたら今度こそ花火が見たい。それとも何度やり直しても同じだろうか。

黙りこんでいるうち、隣からかすかな呼吸音が聞こえてきた。

ゆっくり目を開けて、おそるおそる隣を見た。

やっぱり時間は巻き戻っていなくて、わたしの隣にいるのは二十五歳の櫂だ。しっかりとわたしの手をつないだまま眠っている。目の下がうっすら青ずんでいることに、いまさらながら気がついた。本当に忙しかったんだろう。睡眠を削って会いにきてくれたのかと思うといまさら申し訳なさと、やり直せるんじゃないかという未練が湧き上がってくる。

眠る櫂の隣で、改めて、わたしたちのことを考えてみた。

いつからか対等に話せなくなったこと。

よしよしと適当に頭をなでて、それで満足すると思われるようになったこと。けれど本当にわたしがつらかったのは、侮られる程度の自分でしかないという現実だったんだろう。わたしが今のわたしに価値を見いだせない。だから言いたいことも言えず、飲み込んだ自身の不満で自家中毒を起こしている。

そう考えると、問題の根本は自分なのだとわかる。

櫂が好きで、ずっと一緒にいたくて、でもいつからか、櫂への気持ちの根底に愛情とは別のものが混じりだしたんじゃないだろうか。島やお母さんから自由になりたくて、そのパスポートのように櫂との結婚を望んでいたんじゃないだろうか。

現実ってそんなもんでしょうと、もうひとりのわたしが囁き（ささや）かけてくる。打算ごと引っくるめて櫂を愛していると開き直ればいい。そしてわたしをここから連れ出してと縋りつけばいい。もう、ひとりで社会と戦いたくないのだと。

仕事なんてしたくない。

月末にお金の心配をしたくない。

将来が不安で眠れない夜を過ごしたくない。

稼ぎのある男と結婚したい。

専業主婦になりたい。

子供を産んで夫の庇護（ひご）の下で一生安心していたい。

すべての本音と欲望を並べ立てたあと、ふっと我に返った。

「……お母さんとおんなじだ」

自分で自分を養う力がない不自由さ、自分の生活基盤を夫という名の他人ににぎられている不安定さ、その他人がある日突然去っていくかもしれない危うさを、わたしは母親を通じて何年も味わってきた。お母さんを親として大事に思いながら、ああはなりたくない、ならないと思ってがんばってきた。なのに今のわたしは——。

もう一度きつく目を閉じて、無理矢理に視界から櫂の姿を消した。

櫂に縋っても、この不安や焦燥は解消されない。

わたしは、わたしの矜持(きょうじ)を守らなくてはいけない。

いつの間にか眠ってしまい、目を開けると部屋中が薄い青に染まっていた。櫂はよく眠っている。手はほどかれていて、ベッドを下りて乱れた服を直した。

部屋を出る前に海が一望できる窓辺へと近づいた。櫂と別れたら、このホテルに泊まることもない。せっかくのオーシャンビューを最後にもう一度見ようと思った。

昨日は夜に塗りつぶされていた世界が、うっすら明るくその姿を見せている。まだ昇りきらない太陽の気配が水平線をオレンジに染めている。穏やかな海の向こうに島影が見える。夢のように美しい景色だ。こうして遠くから眺めているだけならば。

わたしは今からあそこに帰る。

あの島は夢ではなく、わたしの現実だ。

橋を渡り、いつものバス停で降り、見飽きた海岸線を歩いて帰る。朝はいつも一番に洗濯機を回し、朝食の支度。起きてきたお母さんに薬を飲ませて、一緒にご飯を食べる。今日は休みだから、たまっていた用事を片付けてしまわなければ。

洗濯物を干して、掃除をして、回覧板を回して、そういえば佐久間のおばさんにもらった野菜のお返しをしていなかった。親戚からもらったスイカでいいだろうか。昨日草むしりをしたけれど、一週間後にはまた庭を覆い尽くすだろう。面倒だからもう除草剤を撒こうか。お昼の支度の前に買いに行こう。台所用洗剤が切れていたから、それも忘れずに。

飽きるほど繰り返してきた現実に、わたしは帰る。

ずっとそうやって生きてきたし、これからもそうやって生きていくだろうことが、つまんない映画みたいに頭の中で再生される。頬がくすぐったい。昨日からこらえていた涙がこぼれて窓枠についた手の甲に落ちて弾ける。意志の力では止められなくて、だらだらと垂れてくる鼻水を手の甲で真横一直線に拭いた。ぬるりと滑る感覚に泣きながら笑った。

櫂、起きて。

今すぐ起きて。

帰るなって言って。

そうしたらわたしは馬鹿になれる。これからどんなにきついことがあっても、にこにこと笑って自分を捨ててみせる。けれど櫂は起きない。わたしはあの島に帰るしかない。静かでまったりとした早朝の海のような諦観（ていかん）が、櫂の深い寝息と共に押し寄せてくる。

なににも手が届かないまま、わたしの二十五歳の夏が終わっていく。

青埜櫂　二十五歳　秋

「いいかげんにして！」

驚いてタブレットから顔を上げると、怒っている暁海と目が合った。

さっきまで普通に話をしていたので面食らった。少し前から瞳子さん経由で刺繍の仕事をもらい、今度の依頼は大きいと暁海は張り切っていた。ほぼ材料費と手間賃で報酬が飛んでいるのはどうかと思うが、暁海の家は暁海が家計を支えている。迂闊に会社を辞めることはできず、だったら趣味として楽しんだほうがいいと思ったが、暁海はプロになりたいと言う。

——甘い。

子供が「お花屋さんになりたい」と言うのと大差なく思えた。好きなことを仕事にしている俺は、そのしんどさをリアルに知っている分、少し腹立たしくもなった。本気で目指すなら、捨てなくてはいけないものもある。けれど恋人の俺は暁海を応援したい。

つい溺れそうになる厳しい言葉を飲み込むために映画を観ながら、右から左に暁海の話を通過させた。恋人と仕事の話をする必要はない。そういう話は仲間とすればいい。とはいえ、最近ではそれ以外の本や音楽や映画の話にも暁海の反応は鈍くなっていた。もっとおもしろい女だったのにと思いながら、その退屈ごと愛していた。


『彼女っていうか、なんか実家みたいだな』

以前、尚人に言われたことがある。俺はなにが駄目なんだと返した。『実家みたいな女』は良くも悪くも特別だ。おかしな刺激はいらないし、それより仕事仲間からは得られない安心感がほしい。忙しい日々の疲れを癒やしてほしい。

『それならマッサージでいいんじゃない？』

逆だと返した。それこそマッサージを予約するみたいに浮気相手に連絡をして、暁海とは薄れてしまった恋愛のときめきを補充して性欲を発散する。たまに彼女と別れてくれとか言い出す女もいるが、そういうときは距離を取る。嫁と浮気相手の差は『最後まで俺が守る』という責任感があるかないかだと思う。

『そこまで言うのに、なんで結婚渋ってんの？　何年も暁海ちゃん待たして、浮気して、そのうち絶対に痛い目見るよ。そうなってから後悔しても遅いよ？』

『いろいろ考えてんねや』

『なにを考えることがあるんだよ。男と女で法律的な障害はなにもないのに』

尚人の恋人である圭くんは、今年、大学生になった。ずっと互いに一途すぎるほどのつきあいを続けているが、今の日本では同性婚は認められていない。尚人は酔うと決まって悲観的になる。ひどいときは死にたいと言い出すのでアホかと頭をはたく。純粋で繊細なところが尚人の長所だが、反面、打たれ弱い。ネットで酷評を見るとすぐ落ち込むし、立ち直りも遅い。メンタルが崩れると原稿も崩れる。

『まあまあ、燿くんはもう結婚すればいいとぼくも思うけどね』

一緒にいた植木さんがとりなし、俺は返事を濁した。

結婚が俺たちだけの問題なら引き延ばす理由はない。しかし暁海には母親がついてくる。俺は自分側を筆頭に、母親という存在自体が苦手だ。けれど苦手だから嫌いかというと、そうではないという、愛情の二重螺旋に巻き込まれるのがいやなのだ。

――ほな、このままずっと暁海を待たせとくんか。

瀬戸内と東京に別れて暮らして七年、暁海の母親は良くなったり悪くなったりを繰り返している。ここまで長引くと、快方を期待する気持ちも薄らぐ。この状況で結婚すれば、必然、暁海の母親と同居になるだろう。漫画はどこにいても描ける。特に原作担当の俺は東京にいなくてもいい。しかし俺はあの島では息が詰まる。

俺の母親に関しては、今はたっちゃんと仲良くやっている。それも先はわからない。男女の仲はふいに壊れる。そうなったら、また俺に縋りついてくるだろう。

俺と暁海、双方の親を俺は支えられるだろうか。お荷物なだけの親など捨ててしまえ。そう言える連中は正しい。わかっていても、切って捨てられないから血は厄介なのだ。正しさだけですべてを決められたら、どれだけ楽だろう。

暁海と離れて八度目の夏がやってくる。お盆はいつもどおり暁海と過ごすつもりだったが、アニメ化の好調に伴って第二期と映画制作が決まった。目玉のひとつとして映画の脚本を原作者である俺が書き下ろすことになり、忙しさに拍車がかかった。

［お盆は会えへんかも］

暁海にメッセージを送った。会えたとしても、仕事をしながらになるだろう。暁海はいつもそれでいいと言うけれど、実際に会って俺が仕事をしていると不機嫌になる。それは暁海だけでなく、浮気相手の女もみんなそうだ。会っているときはわたしだけを見て——言葉でなく全身で訴えてくる。俺は不思議な気持ちになる。ちゃんと好きだし大切に思っているという感情と、仕事があるからちょっと待っててくれという現実をなぜ両立できないのだろう。

忙しさに紛れて、ついつい暁海への連絡が後回しになり、気づいたらもう明後日に盆休みが迫っていた。本来の漫画仕事、映画脚本の打ち合わせ、各メディア記事の確認と修正、どれも代わりはきかず、メールはひとつ返すとみっつに増える。

——帰りたい。

キャパオーバーで爆発しそうになったとき、穏やかな海に浮かぶ島影がふいに脳裏をよぎった。眠気を誘うような美しい風景。退屈は安定で、安定は安らぎで、あの島は俺の故郷じゃないけれど、暁海のいる場所が俺の帰る場所なのだと強烈に自覚した。

俺はついに観念した。二日間着っぱなしのTシャツのままデパートへ出かけ、目についた有名ブランドに駆け込んだ。婚約指輪だと言うとダイヤモンドを勧められたが、俺はエメラルドを選んだ。暁海が育った島の海の色だ。不安は多々あるが、問題なんてものは、ひとつかたづいたら新しいなにかがひとつ出てくる。最後はどこで決断するかだけで、それはもう今だった。

ノートパソコンと指輪と着替えをカバンに突っ込み、暁海に帰るコールをしようとしたとき、植木さんから電話がかかってきた。次に出る予定のコミックスについて、エピソードのひとつとして使ったアイテムが海外で問題になりそうだと言う。紙でも電子でも海外販売される時代だ。そこに配慮がなかったのはまずかった。

アイテムの変更を植木さんと相談し、尚人が作画をし直し、修正の目処（めど）がついたのがお盆初日の午後。その間も他の仕事の連絡がきていて、羽田に向かうタクシーの中でも松山に向かう飛行機の中でも仕事をした。尚人からも鬼のようにメッセージが入る。尚人は今回の修正に納得していない。とことんこだわりが強いのだ。

結局、暁海に連絡できないまま今治のホテルに入った。尚人はまだ怒っているし、植木さんから休み明けに予定している対談相手の資料が送られてくる。目を通しておいたほうがいい映画のタイトルが並んでいる。今日から休むと伝えているのにと舌打ちが出た。

［ただいま。今治におる。今からそっち行ってもいい？］

とりあえず暁海に連絡を入れた。

［それかおまえがくる？　国際ホテルにおるから］

いらいらしながら打ったせいで、突然すぎることの詫（わ）びがすっぽ抜けてしまった。フォローのメッセージを打つ前に、今度は映画化記念トリビュート本の確認が飛び込んできた。『至急』とついてあり、対応している間に時間が過ぎていく。

［ホテル着いたよ］

という暁海からのメッセージで我に返った。結果的に身勝手三昧（ざんまい）になったが、暁海は許してくれると思っていた。安心感は侮りによく似ている。

――いいかげんにして！

目が覚めて、ここがどこだかわからなかった。ぐるりと視線を動かして今治のホテルだと気がつく。ゆっくりと昨日の出来事が蘇（よみがえ）ってくる。隣に暁海の姿はない。

――やってもうた。

強引に暁海をベッドに引き倒し、しかし思いきり抵抗された。暁海に拒否されたのは初めてだ。身体を起こすと、ひどく重かった。眠ったのに疲れが取れていない。のろのろとテーブルにスマートフォンを取りにいき、ふたたびベッドに倒れ込んだ。もう午後。暁海は帰ったのだろう。確認したがメッセージは入っていなかった。

――まじでやってもうたなあ。

それしか出てこない。俺は暁海といるだけで癒やされたが、暁海にすれば一緒にいても仕事ばかりの彼氏に「わたしの存在とは？」と腹が立ったのだろう。タイミングが悪かったというのはあるが、ベテラン夫婦みたいな手の抜き方だったと反省する。

――けど、「別れようか」はないやろ。

八年のつきあいがあんな軽い言葉で終わるはずがない。逆に軽いからこそ勢いで言ってしまったのだとわかる。

［昨日はごめん。ほんまに悪かった］

［会って謝りたい。今日そっちに行ってもええ？］

［大事な話がある］

暁海の一本気さはわかっている。許すにしても時間がかかる。ここはゆっくり待とうと、風呂に浸かりながらタブレットで映画の続きを観た。夕方になっても連絡はなく、腹が減った。しかし今日こそ暁海と一緒に食べたいのでコーヒーを飲んでやり過ごした。連絡はこないまま、滞在期間の三日がすぎた。

――いつまで怒ってんねや。

盆休み最終日、さすがに腹が立ってきた。繰り返し謝りのメッセージを送ったが既読すらつかない。電話も出ない。確かに手抜きだったが、俺が忙しいことは明らかだろう。もう嫁さん同然なのだから、そこは理解してほしい。結婚したら生活は日々の延長だ。構ってくれないからといって「別れようか」を連発されては困る。

――お互い、頭冷やしたほうがええってことかな。

ホテルをチェックアウトし、夕方には東京に戻った。

連休明けは一気に連絡がくる。ホテルでもだらだらと仕事はしていたが、自宅の仕事部屋でパソコンに向きあうとスイッチが切り替わる。すうっと頭から暁海のことが消えていく。こちらが俺の日常だった。


出版業界にいると時間の感覚がずれていく。まだ十月だというのに、やり取りのほとんどが来年や、下手すれば再来年のことばかりで、先を見すぎて今がおざなりになっていく。

暁海と連絡がつかないまま、そろそろ本格的な秋になりそうだった。忙しさに紛れていたが、お盆からほぼ二ヵ月、暁海の意固地さも相当なものだ。これは本当にこっちから謝らないとまずいことになる。考えているとスマートフォンが鳴った。

『櫂、暁海ちゃんと喧嘩したんやって？』

珍しく母親から電話がかかってきた。

「なんか聞いたんか？」

素直に謝れないから、俺の母親にそれとなく根回ししたのかと思ったが、

『たまたま駅前で会うて、櫂は元気かって訊いたら、別れたって言われてびっくりしたわ。理由訊いたけど、いろいろって言うだけでわからんし、なにがあったん』

「いろいろや」

『どうせあんたが悪いんやろ。さっさと謝り』

よくある喧嘩だと母親も思っているようで安堵した。これだけ間が空くと連絡しづらいのはお互いさまだが、自分から折れようと素直に思えた。

「用事それだけか」

『ちょっと頼みたいこともあるんやけど』

やっぱりか。母親は頼みごとがあるときくらいしか連絡してこない。

『たっちゃんとこっちでお弁当屋さんしようと思ってんの』

弁当屋とは、母親にしては手堅い。

『たっちゃん、若いころは京都の割烹店で働いててん。調理師免許も持ってるし、居抜きでやれる物件も見つけたんやけど、ちょっと資金が足りひんのよ』

途中でぷつりぷつりと音が混じった。植木さんから割り込み通話だ。

「いくら？」

『いろいろ含めて、三百万くらい貸してもらえると助かる』

「わかった。振り込んどく」

きゃーと母親がはしゃいだ声を上げた。ありがとう、さすが櫂、絶対繁盛さして返すからという薄っぺらい約束に、ほなと返して通話を切り替えた。

『櫂くん、まずいことになった』

挨拶をする間もなく植木さんが言った。

「また海外版？」

『尚人くんが未成年にいたずらしたって、うちに弁護士が乗り込んできた』

一瞬言葉を失ったが——。

「なんの冗談やねや」

『相手は圭くんの親だ』

「は？」

圭くんと出会って三年近く、尚人はずっと彼を大事にして手を出してこなかったが、今年の三月、圭くんの高校卒業記念に三泊四日で沖縄旅行をした。もちろん初めての旅行で、ようやく結ばれたのだと当時は散々ノロケを聞かされたが——。

「それで未成年にいたずらってアホぬかせ。高校卒業するまで三年も手つなぎデートで、夜も八時には帰しとったやん。尚人はドがつくほど真面目くんや」

『高校生かどうかは関係ない。圭くんは三月末が誕生日で、旅行のときはギリギリまだ十八歳未満だったってこと』

「え、捕まんの？」

『刑法的にはほぼ大丈夫。淫行条例も「真摯な交際」の範囲に収まると思う』

「問題ないんやな？」

繊細な尚人には相当なショックだろうが、ひとまず安堵した。

『向こうの親もそのあたりはわかってる。でもこういうのは限りなくグレーな世界だし、グレーだからこそ白だと言い切れなくてややこしくなる』

「どういうこと」

『未成年相手によからぬことをする人物の作品を大々的に雑誌に掲載して、宣伝して、さらにテレビに映してもいいのかっていう道徳的責任をうちの出版社が問われてる。刑事罰にできないなら、代わりに社会的制裁を与えたいってことだろうね』

ふざけんなと怒鳴りたいのを寸前でこらえた。植木さんに当たるのはお門違いだ。

「そんで結局、なにがどうなんの？」

『会社の方針が決まるまで、連載を見合わせることになった』

今度こそ頭が真っ白になった。

「尚人はなんも悪ないやん。せやったら堂々と――」

『こういう問題はグレーだって言ったろう。白黒はっきりつかなくて、人によって意見が変わる。だから白だって言い切れないこっちの弱みを向こうは突いてるんだよ』

「せやけど連載中止したら、それこそ黒やて認めることになるやろ」

『ぼくはずっと話を聞いていたから、尚人くんを信じてる。編集長だってふざけんなって言ってる。会社だって人気連載を手放したいはずがない。うちは法務だってあるし、きちんと作家と作品を守ってくれるとぼくは信じてる。担当編集者としても対応するから少しだけ待ってほしい。なにか動いたらすぐに連絡するから』

「直近の対談とかコメントの仕事はどうすんの？」

『止めておくから心配しないで』

心配などしていない。俺は怒っている。けれどこの怒りは植木さんにぶつけるものではなく、では一体どこにぶつければいい。どこにもない。俺以上に、当事者である尚人や圭くんのほうがつらい。それを踏まえて、俺はなにをすればいいのか。考えるとひとつしかない。通話を切って尚人に連絡した。すぐにつながった。

「おーい、植木さんから聞いたぞ。どないなっとんねや」

尚人はなにも答えない。何度も呼びかけるうち、洟をすする音が聞こえた。合間に、ごめん、と涙でひしゃげた声が混じる。

「おまえが謝ることないやろ」

『……ごめん』

「だから謝んなって。おまえらはなんも悪いことしてへん」

『……ごめん』

これでは埒が明かない。

「そっち行くわ。なんか食ったか？　飯持ってこか？」

返ってくるのは謝罪ばかりなので、通話を切って二駅先の尚人の家へ向かった。俺と同時期に尚人も税金対策でマンションを買った。インターホンを鳴らしたが出ないので合鍵で中に入る。〆切や万が一のときのためにお互い鍵を渡していてよかった。

「邪魔すんで」

玄関から声をかけたが、やはり反応がない。構わずリビングのドアを開けると、カーテンを閉めきった真っ暗な部屋のソファで尚人は毛布にくるまっていた。

「生きとるか？」

返事を期待せず声をかけ、テーブルに乱立しているビールの空き缶をかたづけた。

「……なんで怒らないんだよ」

毛布の中からくぐもった声が聞こえた。

「おまえは悪いことしとらんし」

「でも連載中止だよ」

「決まったわけやない。植木さんや編集部がなんとかしてくれるて」

「……圭くんが成人するまで待てばよかった」

「強姦(ごうかん)したんか？」

「誰がするか！」

がばっと尚人が顔を出した。

「合意やったら、おまえだけのせいやないやろ？」

けど……と尚人はうなだれた。

「圭くんと連絡取れてんのか？」

うなだれたまま、こくりとうなずく。

「向こうはどない言うとんの」

「親と話し合うから待っててほしいって」

「話し合うってなにを。大学生なんやし恋愛なんて自由やろ」

少しの沈黙が漂った。

「……ゲイだから」

「あ？」

「旅行のことがバレたとき、圭くん、親にカミングアウトしたんだ。いいとこの家のひとり息子だから、親もショックだったみたいでさ。向こうの親は、圭くんはまともだって、俺にたぶらかされたんだって言ってる」

嫌悪感が湧き上がった。

「まともってなにを基準にしとんねや。誰を好きになろうが自由やろ。そもそもがストレートの男やったら、どんだけ男に言い寄られてもなんともならんわ」

「認めたくないんだよ。自分たちの息子がゲイだって」

「問題がすり替わっとるやん」

尚人が女だったら、こんなことにはならなかったんだろう。相手の親は息子が同性愛者であることを受け入れられず、それを尚人に転嫁している。自分たちの弱さを他人に背負わせている。俺や暁海の親もそのタイプだ。見知った怒りが腸（はらわた）を焼いていく。

「将来はふたりで海外にでも出て堂々とくっつけよ」

「ぼくはそうしたい」

「ええやん。結婚式には呼んでくれ」

尚人はなんとも言えない顔をした。

「櫂は優しいな」

「なんや急に」

「ぼくの初めてのカミングアウトは櫂だよ。あのときは手が震えた」

「へえ、そやったんや」

とぼけたが、よく覚えている。投稿作の打ち合わせをオンラインでしていたときだ。手応えを感じる構成が組めて、これからもコンビでやっていこうとぶち上げていたとき、ふいに尚人が真顔になった。なんとなくそうではないかと察してはいたが、まだ高校生だった俺は平静を装うのに苦労した。

「あのときも櫂は『ええやん』って言ってくれた。大袈裟な賛同とかなにもなくて、大袈裟にされたらそれはそれで嘘くさいし、こっちも傷つくし、だから『ええやん』で止めてるんだろうなってわかった。ああ、こいつとならやってけるって思った」

本当に尚人は繊細で鋭い。あのとき俺はもっといろんな言葉を言おうと思えば言えた。でもそれで伝わるものはなにもない気がしたのだ。

「櫂とか、植木さんとか、漫画仲間とか、みんなぼくがゲイだって知っても普通につきあってくれる。そういうのに特別な反応するのが恰好悪い業界でもあるし、それにすっかり慣れて、こっちが当たり前だと誤解してたことを思い知ったよ」

「こっちが当たり前や」

強く言い切った。当たり前であってほしいと。

「そうなったらいいな」

尚人が笑った。笑っているのに諦めているように見える。

しばらく黙り込んだあと、なんか……と尚人がぽつりとつぶやいた。

「腹へってきた」

「なんか食おうや」

「冷蔵庫からっぽ」

「牛丼でも行こか」

いいねと尚人がうなずき、よっしゃと立ち上がった。マンションを出て、近くの牛丼屋に入ってふたりでがさとかき込んだ。売れないころはよく世話になった。

「久しぶりに食べたけど、おいしいな」

「舐めたらあかんな。まあ俺は元々貧乏舌やけど」

「櫂も親には苦労させせられてるよね」

「ええねや。それはもう俺の荷物やし、いまさら捨てられん」

「ぼくもそうなるのかな」

尚人がふと箸(はし)を止めた。

「圭くんと生きていくって、あの親を一生背負い込むことだ」

「その覚悟はいるやろな」

手ぶらで生まれる子供と、両手に荷物をぶらさげて生まれる子供がいる。自分を助けてくれる親か、自分の足を引っ張る親か。自分は免(まぬが)れていても、尚人のようにパートナーが荷物を持っていることもある。できるなら、みな身軽で生きていきたい。

「別に全部背負わんでええけどな。部分的に捨てる選択肢もあるんやで」

圭くんとはつきあう。圭くんの親とは縁を切る。

「櫂なら、それができる？」

暁海とはつきあう。暁海の親とは縁を切る。

「できん」

「ぼくも無理」

「ほなしゃあない。全部担いでこ」

自ら選んだ時点で、人はなんらかの責を負う。他人から押しつけられる自己責任論とは別物の、それを全うしていく決意。それを枷と捉えるか、自分を奮い立たせる原動力と捉えるか。なんにせよ、人はなにも背負わずに生きていくことはできない。

「開き直ったら楽になれるのかな」

「なれんやろ」

一キロは一キロのまま、長く持つほどしんどくなる。

――三百万くらい貸してもらえると助かる。

母親の言葉を思い出す。くらいだと？　母親が男と暮らすマンションも含め、それは俺が心や睡眠を削って生み出した物語への対価から支払われている。俺は早く自由になりたい。身軽になりたい。その願いは『親の死』に直結している。いつか必ず訪れる母親の死の際、俺は悔やむだろう。後悔はまた別の荷物となって、ふたたび俺にのしかかるだろう。願ったのはただの自由だったはずなのに――。

「櫂、暁海ちゃんと仲直りした？」

「まだ」

「お盆からずっとだろう。そろそろヤバくない？」

「今日あたり連絡しよと思たけど、ゴタゴタがかたづくまで待つわ」

「ごめん」

尚人がふたたびうなだれ、めんどくさいねんとテーブルの下で足を蹴った。

「こういうときって、好きな人に会いたくなるよね」

「ならん。今話したら、しんどいのが伝わってまいそうや」

「暁海ちゃんなら受け止めてくれると思うけど」

「俺がいややねや。余計な心配させたない。あいつはあいつで親抱えて大変やねや」

「櫂って、そういうところ古い男だよね」

「頼りにならん男に、おかんが散々泣かされてんの見てきたからな」

勢いよく水を飲み、脂でべたべたする口の中を洗い流した。

店を出たあと、それぞれの家に帰った。尚人はちゃんと一人前の牛丼を食った。飯を食えたら大丈夫だ。男に捨てられて泣き喚いていた母親もそうだった。

家に帰ると、やたらと静かに感じた。いつも忙しくしているので静寂に気づく余裕もなかったのか。パソコンを開いたが、仕事のメールはきていない。

——暁海。

忙しくしているときは紛れていた気持ちが、時間ができた途端に膨らんでいく。俺もたいがい勝手だなと、スマートフォンの音を消してソファに寝転がった。

この一ヵ月、友人や浮気相手から連絡はあったが会う気にはなれなかった。一番しんどいときに会いたいのは暁海だけで、しんどいからこそ会えないというジレンマに陥(おちい)っている。

「植木さん、年が明けたら連載再開できるんやんな？」

あれほどほしかった休みが、今は苦痛でしかない。このしょうもないゴタゴタに早くケリをつけ、暁海に連絡を入れたい。話を聞いたときは焦ったが、落ち着いて考えれば向こうの親は八つ当たりのように尚人に責任転嫁しようとしているだけだ。遅かれ早かれ、適当なところで一件落着すると思っていたが――。

「ほんまにちゃんと対応してんの？　これ以上メンタル削らんといてくれよ」

我慢できず、つい植木さんにも口調がきつくなってしまった。

「本当にごめん。ちょっといろいろあって」

「いろいろって？」

わずかに間が空いた。

「こっちで処理できればと思ってたんだけど、実は週刊誌から取材がきてるんだ」

「なんの取材？」

「今回の騒ぎについて、尚人くんに取材したいって」

大ブレイク中の人気漫画家が男子高生にいたずらをして訴えられた——という記事を書きたいらしい。もちろんこちら側は記事の差し止めを要求している。

「ふざけんなや。名誉毀損（きそん）でこっちが訴えんぞ」

思わず声を荒らげると、週刊誌はそんなの慣れっこだよと返された。一旦記事が出てしまえば、真偽にかかわらず話題だけが一人歩きするだろうとも。

「未成年相手の性的な事件は今の時代では許されない。いや、どんな時代でも許されないけど、ＳＮＳがあるから特に。今はまだ内々の揉め事ですんでるけど、これが記事になって世間に出たらかなりの騒ぎになると思う」

「待ってや。俺も尚人もインタビューとかで顔出てるんやで。本名やし。そんなん出たら尚人は立ち直れんよ。あいつ、めちゃくちゃ繊細なん植木さんも知ってるやろ」

「だからぼくたちも必死で週刊誌側と交渉してる。こうなったら傷つくのは尚人くんや燿くんだけじゃなくて相手の男の子もだ。向こうの親とも今は共闘状態だよ」

知らないところで、まったくちがう方向に騒ぎが拡大していることに愕然とした。

そんな記事が出たら連載はどうなる。愚問だ。似たような騒ぎを今まで何度か見た。

——打ち切り。

重苦しい沈黙のあと、尚人くんにはまだ言わないでと植木さんが言い、言えるわけないやろと返した。俺は親友とも恋人とも話せなくなった。

日毎に酒量が増していく。連載は止まったまま、山ほどあった連動企画もストップしている。時間ができたら読もうと思っていた漫画や小説、映画を観る気にもなれない。なにもインプットできないほど余裕がなく、不安ばかりが増殖していく。

週刊誌に記事が載ったら、SNSで一斉に叩かれる。連載が打ち切りになったら、次に描く場所はあるのか。ひとつの不安が次の不安にリンクして、ドミノ倒しのようにネガティブな想像が広がる。暁海へのプロポーズも一旦白紙にするしかない。

尚人に連絡してもつながらない。俺からしても返事がない。くるのはなにも知らない遊び仲間からの誘いばかりで、片っ端から削除していった。

そんなとき、あるメールがきた。差出人は二階堂絵理。知らない名前だが一応開いてみると、老舗出版社の文芸編集者だった。やたらと丁寧な文章で小説の執筆をお願いしたいという旨が綴られている。一秒で無理だと思ったが、どうせなにもすることがないので会う約束をした。

待ち合わせたカフェに、相手はすでにきていた。俺が店に入ったと同時に立ち上がって頭を下げたのだ。古風と言ってもいいほど恭しいメールの文面から勝手に年輩女性をイメージしていたが、二十代後半の若い女性だった。

「本日はご足労いただき、ありがとうございます」

お辞儀と一緒に顎のラインで切りそろえられたボブヘアがさらりと落ちる。小柄だが目力のある美人で、ちょっといやみなほどデキるオーラが漂っている。苦手なタイプだと思ったが、話し出すと意外なほど率直で無邪気さすら感じた。

「文芸編集をしてますけど、子供のころから漫画も大好きなんです。青埜さんの作品は普遍的な人間の心情を丁寧に掬いだして、それが作品に奥行きを与えていて素晴らしいと思います」

「はあ、どうも」

ぶっきらぼうに頭を下げた。褒められるのが昔から苦手なのだ。

「これだけ深みのある物語をお書きになるのですから、失礼ながらもう少し年齢が上かと思っていたんです。雑誌の特集記事でお写真を拝見して驚きました」

「そうすかね」

「これからキャリアを重ねていかれる中で、この人はどんどん未知の場所へと潜っていかれるだろうと確信しました。もちろん漫画作品も楽しみですけど、青埜さんの才能は文芸の世界で花開くものじゃないかとも感じました。わたしは青埜さんに小説を書いていただきたい」

すごい勢いだ。言葉だけでなく、どんどん前のめりに身体を倒してくる。クールな見た目に反した熱量に戸惑い、しかし悪い気はしなかった。

——なんや植木さんと似とる。

初めて話をしたとき、植木さんもこんなふうだった。懐かしく感じ、媒体はちがうが自分の作品を信じてくれている編集者がいる心強さが身に沁みた。しかし今すぐに返事はできない。そう言うと、二階堂さんは大きくうなずいた。

「いくらでも待ちます」

「いつになるかわからんよ」

「文芸では二、三年待ちは当たり前です。作家さんにお声がけさせてもらってから、かれこれ十年以上待っているという編集者の話も聞きます。わたしも待ちます」

「そういうもんですか？」

「漫画業界とは勝手がちがうかもしれません。長い作家人生、順風満帆なときばかりではないですし、わたしは長い目で作家さんを支えていきたいと思っています」

この人は今回の騒ぎを知っているのかもしれないと思った。同じ出版業界なのだから洩れてもおかしくない。噂が広まっているということは、それが既定の事実になりかかっているということだ。ひやりと冷たいものが背筋を滴っていく。

数日後、植木さんから連絡があった。記事の差し止めはできず、来週号に掲載されるという報告だった。ふざけんなよと喉まで出かかり、しかしこれから尚人に説明しなくてはいけない植木さんの気持ちを思うと言えなかった。

夜を待って尚人に電話をしたがつながらない。メッセージも既読にならない。マンションを訪ねたが呼び出しにも応じず、合鍵で中に入ったが尚人はいなかった。音信不通のまま翌週になり、俺は朝一番にコンビニへ走って週刊誌を立ち読みした。

『あの人気漫画家が男子高校生に淫行疑惑？』

ひどい煽り記事だった。高校生相手に、尚人が何年も不適切な関係を強いてきたかのような誤解を招く書き方をされている。さらに尚人の名前と顔写真、漫画のカバー写真が大きく載っている。相手の親が出版社相手に弁護士を立てていることも書かれていて、被害届が出されれば逮捕もあり得ると結ばれていた。

——逮捕なんざあるか、クソボケが。

乱暴に雑誌を戻してコンビニを出た。尚人に電話をしたがやはりつながらない。俺たちはコンビだろうと尚人にすら腹が立ってくる。

経過は悪化の一途を辿り、昼ごろには尚人の件はSNSのトレンドに入った。尚人や俺の名前、漫画のタイトルで検索すると『淫行』『逮捕』『未成年』『ゲイ』という言葉が関連キーワードに出てくる。漫画を熱心に読む層とSNSは親和性が高く、自分たちがネット上で火炙り(ひあぶり)の刑に処されるのを呆然と眺めるしかなかった。

得体の知れない恐ろしさに駆られ、カーテンを閉めてウイスキーをがぶ飲みした。最初は水で割っていたが、途中からストレートになった。手っ取り早く酔いたい。こんな飲み方をするのは久しぶりだった。今どんな状況になっているのか、気になるのに怖くてスマートフォンを覗けない。あの日の尚人のように暗い部屋でソファで飲んだくれているとメッセージがきた。

——暁海？

確認すると二階堂さんだった。

[差し出がましいかと思いましたが、気になって連絡しました]

[よかったら飲みに行きませんか。いつでもお声がけください]

大袈裟な言葉はひとつもない、短いメッセージに安堵した。

[ありがとうございます。もう飲んでます]

［気が向かれたら一緒に飲みましょう。おいしいお酒を差し入れします］

［いつもなにを飲むんですか］

［なんでも飲みますが、日本酒が好きです］

ぽつぽつとやり取りを続け、おかげでその日は自分を保つことができた。

炎上は収まるどころか、翌日も大きくなっていった。正論を武器に他者を叩くことが楽しい連中、尚人というよりも男全体を標的にしている連中、ＬＧＢＴＱに絡めて物申したい連中、流行りの話題にとりあえず一言触れておきたい連中が四方八方から薪をくべる。

それらは予想の範囲内だったが、クラブのＶＩＰルームで撮られた写真が流出したときは愕然とした。初めて発売前重版がかかった祝いの席だ。酔って涙ぐむ植木さんの両側で、俺と尚人が変顔をしてシャンパングラスを掲げている。それまで俺や尚人や植木さんがもがきながら積み上げてきたものは欠片も写っていない、ただの乱痴気騒ぎをしているアホな若者の姿だ。なにより俺を殴ってくるのが、この写真を売ったのはこの場にいた仲間の誰かだという事実だった。

年末、連載をしている雑誌のサイトに謝罪文が出された。なにをどう書いても燃料にしかならないので、余計なことは一切書かれていない。読者に不快な思いをさせたことへの謝罪と、連載が終了するという報告だけが載っている。にぎやかなトップページの中で、そこだけがぺらりと白い。おしまい、という感じだ。

ＳＮＳは最高潮に沸き立ち、『被害者の気持ちを思うと連載終了は正しい判断』『性犯罪は絶対に許さない』という上段からのコメントであふれかえった。

植木さんと一緒に尚人のマンションを訪ねた。応答がないのは相変わらずで、合鍵で入ると尚人はいた。別人のようにやつれている。部屋の中もひどい有様だった。

「ちゃんとご飯食べてるの？」

「尚人、粥（かゆ）でも作ったろか」

話しかけてもなんの反応も見せない。

「尚人くん、しっかりして。大丈夫だよ。きみはなにも悪いことはしてないんだ。編集部だってそれはわかってる。時間を置いて、また新連載のアイデアを練ろう」

「せやで。俺もやりたい話がある。おまえがおらんと漫画にならん」

尚人は一言も発しなかった。植木さんは別の担当作家と打ち合わせがあるので会社に戻らなくてはいけない。俺はなにも予定はないが、植木さんと一緒に尚人の部屋をあとにした。尚人の前なのでなんとか保っていたが、俺自身、もう限界に近かった。

「来月末に出るはずやった十五巻、どうなんの」

駅に戻る道すがら尋ねた。

「……ごめん。出ない」

絞り出すように植木さんは答えた。

「既刊は？」

「流通してるものはそのまま」

回収まではしないが、売り切ってもう再版しない。絶版ということだ。電子書籍も順を追って配信停止になり、俺と尚人の漫画はこの世から消える。

「今回のことは、櫂くんには同情的な意見も多いから」

——それがどうした。

「その気なら相方を探すから」

——そんなもんいらん。

「俺は尚人を待つ」

植木さんは黙り込んだ。難しい顔で俺の隣を歩く。

「思ってる以上に大変だよ。尚人くんはしばらく表には出られない。その間、櫂くんは櫂くんでキャリアを積んで、尚人くんが復帰したらまたコンビを——」

「そんな器用なことできるか」

「気持ちはわかるけど」

「わからん」

高校生のころから二人三脚でやってきた。俺がアイデアを出せないときもあったし、出せてもクソな出来だったこともある。逆もある。ほぼ十年ずっと一緒にやってきた。尚人だからここまでこられた。そんな簡単に代わりなんて見つからない。

「じゃあ、燿くんはここで終わっていいの？」

立ち止まり、植木さんをにらみつけた。

「きみは優しい。いいことだ。でも情に流されちゃいけない」

――きみのそれは優しさじゃない。弱さよ。

もう忘れかけていた言葉が巻き戻った。

――いざってときは誰に罵られようが切り捨てる。

――もしくは誰に恨まれようが手に入れる。

――そういう覚悟がないと、人生はどんどん複雑になっていくわよ。

あのときから、俺はなにも成長していないのだろうか。

「描く場所なんて、今はどこにでもあるやろ」

正体不明の焦りに突き飛ばされるように吐き捨てた。

「アマチュアでも作品発表できる場所はなんぼでもあるし、金も稼げる。いまどき出版社経由の商業にこだわる必要なんかあらへん。俺と尚人やったらどこででも——」

途中で顔を上げ、はっとした。

「きみたちの口惜しさが、ぼくにはわからないって言うの？」

怒りとも悲しみともつかない、こんな植木さんを見たのは初めてだった。

「いや、厳密にはわからないんだ。ゼロからなにかを創り出すのは作家で、ぼくたち編集者は作家が生み出すものを待つしかできない。でもぼくは——」

「……ごめん、そうだね。わからないんだよ。作家の本当の苦しみは」

その先を言いかけて、植木さんは無理矢理に口を閉じた。

「植木さん」

「また連絡します。おつかれさまでした」

頭を下げ、植木さんは踵を返した。肩が落ちているのを見て、その場に膝をつきたくなった。俺はなんてことを言ったんだ。俺と尚人だけならとっくに打ち切りになっていた。植木さんがくれたアドバイスのおかげでここまで続いたんだろう。新人のときから散々面倒をみてもらっただろう。三人でここまでやってきたんだろう。

立ち尽くしていると、後ろからきた通行人にぶつかられた。たたらを踏んで、電柱にもたれかかる。そのまま行き交う人たちを眺めていると、目の端でなにかがちかりと瞬いた。太陽が沈んだ西の方角、電線で幾重にも封鎖された空に一粒だけ光る星がある。夕星。

――東京でも見えるのかな。

――そら見えるやろ。けど島から見るほうが綺麗やろな。

――ちょっと霞んでるのも味があるよ。

ポケットからのろのろとスマートフォンを取り出した。暁海に余計な心配をさせたくなかった。でも、今、声が聴きたい。暁海しか触れられない場所に触れてほしい。電話をかけようとしたそのとき、手の中でスマートフォンが鳴り、びくりと震えた拍子に通話にしてしまった。

『ああ、青埜さん、つながってよかった。大丈夫ですか？』

細いピアノ線のような声。二階堂さんだった。

『迷惑かと思ったんですけど、心配になったので』

あー……となんの意味もない言葉がこぼれた。続きは出てこない。沈黙のあと、よかったら飲みませんかと言われ、また意味のない言葉を返した。

『今から行きます。どちらにいらっしゃいます？』

ぼんやりとあたりを見回した。

俺は、今、一体どこにいるのだろう。

誰か教えてくれないか。

あの日と同じ夕星が光る空の下で、俺は途方に暮れている。

第三章　海淵（かいえん）

井上暁海　二十六歳　冬

櫂と別れたら少しは楽になれると思っていた。

けれど期待は叶わず、苦しさは形を変えただけでそこに在り続けた。悲しいとか寂しいとか不安だとかマイナスの感情の嵐に揺さぶられる日もあれば、すべてが停滞した凪の中で身動きできなくなる日もある。わたしの中に制御できない海がある。一時も平穏を保てず、なのに表面上はなにも変えられない。

家のことや仕事のこと、もういやだと放り出すことはできない。なによりわたしを揺さぶったのは、別れの翌日から届くようになった櫂のメッセージだった。今回のことを櫂は一時的な喧嘩だと思っている。それはわたしの気持ちなどなにも届いていない証（あかし）だった。

櫂からの連絡がきたのは最初の三日間だけで、それ以降はなくなった。お盆休みが終わって東京に帰ってしまえば向こうが櫂の現実で、そこにわたしはいないのだ。それがよくわかった。別れを決めたわたしは正しかった。けれど正しさはなんの力にもならなくて、ふいにぽっかり空いた隙間のような時間に、櫂に連絡したい衝動が湧き上がった。

［わたしも言いすぎた。ごめん］

言いすぎたとは思っていないので消去した。

［わたしも考えることが多くて、お母さんのことや仕事のこととか］

ただの愚痴になってしまうので消去した。

［なにしてる？］

自分から別れを切り出したのに軽すぎるので消去した。

［元気？］

なにも伝わらなくて消去した。

何度も打って、消して、そのうち疲れてしまい、あきらめる。ひとりでジタバタして馬鹿みたいだ。自分が後悔していることを認めるのは情けなく、連絡したい衝動を抑えるのは苦しく、余計なことを考えないでいられるよう自分を忙しくさせた。

先日納品したストールとミニバッグの評判がよく、続けて注文が入った。さらに東京のセレクトショップからお試しで一点注文が入った。瞳子さんが仕事で上京したときにわたしの作品をオーナーに見せたところ、反応がよかったそうだ。

「趣味で終わらせるのはもったいないわよ。やっぱり本腰入れてみない？」

考えてみますと答えた。お母さんのことも、だから仕事を辞められないことも、以前よりも強く、このままではいけないと感じている。

追加注文されたストールを仕上げながら、島に残っている女の子たちで集まったときの会話を思い出した。先日、大阪に出た友人から結婚の報告を受けた。同じ会社で出会った人と来春に式を挙げるので、みんなお式にきてねとメッセージに書いてあったそうだ。羨ましいなあ、わたしも都会に出てバリバリ働きたかったという雑談に花が咲く一方で、島に残っている女の子たちは判で押したように早く結婚して子供を産みたいと言う。それは夢ではなく現実だ。みな長年つきあっている恋人がいて、ゴールに向かって地固めをしている。

「暁海はいいなあ。あんな人気漫画家の奥さんなんて」

「結婚はいつごろするの。お式は東京だよね」

じわりと汗がにじんでくる。わたしは顔に力を込めて笑みを作った。

「別れたの」

座がしんとした。

「嘘でしょう」

「ほんと。もう向こうからも連絡ないし」

ふたたびみんなが黙り込み、でも……と口々に話し出した。

「大丈夫だよ、まだ若いし」

「うん、初めての人しか知らないなんてもったいないよね」

懸命になぐさめてくれる。みんな優しくて、ありがとう、そうだよねと笑顔で応える。それでもみんなが口にできない言葉が、鼓膜ではなく胸を震わせる。

――その年で恋人と別れてどうするの？

――島の男はみんなお手つきだよ？

わたしはまだ二十五歳だ。年が明けたらすぐに二十六歳になるけれど、一般的には若い女の部類だし、都会なら結婚はまだ先でいいと思えるだろう。けれど地方では都会よりもずっと早く女の値打ちが下がっていく。だからみんな早くから将来を約束できる恋人を確保する。

わたしが高校時代から櫂とつきあってきたことは島中の人が知っている。よっぽどじゃないと『お古の女』と結婚する男は島にはいない。じゃあ島外の男性をと思っても、今の暮らしの中では出会いがない。マッチングアプリでの出会いが今や当然とテレビやネットでは言うけれど、わたしの周りでアプリで出会ってつきあっている人はいない。うまくいったとしても、みんなにどう紹介すればいいのかわからない。そんなことを心配するあたり、わたし自身、しっかり島の住人なのだと思う。わたしはいろんなことを考えて、考えすぎて、身動きできなくなっている。わたしはこの島から出られず、なのにこの島で生きていく術を見つけられない。不安で、怖くて、だから心を平らに平らに、薄めて薄めて、鈍麻させて生きている。あの人なにも考えてないんじゃないと、いっそあきれられるくらい淡々と生きている——ふりをする。実際のところ、まるで明けない夜の中を歩いているような気持ちだというのに。

お母さんがうるさいことを言わなくなったのが唯一の救いだ。櫂から呼び出された翌日に帰ってきたときは、青埜くんは一緒じゃないのかとしつこく問われたけれど、わたしがなにも答えないので、お母さんも問わなくなった。察してくれたのだろう。よかった。今のわたしは、これ以上一グラムの負荷だって耐えられない。

「へえ、別れたの。いいんじゃない」

羽のように軽やかに、心からそう言ってくれたのは瞳子さんだけだ。

「もう一生結婚できる気がしません」

瞳子さんにだけは構えずに本音を言うことができた。

「そんなこともないわよ。わたしがあの人に出会ったのは四十をすぎてからだし」

納品したストールを検分しながら、瞳子さんがおかしそうに言う。

「わたしには瞳子さんのような強さはありませんから」

自嘲気味に言うと、瞳子さんが手元から顔を上げた。

「わたし、強くないわよ？」

「強いですよ。わたしが知ってる中で一番強い女の人です」

「そう？　若いころはなにかあるたびビービー泣いてばかりだったけど」

「想像できない」

瞳子さんは首をかしげ、なにもない宙を見上げる。

「強いんじゃなくて、愚かになれただけだと思う」

「愚か？」

「どこ行きかわからない、地獄行きかもしれない列車に、えいって飛び乗れるかどうか」

えい……とわたしは繰り返した。

「必要なのは頭を空っぽにする、その一瞬だけ」

あとは勝手に走っていく、後戻りはできないの、と瞳子さんはやはり軽やかに笑った。

帰り道、海岸線を車で走っていると、いきなりなにかが飛び出してきてブレーキを踏んだ。黒い小さな動物がすばしっこく夕闇の中へ消えていく。よかった、轢かなかった。

息を吐いてシートにもたれ、車の窓越しに暮れてゆく海を眺めた。西の空に一粒だけ輝いている星がある。夕星。高校生のころ櫂に教えてもらった。

――東京でも見えるのかな。

――そら見えるやろ。けど島から見るほうが綺麗やろな。

――ちょっと霞んでるのも味があるよ。

穏やかな波音を聴きながら、幻の列車に思いを馳せた。

わたしは櫂との結婚という列車に乗れなかったのか、櫂との別れという列車に乗ったのか。それすらわからないわたしは、これ以上愚かになどなりようがない。

あの日と同じ夕星が光る空の下で、わたしは途方に暮れている。

休日の朝、家の中に見慣れないガラスの置物があることに気づいた。毎日忙しくしているので見過ごしていたけれど、よく見るとあちこちにある。靴箱の上や母親の部屋の箪笥（たんす）の上、中に金箔（きんぱく）が入っている楕円（だえん）のペーパーウェイトのような――。

「お母さん、あの置物なに？」

お昼を食べながら訊いてみた。

「ああ、あれ、いろいろ御利益（ごりやく）があるのよ」

「御利益？」

「前に瀬尾（せお）のお婆（ばあ）ちゃんから冊子をもらったの」

何年前の話だろう。同じ集落の瀬尾のお婆ちゃんは五年前に亡くなった。わたしも子供のころかわいがってもらったけれど、亡くなる前、よくわからない宗教にのめり込んで親戚まで巻き込んで大変なことになったはずだ。かすかに鳥肌が立つ。

「置物、あの宗教のなの？」

「いいものなのよ」

答えにもなっていないことを言い、母親は意味なく湯飲みの縁を拭った。

「ねえ、あれ買ったの？　いくらしたの？」

聞こえないふりをされ、わたしは箸を置いて立ち上がった。

母親の部屋へ行き、灯りをつけて全体を見回した。気をつけて見ると置物だけではなく、鴨居(かもい)にはお札が貼ってあり、通院に使っているカバンの持ち手には読めないぐにゃぐにゃした字が彫られたキーホルダーがぶら下がっている。

「これ、いくらしたの？」

「値段の問題じゃないの。悪運を祓(はら)ってくれるものなんだから」

聞き終わる前に居間へと走った。大事なものがしまってある箪笥の引き出しを開けて預金通帳を取り出した。ページを繰ると、ほとんど残高のない数字が目に入る。定期もすべて解約されている。振り返ると、怯えたような母親と目が合った。

「これどういうこと」

泣きそうになりながら問いかけた。別居生活が九年目に入った去年、ついに両親の離婚が調停で成立した。今まで振り込まれた婚費とは別に父親が相場より多い慰謝料を払ってくれたので、それと一緒に夏冬に出るささやかなわたしのボーナスも貯金していたのだ。

「あんた、青埜くんと別れたんでしょう」

「そんな話してない」

「聞きなさい。その年で青埜くんと別れてどうするの。だからお母さん、一生懸命祈ってあげてるの。どうか青埜くんと復縁できますようにって――」

「やめてよ！」

母親がびくりと身体を震わせた。怒っちゃいけない。怒ったら母親の気持ちが不安定になる。そうやってずっとこらえてきた。けれどもう限界だった。

「わたしのことを思ってくれてるなら、余計なことしないで。お母さんのせいでわたしがどれだけいろんなこと諦めてきたと思ってるの。櫂とのことだって、お母さんが病気にならなかったら、わたしは東京に行って、今ごろ櫂と結婚してたんだよ」

やめろ。もう言うな。けれど間に合わず、母親は部屋を走り出ていった。追いかける気力もなく、通帳をもう一度確認した。何度見てもほぼゼロに近い数字は変わらない。その場にしゃがみ込みたいのをなんとか踏ん張っていると、表からエンジンの音がした。

窓から顔を出すと、母親が車で出かけようとしていた。母親は睡眠薬も飲んでいるので医者から運転を止められている。慌てて自転車で追いかけた。

大通りに出たところでうちの車が停まっているのを見つけた。すぐ近くに宅配便の車も停まっている。向こうのドライバーが降りてきて、うちの車に駆け寄っていく。事故だ。自転車を乗り捨てて一目散に駆け寄った。

「お母さん！」

両手でハンドルをにぎったまま、母親がぐったりと伏せている。救急車で搬送される中、島の病院へ運ぼうとした救急隊員に母親は激しく抵抗した。島の病院はいやだ、今治へ行ってくれ、でなきゃ死んだほうがマシだと。今治の病院へ着く間、ずっと母親の手をにぎり、ごめんねと繰り返した。どうしてわたしは謝っているのだろう。わたしはなにも悪いことはしていない。それでも。

「お願いします。四百万、貸してください」

事情をすべて話すと、瞳子さんと父親は絶句した。

一時停止を無視して飛び出し、接触した際に宅配便が運んでいた荷物のいくつかが破損した。相手方の車両の修理費と品物への賠償は自賠責保険ではまかなえない。母親自身もシートベルトをしていなかったせいで胸骨を強く打って入院になった。最悪なことに、貯金だけでなく母親はクレジットカードの限度額まで怪しげなガラスの置物やお札に注ぎ込んでいた。わたしだけの力では、もうどうにもならない。

「なんとかしてあげたいけど、うちも銀行から融資を受けたばかりなのよ」

「融資？」

「今年、島にカフェ兼アンテナショップをオープンしようと思ってるの。最近はIターン組も多いし、観光客も増えてるでしょう。だから点在してる店をつなげるなにかがあればいいなってずっと思ってたのよ。言ってなかったけど、最近、手元仕事がしんどくなってきてて」

「どうかしたんですか」

「視力がちょっとね。酷使するとよくないみたい」

「え？」

瞳子さんは苦笑いで、お茶を淹れ直してくるわねと席を立った。網膜に問題があり、細かな作業の刺繡が目に負担をかけているのだと父親が小声で教えてくれた。

「おまえには苦労ばかりかけてすまない」

父親が私に頭を下げる。わたしはなにも言えなかった。

後日、ふたりは少しで悪いと百万を用立ててくれた。

親戚にもお願いしたけれど、宗教が絡んでいると知るやいなや断られた。瀬尾のお婆ちゃんの騒動をみんな忘れていない。うちのこともすぐに知れ渡るだろう。

週末、今治の病院へバスで向かった。うちの車も修理中で、その支払いもある。家計に余裕がなく、自動車保険に入っていなかったことを心底後悔した。

「もう死にたい」

お見舞いに行くと、お母さんはベッドに横たわったまま泣いた。

——死にたいのはわたしのほうだよ。

そう言いたいのをかろうじて飲み込んだ。窒息しそうに苦しい。

お見舞いの帰り、わたしはある決意をして、今治駅から東京行きの夜行バスに乗った。疲れ切っている身体に十二時間のバス移動はつらいけれど、少しでも節約したい。もうさっさと寝てしまおうとシートにもたれたけれど、眠りはなかなか訪れてくれない。

翌朝早くに渋谷に着いた。早すぎるので手近なネットカフェに入り、身体を横にすると眠ってしまった。起きると昼をすぎていて、電車を乗り継いで櫂のマンションへ向かった。もう二度とくることはないと思っていたエントランスに立つ。

別れたときホテルに合鍵を置いてきたので、部屋番号を押して櫂を呼び出した。応答がない。櫂は夜型だからまだ寝ているのかもしれない。死刑執行を待つ罪人のような気持ちだ。生き延びたと言うべきか、恐怖が長引いたと言うべきか。どちらにせよ執行はされる。

「暁海？」

ふいに名前を呼ばれ、振り返った先に櫂がいた。

「……あ」

言葉が詰まった。櫂の隣には綺麗な女の人が寄り添っている。目を瞬かせる櫂に、ついに執行時間がきたのだとぐっと拳をにぎり込んだ。

「お願いします。お金を貸してください」

なんの前置きもなく頭を下げた。櫂の驚きが伝わってくる。

「えっと、とりあえず中入ろか」

「ここでいい。お願い。お金を貸してください」

さらに深く頭を下げた。沈黙が落ちる。三人の足下しか見えない中で、櫂の隣のパンプスが動いた。こつり、と踵が床を踏む音が遠ざかっていく。

「いくら必要なんや」

「三百万」

「わかった」

えっと顔を上げた。

「銀行の口座番号と名義書いてメッセージして」

即決すぎて、頼んだわたしのほうがうろたえた。

「困っとるんやろ。心配すんな。すぐ振り込んだる」

目と鼻のあたり全体が痺（しび）れるような痛みに包まれていく。泣き顔を見せたくなくて、ふたたび頭を下げた。

「理由、訊いてもええ？」

頭を下げたまま首を横に振った。母親が宗教にはまったなんて言えない。

「わかった。ええよ」

優しい声に涙がこぼれそうで、必死で唇を噛みしめた。櫂の漫画がヒットして、派手な暮らしぶりに地に足がついていないとわたしは説教をした。そのわたしが櫂のお金を頼っている。これ以上情けなく、恥ずかしく、みっともないことはない。

ありがとう。ごめんなさい。その二言を繰り返すしかできない。逃げるように立ち去ろうとしたとき、櫂と一緒にいた女の人が目に入った。エントランスの壁にもたれてスマートフォンを操作している。こちらをちらりとも見ない。わたしとは百八十度ちがう都会の自立した女性という感じで、きっと櫂と対等になんでも話せるのだろう。家にくるということは恋人だろうか。自分から別れを切り出したくせに、そんな想像がわたしを打ちのめす。

帰りの夜行バスの中から振込先を記したメッセージを櫂に送り、そのあとはどうでもいいネットニュースを読み漁った。他のことで頭をいっぱいにしなければ、この瞬間すら生き延びられそうにない。政治闘争、国際情勢、有名人の不祥事、わたしの暮らしにはなんの関係もないニュースの数々。だらだらと記事を流していく中、ふと指先が止まった。

——あの人気漫画家が男子高校生に淫行疑惑？

漫画関連の記事は見たくない。ページを移動する寸前、久住尚人という名前が目に入った。尚人くん？　おそるおそる記事を送っていき、あまりな内容に息を飲んだ。まさか。こんなの嘘だ。タイトルで検索をかけると、出版社のサイトがトップに出てきた。読者への謝罪と、連載が終了になることが記してある。数週間前の日付だった。

——どうして。

全身の血液が逆流していく。ここしばらく母親のことで頭がいっぱいだった。それ以前に、櫂のことを考えたくなくて情報をシャットアウトしていた。

でも、なぜ、どうしてこのタイミングで知らなければいけないのだろう。櫂が大変な状況にあることも知らず、大金を無心したという行為に頬を殴られる。知っていたら借金など申し込まなかった。絶対、絶対に、頼らなかった。

我慢しきれずブランケットに顔を埋めて泣いた。縋らないと思い決め、これだけは守ると決めた自らの矜持をわたしは折った。それも最悪なタイミングで。

金輪際、櫂に合わせる顔はない。ぎりりと歯ぎしりの音が洩れる。

——借りたお金は少しずつでも返す。

——なにがあろうと、泥水をすすろうと、必ず返す。


翌朝早く今治に着き、ファストフード店で病院の面会時間を待った。

おはようと顔を出すと、母親は怯えたようにさっと布団に潜った。

「ごめん、暁海、ごめん。お母さんなんか死ねばいいね」

くぐもった声で繰り返される泣き言に、わたしの感情はひとつも揺れなかった。

「そんなこと言っちゃ駄目だよ。大丈夫。お金はなんとかなったから」

布団の上から背中をなでた。母親はごめんねと繰り返し、なにも心配しなくていいよとわたしはそのつど答えた。そのうち母親は泣き疲れて眠ってしまい、巡回にきた看護師さんに母をよろしくお願いしますと頼んで病院をあとにした。

バスを待ちながら、今後一切、誰にも甘えるなと自分に言い聞かせた。自分のことは自分で支えろ。お母さんもその他のこともすべて支えろ。泣き言は二度と言うな。そんな暇があれば金を稼げ。涙を拭く時間があれば一歩でも進め。強くなれ。

やってきたバスに乗り、家には帰らず瞳子さんを訪ねた。

「お願いします。仕事をください」

玄関に出てきた瞳子さんに頭を下げた。どんな仕事でもやる。仕事をくれるなら土下座だってする。そんな程度で傷つくプライドなら邪魔なだけだ。お金はいくらあっても足りない。会社勤めを続けながら刺繍の仕事もする。休日などいらない。

「顔つきが変わったね」

見上げると、瞳子さんはにっこりと笑った。

「入んなさい。できる仕事から紹介していく」

鼻の奥が痛くなり、下腹に力を込めてこらえた。

わたしは島から出られない。だったらここで立つしかない。夢なんて甘っちょろいもんじゃない。死に物狂いでしがみつくしかない。人の目など、もうどうでもいい。

わたしはここで生きていく。

青埜櫂　二十八歳　夏

目覚めると、もう午後も遅かった。

連載をしていたときと変わらず、朝が弱い。もう漫画のマの字もない暮らしをしているのに悪習だけが残っている。だるい身体を起こし、胃の不調からくる口臭を消すために歯磨き(はみが)をしにいく。終われば冷蔵庫から缶ビールを取り出して開ける。炭酸で強制的に目を覚まし、同時にアルコールで意識をぼやかす。

あれから二年が経った。炎上自体は一ヵ月ほどで鎮火した。騒いでいた連中ほど次の火祭りに参加するのに忙しく、半年も経つころには俺たちのことなど忘れていた。賞味期限半年の祭りを世間が楽しむために、俺たちの漫画は、いや、人生は消費された。

連中が楽しんでいる間、こちら側だけが傷を負った。連載は打ち切りになり、既刊十四冊は絶版。週刊誌に載る騒ぎになったあと、尚人の恋人の圭くんはSNSで出身高校と実名と顔写真を出され大学に行けなくなった。尚人は必死で連絡を取ろうとしたが無理で、二ヵ月ほど経ったころ圭くんからメッセージがきた。

［今までありがとう。ぼくのことは忘れてください。ごめんなさい］

尚人の憔悴ぶりはひどく、見かねた植木さんが相手の弁護士を通じて圭くんの様子を尋ねてくれた。親が大学を休学させて海外に出したそうだ。なにも悪いことはしていないのだから堂々としていればいい、などと言うやつは当事者になってみればいい。いくら多様性が謳われる時代と言えど、自らの意志以外で性的指向を晒されるのは精神の拷問だ。それをした連中がなんの罪も問われないことのほうがおかしい。

尚人は自殺未遂をやらかした。放っておくと飯も食わないので、三日に一度は様子を見にいっていたのだが、ある日訪ねたら風呂場で練炭を焚いていた。発見が早かったので助かったが、目覚めた尚人に突発的に殴りかかろうとした俺は、植木さんに羽交い締めにされて病室から連れ出された。助かってよかったという安堵と、誰のせいでこんなことになってると思ってんだ、という怒りがない交ぜになっていた。

――けど、尚人のせいでもあらへん。

誰も悪くない。悪いことはしていない。なのになぜこんなことになる。

家に帰って暗い部屋で膝を抱え、胸の中に渦巻く理不尽さや、憤りや、この先の不安と暮らした。その感覚は知っていた。子供のころ帰らない母親を待っていたときと同じあれだ。俺はもう大人で、こんな感覚とは縁が切れたと思っていた。

命は助かったが、尚人の心はめちゃくちゃになった。毎日見舞いに行ったが、みるみる悪化していくのをどうすることもできなかった。すべてに対して気力をなくし、自分で髪を洗うこともできなくなった尚人を、家族は心療内科に入院させた。そこからは面会も拒絶された。もちろん漫画を描くどころの話ではない。

「書かせてくれる雑誌も、もうあらへんけどな」

「じゃあ小説を書こうか」

待ち合わせた居酒屋で、絵理さんがわくわくと身を乗り出してくる。

「小説なんか書けんて。俺は漫画原作者や。何回言わせんねや」

「わたしは何年でも待ちます、って何回言わせんねや」

絵理さんの下手な京都弁に、初対面のときを思い出して笑った。

――いくらでも待ちます。長い作家人生、順風満帆なときばかりではないですし、わたしは長い目で作家さんを支えていきたいと思っています。

編集者の口のうまさは知っている。いや、作家のやる気の引き出し方を熟知していると言うべきか。けれど日々だらだらと酒ばかり飲み、一文字も書けない俺はもう作家ではない。ただでさえ忙しい編集者の時間を割く価値はないと思う。

「書けたとしても、漫画のときみたいに売れへんよ」

そう言うと、絵理さんは残りの酒を飲み干してグラスをテーブルに強く置いた。

「あのねえ青埜くん、きみは編集者を舐めすぎ」

知り合って二年、絵理さんは今では俺をくんづけで呼ぶ。

「売れる売れないだけが、わたしたちの価値基準だと思ってる？」

酔いでほのかに染まった頬と、上目遣いににらみつけてくる目つきが色っぽい。

「売れることはもちろん大事。どーんと初版刷れて、重版かかりまくる売れっ子のおかげでわたしたちの給料が出るし、新人作家も本を出せる。すごく感謝してる。大事にしなくちゃいけない。それとは別に、お金とは別の場所にある、ただただ『わたしはこの物語が好き。世に出したい』って価値、っていうか欲があるのよ」

「編集者として惚れるってことやろ」

「そう。根っこはみんなただの本好きだから」

絵理さんは腕組みでうなずき、だからね、とまた身を乗り出してきた。

「そろそろ小説書こうか」

「一周回っとるやん」

「何周でもするやん」

「そんな京都弁あらへん」

「彼女のことを書けばいいじゃない」

グラスを取ろうとした手が止まった。絵理さんはさっきとは打って変わって真剣な顔をしている。油断させて斬り込んでくる。これだから編集者は――。

俺はメニューに手を伸ばし、日本酒にしよかな、と逃げた。

絵理さんは暁海と会ったことがある。いや、見ている。

二年前、暁海が金を借りにきたことがあった。馬鹿な金の使い方をするなと常々怒っていた暁海だったので、余程のことがあったのだろうと、理由も訊かないまま三百万を貸した。暁海を助けてやりたかったし、これをきっかけにやり直せるとすら思った。それはまったくの思い違いで、金を振り込んだあと、一度話し合いたいと何度も送ったメッセージには「お金は必ず返します」としか返ってこなかった。

「ふられた女のことなんか、どないな顔して書けるねや」

「それを書いて、世界中にばらまけるのが作家って人種なの」

「俺は書けんし、ばらまきとうないし、つまりは作家やないんやろ」

突き放すように言った。

「時間は必要だと思う。でも高校時代からつきあってたんなら書くことはいっぱいあるだろうし、一旦書き出したらあふれて止まらなくなるとわたしは思うけど」

まあ気長に待ちますか、と絵理さんは俺からメニューを取り上げ、「久保田ください」と日本酒を頼んだ。

居酒屋を出たあと、ふたりで駅とは反対の俺のマンションへ歩き出した。ごく自然に手をつなぎ、朝ご飯のパンあったっけなどと話している。この二年間、絵理さんは一文字も書かない俺の担当編集者であり続けてくれている。うだうだと酒浸りの俺の様子をつかず離れずの距離で見守り、居酒屋で酒を飲み、そんな中、あるきっかけで寝てしまい、今に至っている。

絵理さんと寝るのは気持ちいい。そもそも人の体温が気持ちいいのに、それが好みの女なら尚のこと。とはいえ今夜は飲みすぎて本当に寝るだけだった。

夜中、目を覚ますと絵理さんがいなかった。またかと思いながらふたたびうとうとし、次に目覚めたときも隣は空だった。さすがに心配になってリビングへ行くと、少し開いたベランダの掃き出し窓から途切れ途切れの啜り泣きが聞こえてきた。

「奥さんと別れてくれるって言ったじゃないですか」

絵理さんの声が聞こえる。ああ、やっぱりか。

「引き下がりませんよ。わたしだけボロボロになって、先生はなにひとつ失わないなんて冗談じゃないわ。全部バラします。せめて相討ちじゃないと納得できません」

啜り泣きが混じった訴えは、いつもの理知的な絵理さんからはほど遠い。絵理さんは数年前から某ベストセラー作家とつきあっている。四十すぎの妻子持ちだ。

「……もう死にたい」

ぐしゃぐしゃに潰れていく声が、記憶の中の母親の姿に重なる。

綺麗で仕事ができる自立したいい女の内情を知ったのはずいぶん前、酔った勢いで絵理さんがぶちまけたのだ。そのときも死にたいと泣く絵理さんをひとりで帰せず、うちに連れてきて、なだめているうちに寝てしまった。流れというのは怖い。

暁海との別れを経て、絵理さんにはずっと好意を抱いていた。だからがっかりしてもいいところだが、なぜかミステリ小説の解決編を読んでいるような気分だった。

——そんな完璧な人間なんて、おらんよなあ。

絵理さんを本当に好きになれたら楽だった。けれど暁海のときのような切実感がなく、かといってその切実感が正しいとも思えない。永遠に辿り着けない場所を目指して疾走するものが恋ならば、ゆったりと知らないうちに決定的な場所へ流れ着くものが愛のような気もする。

——暁海、おまえはちゃんと眠れてるか？

考えごとは蛇行し、いつも最後は同じ場所へと流れ込む。広がりはもうなく、流れ込んだ心ごと沼のように沈殿していくだけだ。そろそろヘドロになっているだろう。これもまた愛なのかと考えながら、絵理さんに気づかれないよう寝室に戻った。


「青埜くん、会議あるからもう行くわよ」

翌朝、絵理さんに揺り動かされて目覚めた。

「ハムエッグはテーブルの上、サラダは冷蔵庫に入ってるからね」

薄目を開けると、鏡の前でイヤリングをつけている絵理さんの後ろ姿が見えた。以前、ピアスにしたらええのにと言った俺に、身体に傷をつけるのいやなのよ、と絵理さんは答えた。

——心には、ぎょうさん傷つけとるやん。

ベッドでうだうだしながら、満身創痍の真夜中の姿を思い出した。

「じゃあ行ってくるね」

完璧に身支度を整えた絵理さんが、ベッドに手をついて顔を寄せてくる。

「お酒飲んでもいいけど、ちゃんとご飯も食べるのよ」

さらさらと落ちてくる手入れの行き届いた髪や、瑞々しくいい香りのする首筋、華奢な手首に巻かれている上質な時計。すべてが絵に描いたような『いい女』で、不倫相手にみっともなく泣いて縋る昨夜の絵理さんと同一人物とは到底思えない。

――なんやかや、この人もしんどいんやろなあ。

軽く音を立てるくちづけを交わしながら、しみじみと思ってしまった。

絵理さんは完璧な自分を保つために、あるいは奮い立たせるために、自分を正しく機能させる装置として俺を必要としている。いつか妻と別れるなんていう不倫男の常套句を信じて縋る愚かな女である自分を、人生に挫折中の年下男を支える優秀で寛容な編集者という演出で打ち消そうとあがいている。クールでも理知的でもなく、逆に感情的だ。

絵理さんが望むなら、俺はとことん駄目な年下男として振る舞ってやりたい。人にはなにがしかの事情があって、その舞台裏になにが転がっていようといいじゃないか。薄皮一枚の下に、弱くて泣きたい自分を隠していてもいいじゃないか。

「絵理さーん、行かんといてえ」

手を伸ばし、絵理さんをベッドに引きずり込もうとした。出勤前に整えた髪型も服も化粧も崩さないよう慎重に甘える。絵理さんがくすくす笑う。

「よしよし、いい子ね。またすぐくるからね」

躾のなっていない犬を扱うように俺の頭を優しくなで、絵理さんはできる女の顔で寝室を出ていった。ぴしりと伸びた背筋を見送り、がんばりや、とつぶやいた。

毎日癖のある作家相手に気を遣い、やる気を出させ、数字を上げ、息を抜きたいだろう恋愛では馬鹿を見ている。賢いはずなのに、燃費の悪い生き方をしている。

――そらガス欠にもなるわなあ。

――どっかで補給せんと止まってまうわなあ。

ふと母親のことを思い出した。漫画が打ち切りになったとき、櫂がおるから大丈夫やと思ってたのにと電話口で泣かれ、大丈夫、俺はおるやんと答えながら、母親にとっての安心材料は『俺』ではなく『俺が稼ぐ金』なのだとわかっていた。

ああいうときの言葉にしづらい感覚。あきらめと愛しさが等分に入り混じっていく『あの気持ち』を絵理さんにも感じる。処し方はわかっている。抗うから波立つ。ただ許して受け入れればいい。受け入れることで自分の中の一部が押し潰されて歪んでいくけれど、歪みなく生きることのほうが難しい。そんなことを誰かと話したい。

――なあ、暁海。

並んで腰を下ろし、飽きずに話し込んだ砂浜の風景が蘇った。ふたたびとろりとした眠気がやってくる。眠りに落ちる間際、俺はまたいつもの場所に流れ込む。

起きると午後も遅かった。

昨日もそうだったし、一昨日もそうだった。きっと明日もそうだろう。

俺が朝陽を拝むのは夜通し飲み明かしたときだけで、目覚めてもやることがなく、ソファにもたれてビールを飲んで、またうたた寝をし、次に目を覚ますと日が暮れている。今日もまた新しいビールを開け、スマートフォンを見ると［ご飯食べた？］と絵理さんからメッセージが入っていた。それ以外はすべてダイレクトメールだ。

［ハムエッグ食うた。うまかった］

と嘘をつき、ソファにスマートフォンを投げ出した。ぼんやりとカーテンの隙間から夕暮れの空を眺めながら、日々ビールの空き缶を増やしていくだけの俺に、果たして生きる価値があるのかと考えた。しかし首をくくることもたやすくはない。価値があってもなくても、死ねない以上は生きなくてはならない。

——ああ、今日は二十六日や。

気づいたと同時に、立ち上がっていた。引き出しから銀行の通帳を取り出し、昨日から着っぱなしのシャツのままで家を出た。歩いて三分の銀行のＡＴＭで記帳をする。吐き出された通帳のお預り金額欄にはいつもの記載があった。

〝イノウエアキミ　＊35,000〟

ＡＴＭコーナーの隅で、印字されたそれを凝視する。確認中、胸の昂ぶりは最高潮に達し、次に一気に下降する。ここからまた、来月の二十六日を待つ長い時間が始まるのだ。

ジーンズの尻ポケットに通帳を突っ込み、銀行を出た。どこかで飯でも食って帰るか。食べなかった絵理さんのハムエッグが脳裏をかすめるが、そういう気分じゃない。ぶらぶらと歩く街が一秒ごとに薄い青色に沈んでいく。逢魔が時。行き交う人たちが薄ぼんやりとして見える。中でも一番ぼやけているのが俺だろう。

毎月、給料日の翌日に三万五千円が振り込まれる。地方の小さな会社で手取り十四万、今は少しは上がったのだろうか。どっちにしろ三万五千円は暁海にはたいした金額だ。返さなくてもいいと何度もメッセージを送ったのに、返事はないまま振り込みが続く。

三百万貸したので、毎月三万五千円の返済で、完済まで七年と少し。うち二年半がすぎたので、あと五年。その間、俺と暁海はつながっているという安心感と、その間は忘れられないというやりきれなさがある。

絵理さんのことを本当に好きになれたら楽だった。そう都合よくはいかず、今月もまた二十六日になるなり記帳へと走り、あとは行く宛てもなく、ぶらぶら歩きながら暁海のことを思い出している。どうせなら美しく脚色された都合のいい記憶を捏造したいが、俺の頭はこんなときだけよく働く。三年も前に終わったあれやこれやを、当時よりもくっきりと正しい像として結ぶのだから始末が悪い。

尚人との漫画がヒットして、もういつの重版分なのかもわからない印税が次々入ってくるようになったころのこと。長い休みのたびに上京してくる暁海を、俺は馬鹿高いブランド店に連れていった。少ない給料をやりくりして精一杯のおしゃれをしているのだろうが、どうしようもなく安っぽいワンピースを着ている暁海が愛しかったのだ。

服でもバッグでも靴でも、なんでも好きなものを買ってやりたかった。喜ぶ暁海の顔が見たかった。今から思うと、その愛しさは自分より下のものに与える慈悲に似ていて、対等なはずの恋人からの侮りを、暁海は如実に感じていたはずだ。

暁海は少しも浮かれず、喜びもしなかった。高いレストランやクラブで金色に光るカードを蝶々のようにひらひらさせる俺をいやそうに見ていた。生真面目な暁海がさらに真っ当な大人になっていき、暮らしを支えるための仕事を第一に優先し、音楽も聴かず映画も観なくなっていくのを、夢のまっただ中にいた俺は正直つまらなく感じていた。

――なんで、わかってやれんかったんやろう。

暁海が金を借りにきたときもそうだ。あの真面目な暁海が、対等であるはずの俺に金を貸してほしいと頭を下げたのだ。それも自分から別れを告げた状況で。

あのとき暁海は、自分の矜持を折ったのだ。そんなことにすら気づかず、借金をきっかけにやり直せるかもしれないと思った俺は最高に馬鹿で卑しかった。やり直したかったのなら、金を貸すべきではなかった。しかし切羽詰まったあの頼みを断れなかった。俺は一体どうしたらよかったのだ。のろのろと顔を上げると、さっきよりも街は濃い青に沈んでいた。月や星はまだ見えず、中途半端にぼやける景色の中ですべてを見失ったような気になる。

実際、今の俺にはなにもない。去年、植木さんからウェブ漫画の編集者を紹介されて、新人漫画家と組んでウェブで単発を発表したが、反応はひどいものだった。自分でもそうだろうなと思う出来だったのでしかたない。どうしてあんなことになったのかと、植木さんに散々説教を食らった。

――ぼくに見せてくれた、あのプロットはどうしたの？

――あれはあかん。

――すごくいい出来だった。あれなら絶対にいけたのに。

――あれは尚人とやるんや。

植木さんはぽかんとした。

――尚人くんは復帰できる状況じゃないよ。

――今はな。けどいつか絶対あいつは戻ってくる。

――だからあのプロットをお蔵入りさせたの？

――新しく出したやつも、負けんくらいええもんや。

植木さんは今度こそ絶句した。本気でそう思ってるの？　という無言の問いが痛いほど伝わってくる。わかっている。そうだ、あれは出来がよくなかった。

描きたいやつがあふれている激戦の漫画業界で、わざわざ再起の機会をくれた植木さんに報いたくて、俺は真剣に、本気で、新しい物語を紡いだ。結果は散々だった。物語も言葉も浮かんでくるのに、いいものを書けているときに感じる、世界のすべてを置き去りにするような疾走感や高揚感を一切感じなかった。

――燿くん、聞いて。青埜燿には才能があるんだ。青埜燿の再起を俺は信じてるんだ。青埜櫂が作る物語をもう一度読みたいんだ。もう一度ワクワクしたいんだ。

だから、と植木さんはひどくつらそうに顔を歪めた。

――書くことに一切の忖度(そんたく)をするな。

俺と同じく新人のころから尚人を育ててきた植木さんが、断腸の思いで告げた言葉だった。ああ、そうだ。生きていれば必ず訪れるいくつかの岐路。選択。

――いざってときは誰に罵られようが切り捨てる。

――もしくは誰に恨まれようが手に入れる。

――そういう覚悟がないと、人生はどんどん複雑になっていくわよ。

わかっている。俺は自分で自分を複雑にしている。俺は聖人君子じゃない。騒ぎが起きたとき、さっさと尚人を切ればよかったと後悔することもあった。決めきれないままずるずるしていた俺の弱さが、今、俺の足を引っ張っている。

ウェブ漫画のために新しい物語に取りかかったとき、俺はようやく気づいた。

自分と物語をつなぐ糸が切れてしまっていることに。

子供のころから、物語はしんどい現実から逃れるための手段だった。けれどそれで金を稼ぐようになってから、『逃げ』は通用しなくなった。忘れたほうが楽な記憶を掘り起こし、言語化し、物語という形で強化していく。しんどいからと目を逸らすと、おもしろいほど植木さんから赤が入った。ここ、もっと突っ込んで——俺の子供時代のあれこれを詳しく知っているわけでもないのに、植木さんは物語としての甘さを見逃さないのだ。

創作は創作として、自分と切り離して書く作家もいる。俺はそうではなかった。自分を切り売りすることでしか物語を創れなかった、というだけの話だ。

連載を打ち切られたとき、俺が俺をえぐって紡いだ物語は、ただの代替がきく仕事のひとつでしかないと思い知らされた。仕事は基本そういうものだとわかっている。誰が抜けてもすぐ穴は埋まる。代えのきかない才能なんて滅多にない。

なのにあのとき俺は、これ以上痛い思いをして自分をえぐる理由を見失った。いつか刺繍作家になりたいという暁海の夢を甘いと断じた俺自身が、実は一番甘っちょろかったわけだ。そういう自分を直視できず、だらだらと酒を飲んでごまかしている。働かなくても食べていける貯金があることが、余計に怠惰をはびこらせる。

たまに思う。あのとき尚人が崩れなかったら。

ウェブでもなんでもいいから、ふたりで踏ん張って漫画を描き続けていたら。

母親が一生に一度の根性で、俺を本当の意味で励ましてくれていたら。

なにより暁海と別れなければ。

暁海がそばにいてくれたら。

俺はこんなふうになっていなかったんだろうか。

たら、れば、たら、れば、を引きずって三年が経った。物語から逃げながら、俺はずっと架空のアナザーストーリーに逃げている。ひどい矛盾だ。

実を言うと、絵理さんの勧めに従って、ひっそり暁海とのことを小説として書いたことがある。出来は散々だった。未練たらたらの自己正当化が見苦しくてすぐ消した。俺は一体なにをどうしたいのだろう。尚人や植木さんと話がしたい。けれど尚人は心療内科を退院したあと、いまだマンションに引きこもっている。植木さんは入れ込んでいる新人がいるらしい。

遠くで救急車のサイレンが鳴っている。すれ違った若い女ふたり連れが週末の相談をしている。すぐ後ろを歩くおっさんが、それでは失礼いたします、とほがらかに通話を切ったあと大きな溜息をついた。

顔を上げて、ゆっくりと首を左右に振った。あと少しで夜に落ちる街の中、少し先にあるハッピーアワーをやっているバーを目指して歩いた。酒が抜けてくると周囲の雑音がクリアに流れ込んできて気分が沈む。早く酔いたくて、店に入るなりウイスキーのロックを頼んだ。

「なにかやなことでもあった？」

　馴染みのマスターが俺の前にグラスを置く。

「なんもない。毎日一緒」

「平凡、平穏。それが一番でしょ」

　話している間に一杯目を飲み干して、グラスをカウンターの向こうへ押し出した。いつものことなので注ぎ足しかどうかも訊かずにマスターがおかわりをそそぐ。

「そういえばさ、十代で初めての女ってやっぱ特別なのかね」

　聞いて、とマスターが両頬杖で身を乗り出してきた。先日、高校時代の彼女のフェイスブックを見つけてしまったそうだ。つながるつもりなどなかったのに、まあまあ酔った仕事帰り、勢いでついコメントしてしまったらしい。

「そういうの、わかる？」

　うなずいた。酔った勢いでメッセージを何通も暁海に送った。今なにしとん。元気か。なんか困ってへんか。会えんやろか。会いたい。一回でいい。

「男特有の呪いなのかね。女はそういうの死ぬほどうっとうしいんだってさ」

　恥ずかしいよねえと嘆くマスターに適当に答えながら、初めての女という呪いについて考えた。無意識にいつまでも淡く残り続ける、古傷に似た気持ちの処し方。

二十六日はいつも考えすぎて、飲みすぎる。店を出ると足下があやうかった。何度か人にぶつかって、ガードレールに腰を下ろして休んだ。ごつごつして座りにくいので尻ポケットからスマートフォンと通帳を抜き取った。税理士からメールがきていて、ろくに読まずに閉じる。税金や資産運用、酔った頭には面倒なだけの数字の羅列。預金がある一定額を超えてから、残高を気にしなくなった。俺が見たい数字はひとつだけだ。

〝イノウエアキミ　＊35,000〟

ガードレールに腰を下ろしたまま、前屈み（まえかが）でぺらりと通帳をめくる。あと百九十五万円、あと五十六ヵ月、あと四年と八ヵ月。その間、俺たちはつながっていられる。じゃあその先は？　俺はどうする？　どうなる？

なんだか笑えてきた。こんな数字の羅列に支えられているなんてアホか。切実に寂しい。誰かに必要とされたい。愛じゃなくてもいい。そう思いながら、どうしようもなく暁海の顔しか浮かばない。一体いつまで繰り返すのだ。

メッセージを打っていく。やめろよと冷静なもうひとりの俺が言っている。酔いが醒めたら最低な気分になるのがわかっているのに止まらない。これが呪いの力か。

[四万返せない？]

送信ボタンを押した瞬間に俺は止まり、直後、後悔という名の大波に飲まれた。ああ、これは駄目だ。最低だ。酔いが一気に醒めていく。早く、早く、送信取消をしなくては。しかし焦っているうちにすっと既読がついてしまった。

「ごめんなさい。来月から四万返します」

数年ぶりに返ってきた言葉に、頭のてっぺんから爪先まで凍りついた。俺のどんな情けない復縁の懇願も無視してきたのに、借金に関してはすぐに返事がきた。俺が知る生真面目な暁海のままだ。その変わらなさに安心し、それを利用した自分の最低さに笑う。笑いながら、真っ黒な夜の海に飲み込まれていくように感じた。なんとか海面を目指したいのに、どの方向に泳げば浮上できるのかわからない。もがきながら闇雲に指先だけを動かす。

「うそ。元気？」

冗談にできないかと、なんとかそれだけを送った。もう既読はつかない。

十秒、二十秒、三十まで数えたところで鼻の奥が痛くなってきた。涙をこらえるため、反射的に唾を吐いた。歩いてきたカップルの女が、きゃっと足を跳ね上げる。隣の男が俺を見て舌打ちをする。ありありと浮かぶ軽蔑の色。俺はうつむいて、意味なく口角を持ち上げて形だけの笑みを作った。そうしてゆらゆらと身体を揺する。

――なあ、暁海。

俺はもう、本当に、最低のクソ男になってしまったようだ。うなだれていた頭をゆっくりと上げていくが、仰いだ夜空には星がひとつも瞬いていない。

井上暁海　二十八歳　夏

櫂からメッセージが届いたのは、夕飯の後片付けをしているときだった。動揺を抑え、素早く返事をして洗いものを終わらせた。洗濯物を畳み、風呂を洗って湯を沸かす。やるべきことをすべてやってしまってから、少し出かけてくるねと母親に声をかけた。

「どこ行くの？」

「結ちゃんのところ。進学のことで相談があるんだって」

「そう、気をつけていってらっしゃい」

なにか言いたげだったが、母親は飲み込んで風呂へ行った。

あの騒動のあと、母親の目の前でわたしはすべてのカードにハサミを入れ、瞳子さんの下で刺繡仕事を請け負っていることを正直に告げた。薄々気づかれていたのでいまさらだったが、これからは堂々としますという宣言だった。そして櫂と別れたことも改めて言った。

　母親は最初怒り、わたしがなんの反応も示さずにいると、ごめんなさいと畳に伏して泣き出した。わたしは手を伸ばしたい衝動をこらえた。親から頭を下げられるしんどさを、下腹に力を込めて耐え、わたしもがんばるからお母さんも一緒にがんばってと、向かい合って静かに告げた。母親が闘病に入ってから初めて「がんばれ」という言葉を使った。

　わたしは間違ったのかもしれない。けれどなにごとも頂点に達してしまえば、あとは下がっていくしかない。あの騒ぎは、母親とわたしにとってひとつの山場だった。だから一番苦しいときはすぎた――そう思って踏ん張っていたのに、どうやら甘かったらしい。今夜、櫂のメッセージで思い知らされた。

　家を出て、集落から離れた海岸線に車を停めた。今夜も静かな海だ。月明かりを頼りに砂浜へと下りていき、浜辺に腰を下ろし、家から持ってきたウイスキーの蓋を開けた。グラスを忘れたけれど、構うことなくそのままラッパ飲みをした。

[四万返せない？]

　メッセージを見たとき、発作的に外に飛び出して、海に身を投げたくなった。羞恥と自己嫌悪で身がよじれ、なのに現実には平静な顔でやるべきことをやってから出てきたのだから、わたしも面の皮が厚くなったものだ。

毎月三万五千円の返済は少ないと思っていた。櫂からは返済はいい、それよりも復縁の可能性はないかと何度も連絡があったのに、借金があるかぎり無理だと返事をしなかった。そのくせ返済額に関しては自分たちが恋人同士だったことに甘えていたのだ。それを櫂本人に指摘された。誰にも甘えないと誓ったくせに——。

［ごめんなさい。来月から四万返します］

すぐに返事を打ってスマートフォンをしまったので、そのあとのメッセージを読んでいない。怯えながら、おそるおそるメッセージを開いてみた。

［うそ。元気？］

頭が空っぽになった。ああ、おそらく酔っていたんだろう。櫂は優しいから、酒の勢いを借りて金の話をしたんだろう。いやなことを言わせてしまった自分が情けない。鼻や目の奥から大量の水が押し寄せてくる。泣くな。そう決めて力を込めると、押し戻された水で溺れそうになった。

櫂は元気なのだろうか。去年ウェブで漫画を発表していたけれど、作画は尚人くんではなかった。そのあと活動はしていないようだ。あんな騒ぎのあとだからペンネームを変えた可能性もある。そうなれば、もう櫂の近況を知ることはできない。

別れても、結局、櫂のことを思い切れなかった。強くなると決めたはずなのに薄皮一枚めくれば弱い自分が隠れている。わたしはいつ楽になれるのだろう。わたしは楽になりたいのだろうか。楽になることが櫂を忘れるということならば——。

「暁海ちゃーん？」

酩酊に近くなったころ、頭上から名前を呼ばれた。振り仰ぐと、スマートフォンのバックライトを当てられた。鋭い光に顔をしかめる。やっぱり暁海ちゃんだ、とシルエットだけの誰かが護岸ブロックを下りてきた。影がわたしの横に立つ。

「暁海ちゃんの車に似てるなって思ったんだ。どしたの。こんな暗いとこで」

誰だろう。覚えはあるけれど。

「あ、『プラットフォーム』の幸多です。こないだ友達が暁海ちゃんが作ったモチーフネックレスつけてたよ。暁海ちゃんのアクセサリーすげえ人気あるんだってね」

「ああ……、どうも」

酔いでぼやけた頭でうっすら思い出した。『プラットフォーム』はIターン組の人が去年オープンさせたカフェ兼雑貨店で、この人は確かオーナー夫妻の弟さんだ。

「どしたの。夜の海で女の子がひとりウイスキーラッパ飲みって」

静かで音のない深海に傍若無人に割り込んでくる巨大魚のように、幸多くんは了解も取らずに隣に腰を下ろした。

「やけ酒？　なんかあったの？」

「いつものことだから」

「まあ世の中やなことだらけやね」

ふいに出たイントネーションにどきりとした。

「幸多くん、関西の人だっけ？」

「ううん、東京の人」

一秒で落胆した。

「その反応。彼氏は関西人？」

「元彼」

ああ……と幸多くんは砂浜に後ろ手をついて空を見上げた。

「俺もここくる前に別れたばっかり。京都の子で」

「京都？」

「暁海ちゃんの元彼も？」

素直にうなずいた。島の人じゃないから逆に構える必要がない。

「京都人は男も女も扱い難しいよなあ。やんわりプライド高いし」

「わたしの元彼はそんなことなかったけど」

「目元がしゅっとしてて、唇が薄くて、肌が白くてすべすべで、ぱっと見は地味で、よう見ると整ってるようなそうじゃないような、まあ友達に言わせるとブスらしいけど、俺がかわいいと思ったらそれでええんやって言い返した」

どんどん京都弁が混じりはじめる。彼女のことがとても好きだったのだろう。別れた今もその子の土地の言葉が残るくらいに。酔いもあいまって泣きたくなってくる。

「なんか俺も飲みたくなってきた」

どうぞとウイスキーの瓶を差し出すと、いやいやと断られた。

「飲酒運転はやばい」

あ、と目を見開いた。わたしも運転できない。なにも考えていなかったことに気づいて顔をしかめると、おもしろいなあと幸多くんが笑う。

「うちで飲もうか」

「うち？」

「車置いて俺んち行って、明日また送ってきたるよ」

幸多くんは立ち上がり、おいで、と手を差し伸べてきた。行かないほうがいいのはわかっていた。なのに櫂と同じイントネーションがわたしを立ち上がらせてしまう。

海岸線にわたしの車を置いて、幸多くんの車に乗り込んだ。五分ほど走ったIターン組の人たちが多く住んでいる集落の一軒家が幸多くんの家だった。島民が始末に困っていた古い一軒家は、Iターン組の人たちにとっては好きにリノベーションできる物件で、市からも助成金が出ている。幸多くんの家もおしゃれだった。

ふたりで思い出話をしながらだらだらとお酒を飲み、明け方ころ、眠くなってきたと言われて一緒のベッドに入り、そういう雰囲気になった。断るのも面倒で、なにより別れた彼女にまだ未練がありそうな幸多くんが今の自分に重なった。

その間、わたしは櫂のことばかりを思い出していた。髪や肌に触れてくる手、温かさ、匂い。わたしは櫂以外知らなくて、ここがちがう、それがちがうと数えることで、改めて自分の中の櫂の輪郭を強めてしまった。

幸多くんの寝息を聴きながら、いまさら櫂を裏切ったように感じて、でも現実にはわたしたちはとっくに別れていて、三年遅れでそれを実感していることが馬鹿みたいだった。

もう、本当に、忘れろ。

週末の午後、瞳子さんと『シマネコ』に注文品を納めにいった。深緑のスレンダービューグルにゴールドの丸ビーズを組み合わせたエキゾチックなピアスをオーナーは喜んでくれた。次の注文の打ち合わせをしていると、アルバイトの友梨（ゆり）ちゃんが店に入ってきた。おつかれさまと挨拶をしたら、すいと視線を逸らされた。

「友梨ちゃん、幸多くんとつきあってるのよ」

帰り道、車の助手席で瞳子さんが言った。ああ、だからか。瞳子さんは大方の事情を知っているようで、それはつまり、もう島中が知っているということだ。

「そっち方面のアンテナがまったく立ってませんでした」

逆に島の男の子じゃないから安心くらいに考えていた。

「起きたことはもうしょうがないわよ。そもそも恋愛なんて正しさだけじゃ測れないし、どうしてもほしいならしかたない。後悔しないよう、精一杯闘うしかない」

きっぱりとした口調。瞳子さんは昔と少しも変わらない。世間から後ろ指を差されても、自分というものを手放さない。わがままであることと、優しいことと、強いことを並び立たせている。そういうところにわたしは憧れ、でも少しも近づけない。

「それより暁海ちゃん、顔色悪いわよ。さっきから左目の下がぴくぴくしてる」

「会社が今ちょっと大変で。営業がふたり急に辞めちゃったんです」

わたしはそっと目の下を押さえた。やり甲斐のない疲労だけが溜まっている。

「こっちの仕事もばんばん注文くるようになったしね」

「瞳子さんが仕事を回してくれるおかげです」

Iターン組だけでなく、東京のショップからの注文も増えている。本気で取り組んでまだ二年半なのに、キャリア以上の仕事をもらっている。

「そろそろ本気で一本立ちしない？」

「え？」

「わたし、もう本当に目が駄目っぽいの」

思わず隣を見ると、安全運転、と前を指差された。

「失明するとかじゃないのよ。でも刺繍は一時間が限界。仕事としては無理ね」

「……瞳子さん」

「そんな顔しないで。生きてたらアクシデントは避けられない。手に職っていっても、手に入れたものが永遠なんて保証はどこにもない。幸いカフェが順調で助かってる。早めに判断したこともよかったわ。あの人も今やお菓子までこしらえる腕前だし」

うちでは縦のものを横にもしなかった父親が、今ではカフェのメニューをすべてこなすほどの腕前になっている。人はいくつになっても成長するし変わっていく。

「わたしのことはいいの。それより暁海ちゃんのこれからのこと。わたしの技術は全部教えたし、できるなら取引先も全部渡したい。あなたならやれるって思ってる」

瞳子さんの家に着き、檸檬ケーキを焼いたから寄っていってと誘われたが、夕飯の支度があるのでと断った。瞳子さんはなにか言いたげに口を開き、けれど黙って家に入っていった。瞳子さんがなにを言いたかったかわかる。

——いつになったら、あなたは自分の人生を生きるの？

島と島をつなぐ橋を渡りながら、なにも考えないように努めた。少しでも心を揺らせば、胸に積もる不安という名の粉塵が舞い上がってしまう。

技術も、取引先も、すべてわたしに譲るという破格の申し出。それが瞳子さんなりの、わたしの人生を歪めてしまったことへの詫びだと知っている。

わざわざ口にはしないけれど、自分が現役のうちにわたしが刺繍作家として一本立ちできる道筋をつけようとしてくれている。ありがたくて、ありがたすぎて、それに応えられない自分が歯がゆい。

帰ってから夕飯を作り、母親を呼びにいった。しかし返事もせず布団から出てこない。うつ病には波がある。良くなったり悪くなったり。食べたくなったら言ってねと部屋を出ようとしたときだ。

「……引っ越したい」

振り返ると、母親がのろのろと布団から出てきた。

「お母さん、どうしたの？」

戻ってベッドの前に膝をついた。うつむいている母親を覗き込む。

「今日、調子よかったから庭に水を撒いてたの」

「うん」

「そしたらたまたま佐久間さんが通りかかって、久しぶりに顔見れてよかったって言ってくれたの。それで、暁海ちゃん、大変なことになってるねって言われて」

わたしと幸多くんのことを聞いたのか。まったく噂話の早さときたら。

「あんた、もうここじゃ結婚できないわね」

うつむいたまま、これでもかと伝わってくる絶望感に耐えた。

「そうかもね」

ただでさえ島には若い独身男女は少なくて、わたしは高校のときから島中が知っている有名な男とつきあい、別れた。例の騒ぎが原因かしら、漫画家廃業だし玉の輿じゃなくなったものねと噂され、やっとそれも薄れてきたと思ったら、今度は島の女の子の彼氏に手を出した。こんな不始末だらけの女と結婚する男は島にはいない。けれど一体なにが『不始末』なのだろう。男は何度『不始末』を起こしても選ぶ立場だ。なぜ女だけ価値を下げられるのだろう。そうして年齢を重ねるほど道は細くなっていき、いずれは行き止まる。そのときわたしはどうすればいいのだろう。

「ねえ暁海、もう島を出よう。どこか遠くに行こう。お母さんも働くから」

そうしてくれるなら助かる。けれど良くなったり悪くなったりを繰り返すのであてにはできない。わたしは会社を辞めるわけにはいかない。そうしているうちに、瞳子さんが垂らしてくれている蜘蛛の糸をつかみ損ねる未来までが見えてしまう。

「ごめん、お母さんにはしんどい思いをさせてるね」

「ちがうの、謝ってほしいんじゃないのよ」

母親が涙をこぼす。親に泣かれるのは心底つらい。自分の小ささに絶望し、逃げるように部屋を出た。どうしてわたしはこんなに力がないのだろう。

もっとしっかりして、もっと稼いで、世間並みに結婚をして、子供も産んで、母親を安心させてあげたい。歯ぎしりしながら、櫂はすごかったんだなと改めて思う。

自分をネグレクトした母親のために、櫂は中学生のときからスナックを手伝っていた。そんな中でも漫画原作者という夢を叶えて、十代で上京して、母親に家を買ってあげた。なんでもほいほい買い与えるのはよくないとわたしは言ったけれど、よくもあんな偉そうなことを言えたものだ。わたしは櫂と同じことをなにひとつできてやしないじゃないか。

食卓の皿にラップをかけて、カバンにウイスキーを入れて家を出た。前回の轍（てつ）は踏みたくないので車は使わない。街灯もない暗い道を歩いて近所の浜へ向かった。

「井上さん？」

護岸ブロックを下りようとしたとき声をかけられた。暗いので顔は見えないけれど、声と夜目にも浮かぶ白衣のまま自転車に乗っている姿で北原先生だとわかる。

「もう夜です。浜に下りては危ないですよ」

地元民になにを言っているのか。

「低気圧がきているので心配です」

心配なのは波だけだろうか。

「余計な噂も聞いたので、そちらも心配になりました」

島中に見張られているような不快感が湧いた。

「見張ってはいませんよ。たまたま通りかかっただけです」

「先生は人の考えが読めるんですか？」

「いいえ、残念ながら」

読めればと願ったことはありますが、と北原先生はこちらにやってきた。構わずに護岸ブロックを下りていくとついてくる。浜辺に腰を下ろすと、どうぞとビニール袋を差し出された。暗いのでよく見えないけれどアサリのようだ。生徒の親からもらったと言う。

「アサリは二日酔いに効くんですよ」

いやみですか——という言葉を飲み込んだ。

「お気遣いありがとうございます」

「どういたしまして」

「でも先生とは寝ませんよ」

やけくそで吐き捨てて、すぐに後悔した。

「すみません。忘れてください」

三角座りの膝に顔を伏せた。わたしは最低だ。本当に本当に最低だ。

「井上さん、少し話をします」

しませんかではなく、します。返事をしなくてもいいので却って楽に感じた。

「このままでは、きみとお母さんは共倒れです」

そんなこと、言われなくても本人が一番わかっている。

「わたしには家族を支える責任があります」

「ありません」

間髪いれずに返された。

「子供が親を養わなければいけない義務はありません」

紋切り型の言い方に腹が立った。

「そんな正論で割り切れないじゃないですか」

「ええ、割り切れません。ぼくたちはそういう悩み深い生き物だからこそ、悩みのすべてを切り捨てられる最後の砦としての正論が必要なんです」

すぐには理解できなくて、顔を上げて北原先生を見た。

「きみのように真面目で、責任感の強い子ほどヤングケアラーになるんです」

「……ヤング？」

「本来は大人が担うべき役割を押しつけられた子供のことです」

乾いた笑いが口から洩れた。

「わたし、もうアラサーですよ。大人です」

「ええ。高校を卒業した十代から自分の人生を捨てて、必死でお母さんを支えて、そうして今の年齢になった。ヤングケアラーの多くが自分がそうであると気づかないま ま年齢を重ねていって、ある日ふと我に返ります。でもいまさらどうやって自分の人生を取り戻していいかわからない。特にこの島は、女性がひとりで生きていける仕事が少なすぎる」

黙って——と喉まで出かかった。言われなくてもわかっているから、これ以上、追い詰めないで。これ以上退いたら落ちてしまう。どうせいつかは『もう無理』になるとしても、その瞬間まで、すぐ後ろに広がる脅威を見たくない。どうせ落ちるなら、少しでも怖い思いをしたくない。ある日、あ、と思う間もなく落下していきたい。

「どうすればいいか、一緒に考えましょう」

励ますように伸びてくる手を反射的に払いのけ、はっとした。けっして泣かない、強くなると決めたはずなのに、いつの間にかそれは鎧になって、誰の優しさをも寄せつけなくなった。今のわたしには余裕が欠片もない。

「きみは悪くありません。迂闊に女性に触れようとしたぼくがいけませんでした。ただなんとなく昔のことを思い出して放っておけませんでした。ぼくの事情です」

北原先生はそれ以上は言わず、ささやかな波音だけが鼓膜をなでる。わたしが生まれた海は恐ろしくて優しい。なでられて、なだめられて、少しずつ落ち着いていく。

「昔もこんなことがあったんですか？」

問うと、夜の中で北原先生がこちらを見た。

「そうですね。状況は違いますが同じように追い詰められていました」

「教え子？」

「ええ、結の母親です」

えっと問い直してしまった。

「あ、すみません。聞き間違えたかと」

「聞き間違いではありません。結の母親はぼくが勤めていた高校の生徒でした」

今度こそ返答に困った。

「……あの、どうしてわたしにそんなことを？」

島の誰も知らないであろう『最高に沸き立つ噂の種』だ。北原先生は三角座りの膝に腕を置いて、なぜでしょう、と真っ暗な海へ向かって首をかしげた。

「きみは聞き流してくれそうだったので」

なるほど。うちは親の代からずっと島の『噂の種』で、正直もうお腹いっぱいだ。

「そんなに好きだったんですか？」

妙な仲間意識が芽生え、つい気安く訊いてしまった。

「どうでしょう。彼女を放っておくことは、自分を殺すことと同じに感じていました」

驚いた。いつも淡々とした北原先生からそんな激しい言葉が出てくるなんて。わたしの中で善悪や常識がぐにゃぐにゃと歪んでいく。未成年の教え子と恋愛をして妊娠させるなんて、とんでもない人だ。一方で、わたしはこれまでに何度も北原先生に救われていて、感謝をしていて、それは『聞いた話』よりもリアルで重い。尚人くんのことを思い出した。未成年の彼氏に手を出して、櫂の未来も巻き込んで潰した。わたしはあのとき尚人くんを恨んだけれど、尚人くんには尚人くんの言い分や事情があったはずだ。でも人は自分というフィルターを通してしか物事を見られない。だから最後は『自分がなにを信じるか』の問題なんだろう。

「彼女とのこと、後悔してますか？」

「していません」

あっさり、そしてきっぱりとした答えだった。

「ぼくは過去に間違えましたが、『つい間違えた』わけではありません。間違えようと思って間違えたんです。後悔はしていませんが、そんな間違いは一度で充分だとも思っています」

「彼女さんが羨ましいです」

「それは斬新な意見ですね」

意外そうな声音だった。

「そりゃあ糾弾する人はいると思います。でもわたしがどう感じるかだけなら、それだけ想われる彼女さんが羨ましい。他の人は知りません。わたしはそう思う」

わたしも櫂にそんなふうに愛されたかった——とは恥ずかしくて言えなかった。

わたしの発言は無責任で、けれどそれぞれの人に、それぞれの苦しみや悲しみや幸せがある。自分の手にひとつだけある小さな世界。みんなそれを守りたくて、誰にも侵されたくなくて、それゆえ他を理解することが難しい。だからこそ寂しさは深まり、だからこそ他を羨み、だからこそ他を求めてしまう。永遠の堂々巡り。一巡りごとに距離が縮まることを願いながら、交わることで傷つき、疲れ、同じ仲間で固まっていたいと思う。

「人間って矛盾の固まりですね」

「そうですね。だからぼくは化学に逃げたのかもしれません」

正しい道順を辿れば正解に行き着ける。わたしたちの世界にはない明瞭さ。

「答えはいつでもひとつだけって楽でいいなあ」

「そのたったひとつに辿り着くために、嫌というほど逡巡するんですよ」

「楽な道はない、ということですか」

「ぼくはそう思います」

そうか。だったら、今、わたしがこんなに苦しいことも当たり前なのだ。いつかわたしなりの正解に辿り着ける可能性があるのだ。そうか、じゃあがんばろう、がんばらねば。でも神さま、それはいつですか。正しい答えを見つけられるまで、わたしはがんばれるでしょうか。

「井上さん」

「はい」

「ぼくと結婚しませんか」

三秒ほど間が空いた。

「なんですか。いきなり」

今夜もう何度も驚いたので、いまさらは驚かなかった。

「足りない者同士、互助会感覚とでも言いますか」

張り詰めていた神経がゆるんだ。久しぶりに冗談を聞いた。そうして気づいた。わたしの周りはシリアスすぎる。それは精神衛生上あまりよくないのだと。

「助け合えば、多少は楽になれるでしょう」

「なれたらいいなあ。少しは楽に」

わたしたちは同じタイミングで夜空を見上げた。

北原先生は変わっている。でもその変わっているところがわたしには心地いい。いつもぎゅっときつく戒めている心がほどかれていくように感じる。だから少し困る。顔全体が熱を持ち、目の縁からあふれた涙が頬を滴り落ちていく。しゃくり上げないよう、口を小さく開けて呼吸を逃がした。開いた唇を伝って、本音がしょっぱい涙となって舌を苦く湿らせる。

誰かわたしを助けてほしい。

でも誰もわたしにさわらないでほしい。

わたしを弱い人間だと思い知らせないでほしい。

この島でお母さんを背負って生きていくと決めた。いまさらその責から逃れようとは思わない。今になって逃げるくらいなら、あのときどうしてすべて捨てて櫂についていかなかったのかと後悔してしまう。そしてお母さんやこの島を恨んでしまう。

そんなのはいやだ。いやだけれど、いつかそうなってしまうんだろうか。わたしはもう溺れる寸前で、必死でもがくけれど、どちらに泳げば水面に出られるのかもわからない。堂々巡りの暗い夜の中で、北原先生は黙って隣にいてくれた。

青埜櫂　三十歳　冬

本屋に行くと、植木さんが見いだして育てた新人漫画家の本が山積みになっていた。去年アニメ化されたその漫画は、今や社会現象となっている。

——えらいプレッシャーやろなあ。

俺だって昔は、と考えかけてやめた。あの事件から五年が経った今も、俺はウェブで発表してこけた単発以外の新作を発表できないでいる。少し前、植木さんから飲みに誘われ、最近なにか書いているかと声をかけられたが、なにも、としか答えられなかった。

——顔色悪いね。随分痩せたんじゃない？

——ちゃんと食べてる？　酒ばかりじゃ駄目だよ。

と最後は漫画より私生活の心配をされた。きっと自分で思うよりも貧相になっているのだろう。だんだんと酒量が増え、今では毎日ウイスキーを一本空けている。常に頭がぼんやりしているし、白目も黄色く濁ってきている。

穴の開いたポケットからぽろぽろと心をこぼしていくような日々の中、なんとか俺を現実に繋ぎ止めてくれているのが絵理さんだ。絵理さんとはなんとなく寝はじめ、なんとなく寝なくなり、今は編集者と作家くずれとしてのつきあいが続いている。

俺はもう創作に対する情熱も畏れもなくしていて、適当なエッセイを絵理さんの会社が出している文芸雑誌に書かせてもらっているが、それすら四苦八苦している。エッセイのネタがなく、切羽詰まってあの騒ぎのことをやっつけ気味に書いたこともある。最低だ。

その絶望を書けば来月はまだいける――そう絵理さんに励まされ、編集者という人種の歪みっぷりを見た。反面、小説のためなら容赦なく人を斬る絵理さんに救われてもいる。クズにも生きる場所があると教えてくれるからだ。俺には守るべきプライドもなくなった。今はその勢いで小説めいたものを書いて、絵理さんに見せ、ボツにされることを繰り返している。

「こないだよりもよくなってたわよ。あと何度か直したらいい線行きそう」

待ち合わせた駅前の居酒屋で、絵理さんから原稿データをプリントアウトしたものを渡された。赤字で修正が入っている。提出して、また直しての繰り返し。正直、書き上げられる気はしていなくて、もはや絵理さんと飲む口実みたいになっている。

「こんなクズ、よう見捨てへんな」

「大丈夫、大丈夫、この業界、もっとクズがいっぱいいるから」

絵理さんはメニューに目をやり、ヒレ酒くださーいと厨房に声をかけた。

「それにわたし、櫂くんには助けてもらったしね」

ふうふうとヒレ酒に息を吹きかける絵理さんの左手には指輪が光っている。不倫相手の作家と別れ、去年、広告代理店勤めの男と結婚したのだ。俺を利用だけして、旦那にはしなかった絵理さんは賢い。そういう罪悪感も含めての今の関係なのだろうか。仕事では容赦ないが、プライベートでは情が深い人だと思う。

「じゃあ月末にもっかい見せて。それと来月のエッセイもよろしく」

「まだ書かすんかい」

「当たり前。櫂くんのダメダメ日記、鬱屈してる中年層にまあまあ人気あるのよ。駄目なのは自分だけじゃない、こいつより俺のほうがマシって安心するのかしらね」

「嬉しないわ」

一度は身体を重ねた者同士、気安い会話が楽だった。

八時前には居酒屋を出て、絵理さんは編集部へ戻っていき、俺はその足で駅の反対側にある別の居酒屋へと向かった。客ではなく、今度はアルバイト店員として。

使っても使ってもなくならないと思っていた金は綺麗に消えた。原因は母親だ。たっちゃんと弁当屋をやりたいと言われて開業資金を出したが、蓋を開けると割烹店だった。たっちゃんは若いころ京都の老舗料亭で働いていたと母親は言うが、よく聞いてみるとたかが一年の追い回し経験だけで、経営がヤバくなるたび運転資金を注ぎ込んでいるうち、気づくと貯金はスッカラカンになっていた。

――だから何度も忠告したじゃないですか。

ぽかんとする俺に、税理士は溜息をついた。

駄目な母親を通じて社会を知っている気でいたが、実際の俺はただの世間知らずの若者だった。漫画が売れて大金が入って浮かれ、心配してくれる暁海をうっとうしく思った。俺のエッセイを読んで『こいつよりマシ』と思う連中は正しい。

閉店作業を終えた深夜二時、ごみごみした裏通りを歩いて帰る。もう遅いので静かにアパートの玄関を開けると、おかえり、寒かったでしょうと奥から女が出てきた。

「起きてたん？」

「うん、シフト変わって明日お休みになったから」

狭い玄関で靴を脱ぎながら、店の残り物の惣菜（そうざい）が入った袋を渡した。

「わあ、肉じゃがとマカロニサラダ。晩酌（ばんしゃく）しよっと」

女は袋を手に上機嫌でキッチンへ向かう。シャワーを浴びて出てくると、居間のコタツに缶ビールと惣菜が並んでいた。おつかれさんとグラスを合わせ、深夜のバラエティ番組を観ながら、だらだらとどうでもいい話をする。

貯金が底を突いたので、残りのローンごとマンションは売ってしまった。絵理さんからもらうエッセイだけでは食っていけないので居酒屋のバイトをはじめ、そこで知り合った女がうちにおいでよと言ってくれたのに甘え、転がり込んで半年が経つ。

「耀くんのお店、安いのにおいしいよね」

女がマカロニサラダを小皿によそい、はいと勧めてくる。

「俺はええよ。好きなんやろ。ぜんぶ食べ」

「耀くん、お酒ばっかでほんとに食べないね。そんなんじゃ身体に悪いよ」

女は三十代半ばで大型ショッピングモールの寝具店に勤めている。年齢のわりにふわふわしていて、若い女のように「あたしのこと好き？」と訊いてくるのが困る。

「今日ね、主任にすごいねえって言われた」

女が嬉しそうに切り出した。

「休憩室で櫂くんのエッセイが載ってる雑誌見てたの。そしたら小説とか読むんだねって意外な顔されて、彼氏が連載してるんですって言ったらびっくりされた」

「そういうん、あんま言わんといてくれよ」

「なんで。すごいよ。あたし作家さんなんて初めて会った」

女はテーブルに置いてある雑誌を手に取り、ぺらぺらとめくっていく。

「俺は作家やない」

ぐいとビールを流し込むと、胃のあたりがしくしくと痛んだ。

「昔のことなんて、もうみんな忘れてるって。それに有名な出版社が出してる雑誌で連載してて、編集さんだって小説できあがるのずっと待ってくれてるんでしょう。そっちで才能認められてるんだし、漫画なんてもうどうでもいいじゃない」

まあなあと適当に答えながらビールを注ぎ足した。

過去を自ら話すことはない。けれど名前で検索されると昔の記事がネットにずらずら上がってくる。女はそれすら有名人の証のように捉えている。無邪気に爪を立てられるたび胃が痛み、自分がまだ夢の尻尾を引きずっていることを思い知らされる。

「あたしさ自分がなんの特技もないつまんない人間だから、才能あって夢追っかけてる人が羨ましいの。生活はあたしが支えるから、櫂くんは小説がんばって」

健気なことを言いながら女がビールを注ぐ。

「それはちゃうやろ」

「え？」

「あんたの中心はあんたやで。どんだけ惚れても自分の城は明け渡したらあかん。自分で自分のことつまらんとかも言うな。あんたの価値はあんたが決めるんや」

女はきょとんとしたあと、なぜか嬉しそうに笑った。

「燿くんってやっぱり他の男と全然ちがう。言うことが深い」

「そういうことやのうて」

「あたしは燿くんが一番大事で応援したいの。それが女の幸せってものなの」

甘えるように身体を寄せてくる。

「ねえ、あたしのこと好き？」

そんな話はしていない——と言うのも面倒になってきて、うんとうなずいた。

自分の人生を横に置いて親を支えることを選んだ暁海や、自分のまま生きたことを罪のように断じられて死のうとした尚人。自分が自分でいること。たかがそれだけのことがどれだけ困難か嫌と言うほど知っているはずなのに、えらそうに人生を語りながら、まるで母親のコピーのような女と暮らしている。

平日の昼間、居間でだらだらビールを飲んでいると母親から電話がかかってきた。

『久しぶり、元気にしとるん？』

「なんとかな。なんか用か」

『あんた、今どこに住んでんの』

「荻窪（おぎくぼ）のあたり」

『どこ？』

「今のでわからんかったら永遠にわからん。それが用事か？」

『うん、それがなあ』

母親は若い女のような甘えた声を出し、それだけで用件がわかった。

『店、畳もうかと思てんねん。夜だけではやってけんし、お昼も定食出してがんばったんやけど、それやと利益が出んのよ。こんなん働き損やって、たっちゃんが腐ってもうて』

「飲食店は大概そんなもんちゃうか」

『けどたっちゃんすごい落ち込んでもうて、あたし、そういうのいやなんよ』

いくつになっても男に甘い女だ。

『なあ櫂、まだ漫画やらへんの？』

窺うような声音にまた胃が痛み出す。

「予定は立っとらん。だからすまん。金はなんともしてやれん」

そっかあ……と母親は心底落胆した声を出した。痛みはますますひどくなる。今の俺のどこにこんな繊細さが残っていたのだろうと、ぬるくなったビールを飲んだ。

『あ、そや。あんたに言おうと思てたんやけど』

「なん？」

『暁海ちゃん、結婚するんやて』

構えていないところに思いきりパンチを食らった。

「誰と」

『それがな、北原先生やて』

二発目も綺麗に入り、くらくらする額に手を当てた。

『やっぱショックやよなあ』

別に、となんとか平静を装った。

「めでたい話やな」

『どこがよ。暁海ちゃんはうちにお嫁にきてほしかったのに』

「いつの話しとんねや」

短い沈黙がはさまれた。

『ほんまにそれでええの？』

「ええよ。そろそろ仕事やし切るで」

『仕事ってなにしてんの？』

バイト、と一言で通話を切った。これ以上は無理だった。

台所へ行き、ウイスキーをどぼどぼと注いでそのまま飲んだ。内側の膿(うみ)を焼き尽くしてくれるよう熱を感じた。油断をするとすぐに頭がなにかを考えようとするので、それを阻止するためだけに飲み続け、ようやく意識が霞(かすみ)がかってくる。

ふらふらと寝室へ行き、カバンの底から通帳を取り出した。

〝イノウエアキミ　＊40,000〟

毎月二十六日にきっちり振り込まれ続けている。その数字を見るたび、俺たちはまだつながっていると安堵し、それしかもう暁海とのつながりがないのだと焦り、返済の印字がひとつ増えるたび、そのつながりすらもうすぐ切れるのだと恐怖した。

——とっくに切れとったやん。

壁にもたれたまま、ずるずると座り込んだ。北原先生はぱっと見は冴(さ)えないが、俺が十代で知り合った中で一番良い大人だった。俺を焦げつかせる感情と切り離せば、暁海には最良の相手だと思える。しかしあのふたりが一体どうしてそんなことになったのか。俺の知らない時間をどう過ごし、どう心を交わして共に生きようと決めたのか。

やめよう。考えることに意味なんてない。暁海が幸せならそれでいい。暁海の幸せを願うことで俺自身も救われる。わざわざ自分を苦しめるな。

——なあ、暁海、おめでとう。

よろめきながら立ち上がり、家を出て近所のコンビニで、もしものときに残しておいた十万円を引き出した。これだけあれば格好はつくだろう。適当な封筒を買って十万円を突っ込み、北原先生宛てで島の高校の住所を書いてポストに投げ入れた。普通郵便で現金は送れないし、途中で紛失しても保証がない。それでも構わなかった。

——これでもう、ほんますっからかんや。

空っぽな気分で青空を見上げた。ちょっとした風にも足を掬われそうな浮遊感。ビルの屋上から飛び降りても、今なら落下せず空を飛べるんじゃないかと、不思議とのんきな想像をして笑ってしまった。

金の使い方としては今まででベストだったと思うし、馬鹿な散財をし尽くしたあと、最後に清算できたように感じる。さっぱりした気分でスマートフォンを取りだし、ずっと送れないでいたメッセージを植木さんに送信した。

［引退します。今までお世話になりました］

作家としてはとっくに終わっていたのに、わざわざ宣言をする。自己顕示欲だけは一丁前の自分が恥ずかしくなった。

朝から雪が降っていた。エッセイの原稿も送ったし、今日はバイトもない。女は仕事に行っている。コタツに入ってだらだらしていると北原先生から電話がきた。

『封を開けたら現金が入っているので驚きました。あれはなんですか』

久しぶりとか元気かという前置きもなく、相変わらずで笑ってしまった。

「ご祝儀や。暁海と結婚するんやろ」

『どうしてそれを』

「こないだおかんに聞いた」

『こないだ？　きみのお母さんに結婚をお伝えしたのは夏ですが。今治の花火大会で』

「金の無心のついでに言いよっただけや」

『暁海さんの結婚は、ついでに言うことでもないと思いますが』

「そういう女やねや」

『理由はわかりました。しかしご祝儀としては多すぎます』

「先生には世話になったし、俺の気持ちや」

とは言ったものの暁海からの借金返済は続いているので、贈った祝儀はおよそ三ヵ月でまた俺の元に戻ってくる。それも間抜けな話だと気づいた。

「なあ先生、もう返済はええって暁海に伝えてや。それも含めての祝儀やって」

『それはきみたちふたりの問題なので、きみから暁海さんに直接言ってください』

「それは気まずいやろ」

『なぜ？』

「先生も自分の嫁が元彼とつながっとるなんていややろ？」

『いいえ。ぼくと暁海さんは互助会会員なので』

意味がわからないが、いまさら問う気もなかった。

「なんでもええけど、暁海のこと幸せにしたってや」

『きみは本当にそれでいいんですか？』

「おかんと一緒のこと言うなや」

茶化したが、北原先生は笑わなかった。

「結婚おめでとう。暁海には伝えんでええよ」

ほなと通話を切り、しばらくそのまま固まり、電池が切れたようにぱたりとコタツテーブルに顔を伏せた。終わったなあ、としみじみ思った。天板を通してじんわりと頬に熱が伝わってくる。けれどもうずっと俺の中は空洞のままで、温もるものがなにもない。目を閉じて虚ろな熱を感じていると、ふいに居間の襖が開いた。

「『アキミ』って昔の恋人だったんだ」

リアクションをする気力もなかった。

「おかえり。仕事おつかれさん」

言い終わらないうちに通勤カバンが飛んできた。俺の真横をかすめ、壁に当たって中身が散らばる。その中に俺の預金通帳があった。いつの間に持っていったのか。

「毎月二十六日に『アキミ』から四万ずつ入金されてる」

面倒な流れに顔をしかめた。

「金、貸したってん」

「人に貸すほどのお金があるんだ？」

「昔はな」

「あたしにはなにも買ってくれないくせに、アキミのためなら口座すっからかんにするんだ」

女は寝室へ行った。押し入れを開ける音がして、しばらくすると紙袋と俺の洋服を手に戻ってきた。ばさりと床に投げ捨てる。

「出てって」

出ていくのはいいが、女がぼろぼろ泣いている。俺は女に泣かれるのがとにかく苦手だ。男に捨てられて、身も世もなく床に伏して泣く母親の姿が俺の深いところにこびりついている。泣きながら縋りついてくる女のたとえようもない重さも。

「あたし、先月、誕生日だったんだよ」

悔しそうな女と目が合った。

「言うてくれよ。そしたら俺も――」

「好きだったら、普通、自分から訊くでしょう」

そうだろうか、今まで自分から女に誕生日を訊いたことがない。暁海にすらそうだったので、愛情の有無ではない気がする。単に気の回らない人間なのだ。申し訳ないと思う一方で、誕生日くらいでグズグズ言うのなら、最初から応援するとか支えるなんて言わなければいいと思った。それも男の身勝手な言い草なのだろうか。

「いい年して誕生日なんかにこだわって、馬鹿だと思ってるんでしょう」

「思てへんよ。俺が気い回らんで悪かった」

けれど一緒にいるほど際立つわかり合えなさ、それを努力して埋めようと思えない自分にも気がついた。投げ捨てられた服を紙袋に詰めようとすると腕をつかまれた。

「ごめん、嘘。今の嘘。ここにいて」

涙で濡れた目で訴えられ、申し訳なさと重さが倍量に膨らんだ。

「これ以上はあかんて」

「なんで。あたし全然いい。櫂くんのこと好きだから」

強くつかんでくる女の手をやんわりと引き離し、紙袋に服を入れていく。まだ寝室に残っているがもういい。女は床にぺたんと座り込んでいる。疲れ切った顔で、だらだらと涙の筋ができている頬をシャツの袖（そで）で拭ってやった。

「あんた、あんま男に尽くしたらあかんで」

女がぼんやりと俺を見上げる。

「迷惑だった？」

「せやないよ。感謝してる。けど尽くしたら愛されるって思わんとき。男なんか振り回して尽くさせるくらいでちょうどええねや。今度はそうしいや」

涙で頬に貼りついた髪を払ってやった。

「……耀くんは優しいね」

「おおきに。けど褒め言葉やないやろ？」

――きみのそれは優しさじゃない。弱さよ。

「本当だよ。いままでそんなこと言ってくれた男、誰もいないし」

女は自分で涙を拭いた。

「最後にひとつ教えて」

「なん？」

「あたしのこと、好きだった？」

「うん、好きやったよ」

女の顔からすうっと色が抜けていった。

「耀くんが好きだったのは、あたしの名前でしょう」

痛烈な一発。俺は笑おうとしたが、情けなく頬が引きつっただけだった。

「ほなな、秋美(あきみ)ちゃん」

少しの荷物を手に女のアパートを出た。

真冬の公園のベンチで、こんなにあっけなくホームレスになるんだなと考えた。

あまりに寒いので、しかたなく母親に電話をした。不本意だが、家を借りる金が貯まるまでしばらく厄介になるか。しかし出ない。孝行息子が困ってるときくらい助けろよ。まあ親が頼りになったことなどないが。

コンビニエンスストアでウイスキーを買い込み、とりあえずネットカフェに避難した。薄暗くてせまい空間には垢じみた臭いがかすかに染みついている。けれど暖かく、雨風がしのげるだけでほっとする。さあ、明日からどうする。通帳は空だし、現金も残り少ない。

——生きるだけで、なんでこないめんどくさいねや。

最初は備え付けの紙コップにウイスキーをついでいたが、酔いが回ってくると面倒になってラッパ飲みになった。なにも食べていないので胃が軋んでいる。飯を買いにいくか考えているとスマートフォンが震えた。画面には植木さんの名前が出ている。

『擢くん、連絡が遅れてごめん』

「連絡？」

『昨日のメッセージ。引退するって』

あー……と気の抜けた返事をした。まさか、あんな未練と自己顕示欲の固まりのような戯れ言に反応してくれるとは思っていなかった。俺は作家でなくなり、植木さんもう担当編集者ではない。それをわざわざ「連絡が遅れてごめん」とは——この人が担当で俺は本当に運がよかったのだろう。

「植木さんには世話になりっぱなしで、なんも返せんでごめん」

『勝手に終わらせないでくれよ』

強く遮られた。

『きみはまだ一作も書き上げてないじゃないか』

「やるんやったら、俺はやっぱり尚人と組みたいねや」

言いながら天井を見上げたが、自分ひとりがようやく収まっている箱が見えるだけだった。

「尚人、どないしとるか知っとる？」

俺からメッセージを送っても、今はもう既読すらつかない。

『心の病気は難しいよ。良くなったり悪くなったりの繰り返しで、今年の夏くらいに親御さんに近況訊いたら、相変わらずマンションに引きこもってるって』

俺とちがって尚人は無駄遣いをしなかった。金があればいつまでだって引きこもっていられる。それが尚人にとっていいことかどうかは別にして。

『尚人くんと組むかどうかはともかく、きみは書く人だよ。それが漫画原作じゃなくてもいいとぼくは思う。エッセイ毎月読んでるよ。ぼくは漫画畑だから詳しくはわからないけど、味があっていい文章だ。あの雑誌から小説を依頼されてるんだろう』

「五年経つけど、結局そっちも書けんままや」

『書けない時期は誰にだってある。今すぐじゃなくていい。ぼくは待つよ』

じくじくと痛む胃が不快すぎて、反射的に苛立ちが湧き上がった。

「なんでそない俺にこだわるねや。どう見ても落伍者やろ」

『耀くんの書く物語が好きなんだよ』

「それだけ？」

『ああ、そうだよ。突き詰めれば、俺たち編集者は「ただそれだけ」だよ』

植木さんが『俺』と言うときは気持ちが入っているときだ。応えたい。かろうじてそう思える。けれどそのために使える駒がなにもない。胃の痛みがまた増す。

「植木さん、ほんまごめんやで」

無意識に腹に手を当てた次の瞬間、内側に熱の塊が生まれた。酔いでぼやけた意識が一瞬で醒めるほどの激痛だった。それが喉元へ向かって駆け上がってくる。手で口元を押さえたが間に合わず、ごぼりと妙な音を立てて吐いた。

『燿くん？』

部屋を汚してしまった。指の隙間から零れる吐瀉物に目をやると、手が赤く染まっていた。胃の中で痛みはまだ暴れている。痛い。痛い。思考が追いつかないまま、また吐いた。咳が止まらなくなる。吐いた血があたりに飛び散る。

『燿くん、大丈夫？　どうしたの？』

応える余裕もなく、這いずって個室を出た。ちょうど隣から出てきた若い女が、血まみれの俺を見て悲鳴を上げた。あちこちのブースから人が出てくる。

「大丈夫ですか？」

駆けつけた店員が問う。血を吐いているのに大丈夫なはずあるか――と怒鳴る代わりにスマートフォンを渡した。店員が植木さんに状況を説明している。

「お客さん、電話の相手の人がすぐにくるって言ってます」

安堵は生まれなかった。尚人といい、俺といい、とことん担当編集者に迷惑をかけるコンビだ。もう死んじまえよという怒り、死んだら暁海や母親は悲しむかなという自虐、本当に死ぬのかなという恐怖がめちゃくちゃに交錯していき、

――情けない。

最後はその一点に集約された。

井上暁海　三十歳　夏

本屋さんに行くたび、櫂の新しい漫画が出ていないか探してしまう。漫画コーナーの一番目立つ場所には、最近、社会現象になっている人気漫画が山積みになっている。何年も前、ここには櫂と尚人くんの漫画が積まれていた。

次々と話題作が提供され、みんな櫂たちの漫画を忘れてしまった。同じくあの事件のことも。当時、あんなに怒っていた人たちはどこへ行ってしまったんだろう。なにか言葉にできない全体的な鬱憤（うっぷん）の捌け口（はけぐち）にされたように思ってしまう。

「北原先生、お待たせしました」

母親に頼まれていた本を買ってから、参考書売り場で立ち読みをしていた北原先生に声をかけた。ふたりで車に戻り、北原先生の運転で松山に向かう。

「差し入れはそれで全部ですか。お菓子などは？」

「大丈夫です。島の魚をみんなにご馳走（ちそう）したいってリクエストだから」

後部座席に積んだクーラーボックスには、獲れたての魚がどっさり入っている。

「なかなかの量ですね」

「八人分ですから。お母さん、うまくやってるかな」

母親に会うのは半月ぶりだ。どんな様子だろうかと不安ばかりを抱えて、松山市の中心から三十分ほど走ったところにある『日だまりホーム』を目指した。

「綺麗な桜色ねえ」

クーラーボックスを開け、母親は目を輝かせた。

「やっぱり鯛は島のじゃないとね。弾力が全然ちがうもの。お刺身にして夕飯にみんなに食べてもらうわ。イサキは煮付けか塩焼き、なめろうでもいいかしら」

氷詰めにされた魚を母親がてきぱきと検分していく中、ただいまーと『日だまりホーム』のリビングに母親と同年代の女性がふたり入ってくる。ウォーキングに行ってきたのだろうか、ジャージにキャップというスタイルが健康的で若々しい。

「ああ、こんにちは。志穂(しほ)さんの娘さん？」

「まあまあ、活きのよさそうなお魚」

ふたりがクーラーボックスを覗き込んで相好を崩す。

「母がいつもお世話になっております」

頭を下げると、なんもなんもと笑顔が返ってくる。

「里江(さとえ)さん、和美(かずみ)さん、お魚、今夜の夕飯に出すからね」

「わたしたちもご馳走してもらっていいの？」

「みんなに食べてほしいから持ってきてもらったのよ」

同年代の女性たちと楽しそうにおしゃべりをする母親を見るのは何年ぶりだろう。

七月の初めから、母親は松山にあるシェアハウスに体験入居している。母親が知らぬ土地で他人とやっていけるか心配だったが、誰も自分を知らない場所で、母親は本来の朗らかさを取り戻しつつある。隠しておきたいことをなにも隠せない場所では、人は再スタートを切ることが難しいのだとわたしはようやく知った。

一軒家を改装した『日だまりホーム』には、五十代から六十代の女性ばかり八人が暮らしている。ケアはまだ必要ないが独居は寂しい、誰かと助け合っていくことで充実した毎日を送ろうという中高年層向けの民間ホームで、希望者は近所の農園でパートをして収入を得ることもできる。ここに入ってみたいと、母親から相談されたときは驚いた。

――シェアハウス？　本気なの？

数年前から引っ越したい、島を出たいと言っていた。小さなコミュニティ内でずっと『夫に捨てられたかわいそうな人』という目で見られ続けることに母親は疲れ果てていた。けれどお金や体調のこともあり、実現は難しいと思っていた。

――北原先生がいろいろ調べて教えてくれたのよ。

夜の海岸で話をして以来、北原先生はちょくちょくうちに顔を出すようになった。すっかり人嫌いになってしまった母親だけれど、北原先生の来訪は受け入れていた。結ちゃんとわたしが親しいこともあり、週末にはふたりでうちにご飯を食べにくることもあった。お礼に、すべりの悪い雨戸や樋（とい）の修理などを請け負ってくれた。気がつくと、北原先生はごく自然にわたしの暮らしに入り込んでいた。

――先生、夕飯なにがいいですか。

――おいしければなんでも。

――一番難しいリクエストです。

ジャングルのように茂った枝葉を刈ってくれている北原先生と、落ちてくる枝葉を袋に詰めていくわたしを、母親は縁側に腰かけてぼんやりと眺めていた。

――最近、顔が変わったわね。

その夜、洗濯物を畳んでいるわたしに母親が言った。

――守ってくれる人がいると、やっぱり安らぐものなのね。

別に守ってもらってないけど――と言いかけて、当たり前のように北原先生を思い浮かべている自分に戸惑った。北原先生がうちにくるようになってから、夜の浜辺で飲まなくなった。行くときはぼくを呼んでくださいと言われたのだ。呼んだことはないけれど、呼べばきてくれる人がいるという安心感のおかげだと思う。

――おつきあいしてるんでしょう?

――してないよ。

迷いなく答えた。まだ櫂を引きずっていたし、なにより仕事やお金の問題が山積みで、恋愛に時間や心を費やしている余裕はなかったのだ。

――ねえ暁海、お母さんのことは気にしなくていいからね。

――だからちがうって。わたしと北原先生は――。

――お母さん、嬉しいの。

わたしは洗濯物を畳む手を止めた。

――嬉しいなんて思うの、何年ぶりかしらね。

母親は妙にすっきりとした顔をしていた。

――全部自分のせいなのに、お母さん、あんたのことが怖かった。あんたに借金背なく、申し訳なくて、怖くて、全部、いろいろ、青埜くんと別れさせたことも、負わしたことも、ずっとそればっかりで。

娘の気がひとつひとつ、絡んだ糸をほぐすようにゆっくり語る。自分のことで精一杯で気がつくと娘はピリピリと張り詰めた怖い顔の女になっていた。このままでは自分が娘の一生を食い潰してしまう、けれどどうしても出口が見えなかったこと。

――でもあんた、最近、どんどん顔が優しくなって、それがとんでもなく嬉しくて、ああ、あたしはこの子の母親なんだなあって思い出したの。

わたしは呆（ほう）けたように母親の話を聞いていた。

――それで、やっとこのままじゃ駄目って気づいた。

母親は立ち上がり、こちらにきてわたしと向かい合った。

――暁海、ずっとひとりでがんばらせてごめんね。

畳に手をついて頭を下げられ、焦って母親の肩をつかんで起こした。急になんなのと言いながら、ぼろぼろと涙がこぼれた。ごめんね、ごめんねと互いに謝りながら、長く暗いトンネルの先にぽつりと点のような光が見えた。まだまだ遠い。けれどようやく見つけた歓（よろこ）びだけを感じていた。

――それはよかったです。

北原先生はいつもと変わりなく淡々と喜んでくれた。母親が『日だまりホーム』への入居を考えてみたいと言い出したのは、それからしばらくしてだった。

夕方になり、ホームの台所でふたりで料理をした。もう何年も動かない石のような母親を見慣れていたので、きびきびと魚を捌く様子を見ているだけで泣きそうになった。

「じゃあお母さん、ここに入居する気持ちは変わらないの?」

「みんないい人ばかりだし、詮索する人もいないからね」

気楽が一番、とお母さんはさばさばと言い切った。

「あんたはどうなの。さすがにもうおつきあいしてるんでしょう?」

母親はカウンターの向こうで他の入居者たちと話をしている北原先生に目を向ける。変わった人だけれど、なぜか年輩の女性には受けがいい。

「うん、まあ、そう……なるのかな」

「結婚するの?」

「それはまあ、いろいろ、おいおい」

言葉を濁すと、お母さんが手を止めてこちらを見た。

「そうね。いろいろあるからね」

いろいろ。いろいろ。生きているとたくさんのいろいろがある。

「散々苦労させていまさらだけど、お母さん、暁海に幸せになってほしい」

「うん、ありがとう」

幸せ。もうずっと見ないふりをしてきたので、それがどんな形だったか忘れてしまった。他の誰でもない、わたしにとっての形を思い出さないといけない。

帰りは夕方遅くになった。朱色と紺色が混ざり合う黄昏（たそがれ）の中で、『日だまりホーム』のみんなと並んで手を振る母親がバックミラーに小さくなっていく。

「なんだかんだで遅くなっちゃいましたね」

ほっと一息ついてシートにもたれた。

「お母さん、入居の意志は変わらないそうです。なんだか力が抜けてて、すごくリラックスしてました。北原先生のおかげです」

ありがとうございますと、改めてお礼を言った。

「礼の必要はありません。ぼくの義母になる人ですから」

どう答えようか考えていると、北原先生がさりげなくつけ足した。

「暁海さんの気持ちに変わりがなければ、の話ですが」

少し前から、『井上さん』から『暁海さん』へと呼び方が変わった。母親には言えなかったけれど、わたしたちは交際を通り越して結婚の話をしている。なのにわたしは北原先生が恋人なのかどうか、実のところよくわかっていない。

「変わりありません。ただ、本当にいいのかなと思って」

「本当にとは？」

横断歩道の手前で車が一時停止をした。ゆっくりとお婆さんが横切っていく。途中で立ち止まってこちらに頭を下げる。北原先生も丁寧に下げ返した。

「わたしと結婚したら、この先もなにかと言われますよ」

「人のことなんて、どうでもいいじゃないですか」

お婆さんが横断歩道を渡りきったのを確認してから、北原先生はまたゆっくりと車を発進させる。北原先生は礼儀正しく、優しく、けれどそういう穏やかさとはまったく別の次元で、人からどう思われようと関係ないと思っている。

自分の教え子と恋をした日から、その人が産んだ結ちゃんをひとりで育てると決めた日から、『それ以外はどうでもいい』と放り投げた、ある意味、殺伐(さつばつ)とした人なのだ。ふたりでいろんな話をするようになって、少しずつそれがわかってきた。

——ぼくと結婚しませんか。

あの夜の言葉が本気だと知ったときは驚いた。

——足りない者同士、ぼくと助け合いませんか。

——結婚という形を取れば、ぼくはきみを経済的に助けられますよ。

わたしの不安や不満の多くは金銭的なものだった。けれど、じゃあわたしは北原先生のなにを助けられるのだろう。わたしとの結婚でなにを得るのだろう。

——これから先の人生を、ずっとひとりで生きていくことがぼくは怖いです。

——先生には結ちゃんがいるじゃないですか。

——子は子、親は親です。付属物のように考えると悲劇が生まれます。

わたしもその悲劇に巻き込まれたひとりだった。

——きみは『ひとりで生きる』ことが怖くはありませんか？

——怖いです。

はっきりと答えた。会社と刺繍の二足の草鞋(わらじ)で母親との暮らしを支え、けれどどうしたって親は先に逝ってしまう。そのときわたしはいくつだろう。女として衰え、人として確たる仕事も貯蓄もない。なんの保証もなく、ひとりで中年から老後の長い時間を過ごす人生が待っているかもしれない。健康なうちはいいけれど、大きな病気をしたらどうしよう。そんな孤独にわたしは耐えられるだろうか。

考えすぎと言われるだろうか。けれどそれが紛れもないわたしの現実だった。生きるとは、なんて恐ろしいことだろう。先が見えない深い闇の中に、あらゆるお化けがひそんでいる。仕事、結婚、出産、老い、金。闘う術のないわたしは目を塞いでしゃがみ込むしかない。

——ぼくと共に生きていきませんか。

あれは愛や恋とは別の、けれどなによりもわたしを救ってくれる言葉だった。

一方で、誰とでも、なにとでも、結婚できればいいのにとも思う。男同士でも、女同士でも、ペットでも、物語の登場人物でも、理由が恋や愛以外でも、本人たちがいいなら三人でも四人でも結婚できればいい。結婚しなくても結婚と同じ保障があればいい。籍を入れなくても手術の同意書を書かせてほしい。危篤のときは病室に入れてほしい。遺産を譲りたい人だけにスムーズに譲らせてほしい。名字の変更はしたい人だけがして、しなくてもいい人はそのままでいさせてほしい。他にもある数限りない不便や理不尽がなくなってほしい。

——とりあえずは互助会に入るくらいの感覚でいいんじゃないでしょうか。

その言い方に、あの夜と同じく力が抜けた。ロマンチックの欠片もないけれど、目的がはっきりしていて、どこかあったかくも聞こえるそれを気に入った。会員二名の互助会にわたしと北原先生は入会し、人生を助け合っていくことを約束した。

北原先生と耀は全然ちがう。耀とは恋で、若くて、譲り合えなくて、助け合えなかった。今の三十歳のわたしだったらどうだろう。譲って助け合えただろうか。もう永遠にわからない。北原先生と耀はまったく別の場所にいる。重ならないからぶつかり合わず、耀は手の届かない星のように、いつまでもそこに在り続ける。

結婚話はトントン拍子に進んでいった。仕事帰りに北原先生がうちに寄り、ふたりで夕飯を食べながらいろんな相談をすることが多くなった。

「じゃあ仕事は旧姓で続けます。籍は年内に入れる感じで」

「式はどうしますか」

「わたしは特にしなくてもいい派です」

「遠慮していませんか。女性の中には結婚はともかく、ウェディングドレスだけは着てみたいという方も多いと聞きました。ドレスと結婚は別なのだと」

「わたしはあまりそういう願望はないみたいです」

食卓の向こうから、北原先生がわたしをしげしげと見る。Tシャツとジーンズという適当な服装を確認し、納得したようにうなずいた。耀とつきあっていたころは東京の女の子と張り合っておしゃれをがんばっていたけれど、今は清潔で動きやすければそれでいい。元々わたしはしゃれっけのあるタイプではなかった。北原先生もほどよくださいので楽だ。

「次は家ですね。ぼくの家で暮らすにしても暁海さんの仕事部屋を用意しないと」

「え、いいですよ、そんな、わざわざ」

「そういうわけにはいかないでしょう。結婚したら仕事を刺繡一本に絞るのだし、専業でやるなら集中できる場所が必要です。きみのためだけではなく、居間で仕事をされるとぼくや結も寛げない。だから仕事部屋はあったほうがいいと思います」

なるほど、遠慮をする場面ではなかった。北原先生は気遣いと合理性のバランスが取れた人で、それは生活を共にする上で大きな長所だった。

「空き部屋を使うか、庭に離れを作るか、どちらがいいですか」

「結ちゃんとも相談して決めませんか」

「そうですね。決まったら工務店さんに入ってもらいましょう」

なにもかも驚くほどスムーズに進んでいく。なめらかすぎて、今までの停滞はなんだったのだろうと逆に不安がよぎる。なんの不満もないことが不安だなんて馬鹿げている。

八月、わたしと北原先生と結ちゃんの三人で今治の花火大会を観にいった。結ちゃんは松山の大学に進学し、将来は公務員になると言っている。いざというときひとりでも生きていけるから、というのが理由らしい。

「結ちゃんはひとりで生きていくつもりなの？」

「ううん。ひとりでも生きていけるようになりたいだけで、ひとりはいや」

あっけらかんと返され、そりゃそうよねとわたしは苦笑いを浮かべた。

「だから暁海さんとお父さんも結婚するんでしょう」

正式に報告する前に、結ちゃんからおめでとうと言われてしまった。

「ずっと暁海さんがお姉ちゃんだったらいいのにって思ってたけど、まさかお母さんになるとは意外だった。暁海さん、こんなお父さんだけどよろしくお願いします」

結ちゃんが頭を下げ、こちらこそと下げ返した。

「こんなお父さんって、どんなお父さんだと思われているんだろう」

北原先生がぼそりとつぶやき、結ちゃんと笑っていると、頭上で大きく打ち上げ音が響いた。みんなが一斉に夜空を見上げて歓声を上げる。

「……綺麗」

濃紺の夜空に打ち上がる大輪の花火を見上げてつぶやいた。隣を仰ぎ見ると、穏やかに微笑む北原先生と目が合う。中盤から型物花火が上がり、今のは魚でしょうか、リボンじゃないですか、などと耳元に顔を寄せて言葉を交わす。たまに結ちゃんが振り返り、ひゅーひゅーと囃すように団扇をひらひらさせる。

なんだか不思議な気持ちになった。櫂とはどれだけ努力しても駄目だった。長くつきあったのに、一度も花火をちゃんと観ていない。たかが花火、されど花火。いくら好きでも駄目な相手はいるのだ。運命という言葉が浮かび、小娘のような自分を笑いたくなった。

「あ、はっさく大福。お父さん、買って」

花火のあと屋台を回っていると結ちゃんが立ち止まった。

「自立を目指す大学生として、自分で買いなさい」

ケチケチーと結ちゃんがふくれっ面をする。わたしはぼんやりと屋台を眺めながら、高校生のころ櫂と尾道でデートしたことを思い出した。

名物のはっさく大福が評判ほどおいしくなくて笑ったこと。王道のレモネードがおいしかったこと。果実が丸ごと入っているので種が口にたくさん残ったこと。尾道ラーメンもおいしくて、またこようねと約束をしたこと。でも結局それきりになってしまったこと。

「大丈夫ですか」

「え？」

「疲れたのなら車に戻りましょう」

「いえ、大丈夫です」

もうすぐ夫と娘になる人たちと並んで歩きながら、思い出すのは昔の恋人のことばかりだなんて、さすがに言えない。目を伏せると、ぽんぽんと背中を叩かれた。

「忘れられないことを、無理に忘れようとしなくていいんですよ」

気づかれていた。言い訳をしようとしたけれど——。

「北原先生は、結ちゃんのお母さんのことを思い出したりしないんですか」

「いきなりどうしました」

「わたしばかり見透かされるのは不公平な気がしました」

おもしろい理由ですね、と北原先生は笑った。

「先日、今治のスーパーで彼女を見かけました」

えっと隣を見ると、見かけたような気がしたんです、と返ってきた。

「ずっと探しているんですよ。ぼくは、彼女を」

思い出す間もないほど彼女は北原先生の中に在る、ということだ。

りんご飴、かき氷、たこ焼き、賑やかな屋台と人混みの中、わたしはひとりぼっちの気分で歩いた。寂しくはない。隣に同じくひとりぼっちの人がいる。

「こういうことも含めて、ぼくたちは助け合っていきましょう」

ふいに胸を衝かれ、北原先生を見上げた。

「なんですか？」

「いえ、わたし、本当に北原先生と結婚するんだなあと思って」

唐突に実感した。わたしは櫂を、北原先生は結ちゃんの母親を、それぞれ想う相手が別にいる。愛は尊い、愛は地球を救うという世界の中で、わたしたちの愛はなにひとつ救わない。どちらかというと呪いに近く、そういうしんどさを知っているわたしたちは、同じ根っこから咲いた別の花のような親しさを互いに感じている。そんなわたしたちが身を寄せ合って、助け合って生きるのはとても自然な気がしたのだ。

「暁海ちゃーん」

名前を呼ばれた。あたりを見回すと、人混みの中から薄紫の浴衣を着た櫂のお母さんが駆けてきた。久しぶりやねーと嬉しそうに手を取られた。

「元気にしとる？　何年ぶりやろ。昔より綺麗になったねえ」

取られた手をぶんぶん上下に振られ、うなずき返すしかできない。

「櫂と別れてもう何年？　ほんまにアホな子でごめんなあ。あの子あれから――」

聞きたくないと思った瞬間、告げていた。

「わたし、結婚します」

斜め後ろにいる北原先生の腕を取り、この人ですと前に押し出した。

「え、あれ？　櫂の高校んときの、えっと北原先生？　結婚すんの？」

「ご無沙汰しています。はい、そう相成りました」

北原先生が答え、えーっと櫂のお母さんは素っ頓狂な声を上げた。

「そうなん？　えー、いやあ、びっくりやわ」

ひとしきり騒いでから、おめでとうございます、と櫂のお母さんは頭を下げた。

「暁海ちゃんは櫂のお嫁さんにきてほしかったんやけど、まあ、これも縁やろねえ。あの子もちょいちょい調子よかったけど……暁海ちゃんは賢いわ。幸せになってや」

極細の針を刺されたように感じた。櫂のお母さんに悪気はない。けれど『賢い』という言葉が『冷たい』の無意識の言い換えだとわたしにはわかる。状況だけで判断すれば、羽振りの悪くなった櫂を捨てたと思われてもしかたない。

「やっぱ公務員は安定しててええよね。女はちゃんと見極めんと」

どう答えていいかわからなくて曖昧な笑みを返した。

「もう余計なこと言わんで。おめでとうだけでええんや」

隣にいた達也さんが割って入ってきた。お久しぶりですと頭を下げると、ごめんと拝むような仕草が返ってきた。櫂のお母さんはきょとんとしている。

「とにかくおめでたいわ。櫂にも伝えとくね」

笑みを作っている口元が引きつった。結婚するとわたしが伝えた。なのに伝えないでほしいと思ってしまった。櫂からは復縁の連絡がきていたけれど、いつからかそれも途絶えた。今では毎月の借金返済だけが櫂との繋がりだ。

今度こそ本当にさよならだ。

そう思いながら、わたしは何度櫂にさよならを告げるんだろうとおかしくなった。何度もさよならを心に決めて言い聞かせなければいけないほど、わたしは今でも櫂が好きなのだと、北原先生との結婚の報告をしたあとに思い知る。

わたしにとって、愛は優しい形をしていない。どうか元気でいて、幸せでいて、わたし以外を愛さないで、わたしを忘れないで。愛と呪いと祈りは似ている。

青埜櫂　三十一歳　夏

かつぎ込まれた病院で精密検査を受けた結果、胃がんと診断された。

一瞬頭が空っぽになったが、ステージⅢなので胃の切除手術と抗がん剤治療で様子を見ていきましょうと言われた。すぐには死なないようで安堵したが、こんな状況でなにをほっとしているんだと、すぐにぐちゃぐちゃとした思いに襲われた。

「人間の幸不幸には定量があって、誰でも死ぬときは帳尻が合うってほんまやろか」

「噓だよ。不幸なやつにも一縷の希望を与えるための方便だ」

ソファテーブルの前に胡座をかき、カップヌードルをすすりながら尚人が答えた。

「世界は優しい格言であふれてるよね。信じるものは救われる。禍福はあざなえる縄のごとし。がんを乗り切ったら、またすごい幸せが櫂を待ってるかもしれない」

「そんな幸せな未来、まったく想像できんわ。漫画原作者なんてなんの潰しもきかん。学歴も職歴もない三十すぎたおっさんが幸せになれるほど日本はちょろい国ちゃうやろ」

「一度失敗した人間が挽回しづらい国ではあるよね」

「なに他人事みたいに言うとんねや。おまえもやで」

「ぼくはもう人生投げてるから」

尚人はカップヌードルを汁まで飲み干すと、レンジで温めたレトルトカレーにプラスチックのスプーンを突っ込んだ。コーラの横にはスナック菓子が待機している。

あの騒ぎから六年、ほっそりとしておしゃれだった尚人はもういない。ほんとにこんなに必要なのかと疑うほど大量の抗うつ剤の副作用と暴食で二十キロも太り、もったりした身体を包んでいるのは着古したスウェットの上下だ。袖口には無数の毛玉がついている。

――病気って、人をこない変えるんやな。

そう感じる俺自身も病人で、自分の行く先を見ているようで気が滅入る。

「櫂もなにか食べたら。朝からなんも食べてないだろ」

「いらん。胃ないし」

「ちょっとは残ってるんじゃないの？」

半年前の手術で胃の三分の二を切除した。それもきつかったが、そのあとの抗がん剤治療でさらに死にそうな目に遭った。がんで死ぬより先に副作用で死にそうだ。

「お粥は？　あるよ。レトルトだけど」

「いらん。めんどくさい」

胃切除によるダンピング症状もきついのだ。食べたあとの吐き気、倦怠感、ひどいときは目眩で立っていられなくなる。それがいやで余計に食べたくなくなる。

「食うことも面倒なんて死人だね」

死んでもええよ——と言いかけてやめた。尚人には感謝している。手術費や入院費を借り、今は居候にまでなっている身の上で言うことではない。

あの騒ぎからずっと尚人は引きこもっていて、周囲がどれだけ再起の声をかけても無理だったが、俺が死にかけていると植木さんから連絡をもらうやいなや、ホームレスな俺に「うちにおいでよ」と言ってくれたのだ。

——ぼくのあれこれに櫂まで巻き込んじゃったから。

昔の詫びのつもりらしいが、それはちがう。何度も復活のチャンスがあったのに、ものにできなかったのは俺自身だ。そう言うと、尚人は苦く笑った。

——植木さんに聞いた。ぼくとやるために一押しのネタをお蔵入りさせたって。

舌打ちをした。それは俺の問題で、尚人には言わなくてもいいことだ。

――あんときはそのネタの気分やなかっただけや。

――燿は優しいね。

尚人はおかしな具合に顔を歪めた。

――でもそれは誰も救わない優しさだよ。

だろうなと肩をすくめた。もう言われ慣れている。俺が落ちぶれているのはまったく以て俺自身のせいで、尚人が申し訳なく思うことはなにもない。

病気のことは、一応、今治の母親にも告げた。

――嘘やろ。なんで。やめて。

――そんなん言うのやめてや。いやや、怖い。

――あたし、これからどうしたらええの。

ひどく泣かれたので、たっちゃんがおるやろ、末永う仲良うせえよと逆にこっちが慰める羽目になった。俺は女に、特に母親に泣かれるのがほとほと苦手だ。

あれから母親には連絡していないし向こうからもない。いやなこととは向き合いたくないという相変わらずなスタンスだ。親というよりでかい荷物でしかないが、そんなのでも親だから、しょうがねえなあと許す俺も相変わらずだ。

生まれるとき、人にはそれぞれ与えられるものがある。それは輝く宝石であったり、足首にはめられた鉛の球だったりする。なんであろうと投げ出せず、おそらくは魂に組み込まれたものなのだろう。生まれて死ぬまで、誰もがあえぎながら己の魂を引きずる。

そんなことを眠れぬ夜にエッセイで書き、文章が酔いすぎなので直したいと頼んだら、必要はないと絵理さんから拒否された。恥ずかしいからと訴えたが、恥ずかしいこと晒してなんぼでしょうと怒られた。本当に編集者というやつは――。

ソファに寝転がっていると、スマートフォンが短く鳴ってメッセージを知らせた。開いてみると原稿の催促だった。本日午前が〆切ですと書いてある。

「やばい。仕事忘れとった」

だるい身体を起こして部屋に戻ろうとした。

「櫂、買い物するけど、なんかいるものある？」

「ない」

「ん、わかった」

食べ終わったカップヌードルの空容器を片付けもせず、尚人はリビングの端に設置されたデスクトップパソコンのほうへと歩いていく。身体をすっぽりと包み込むゲーミングチェアに座り、ヘッドホンを装着する、これ以降、尚人はもう仮想空間から出てこない。

昼間だというのに、この家はいつもカーテンが閉め切られている。部屋のあちこちに通販の段ボールが積み上がっている。埃っぽい薄暗い部屋の中でパソコンだけに向かい合い、こちらに背を向けてゲームをする小山のような姿を見つめた。

尚人は俺とちがって無駄遣いをしなかったので、今でも金を持っている。その金が尚人をこの部屋に捕らえ続ける。最初は騒ぎのショックだったはずが、うつ病がそれを増幅させて、なぜ自分が外に出られないのか、もう本人ですらわからないだろう。

必要なものはネットで買い、静かにゲームをして、静かに飯を食い、静かに眠って一日を終える。俺は尚人の気持ちがわかる。感情を揺らすと喚きたくなるから、グラスの縁いっぱいまでそそがれた水をこぼさないようにそうっと生きている。尚人と俺はやはり息の合ったコンビだと思う。どちらも希望というものがない。

自室に戻り、よっこらしょとノートパソコンを開いた。ろくに食べていないので身体に栄養が回らず、なにをするのも億劫だ。やりかけだった原稿のファイルを開く。

タイトルは『確実に女を落とす方法・十選』。一途なアプローチで振り向かせろ、旅行や食事はケチるな、などと書いてゆく。こんな記事読んでる時点で落とせねえだろと思いながら文字数をかさ増しし、三十分ほどでやっつけてデータを送った。内容はともかく、稼ぐという意味では俺はがんになる前よりも真面目に働いている。

尚人のおかげで雨風はしのげるが、借りた金は返すと決めているし、治療費も稼がないといけない。保険がきくとはいえ、抗がん剤治療は金がかかる。身体を使うバイトはできないので、適当なペンネームでウェブ記事のライターをしている。絵理さん経由の仕事なので報酬がいい。文章なんて書けない、俺は作家じゃないと卑下しつつスカしていた自分はもういない。生きるために、稼ぐために、書く。死ねないから生きている、というのが本音けれど長生きしたいとは思っていない。ダンピング症状で動けずくたばっているときは、もうこのままに近いかもしれない。ゆっくりと衰弱して死んでしまえたら楽なのにと思う。

心が折れそうになると、やはり通帳を眺めてしまう。暁海からは変わらず月四万円が振り込まれている。今は現実的に俺を助けてくれる金に戻った。暁海に貸した金はそのようにも思い、返してくれなくてもいいと思いながら、自分たちをつなぐ糸のときどきで姿を変えて、いつも俺の支えになっている。まるで暁海そのものだ。

借金も残り五十万ほど、あと一年で俺たちの縁も切れる。

——それも、もうすぐ終わりやけどな。

そんなことを考えていたからか、なんとなくスマートフォンで『井上暁海』と検索していたら何件もヒットしたので驚いた。横になっていた身体を起こす。同姓同名かと思ったら画像まで出てきて、まさしく暁海だった。

名の通ったファッション誌で、こういう記事にありがちな笑顔ではなく、生真面目に口を真一文字に引き結び、カメラを見据えているのが暁海らしい。作品写真が添えられている。ウエディングベールの裾全体を覆うパールやスワロフスキー。緻密で、繊細で、本気で見惚れた。『注目の刺繍作家』と紹介文がついている。

「……すごいやん」

思わず声に出ていた。二十代半ば、若かった俺が上から目線で断じた夢を、暁海は叶えたのだ。会社勤めをしながら、母親の面倒をみながら、借金の返済をしながら、背負わなくてもいい荷物を背負いながら、じりじりと一歩ずつ這いずってきたのだろう。それがどれだけしんどいことか、皮肉にも夢に破れた俺にはわかる。

「……ほんま、すごい女やな」

心の底から嬉しくて、ゆっくりと視界がぼやけていく。

暁海は真面目で、融通がきかなくて、自分のせいではない場所で歪んでしまった未来に器用に対応できず、俺との恋愛だけに縋っていた時期もあった。東京の女に張り合って似合わない服を着たり、浮気に気づいていただろうに指摘できなかったり、俺にとっては誰より愛しい女だったが、客観的に見ると、たいしていい女ではなかったかもしれない。

しかし写真の暁海は恰好よかった。暁海をつらくさせてばかりだった俺とちがって、北原先生との暮らしは幸せなのだろう。俺の知っている暁海はもうどこにもいないのだろう。もうどこにも——心の底から喜び、悲しみ、今、死にたいと思った。最高で最低の気持ちの中で終われたら幸せだ。なのに、けれど、それでも、死ぬことは簡単ではなく、きっと明日も明後日も俺は身体のあちこちを痛ませながらだらだらと生きていくのだろう。

「いつまで経っても、ままならんな」

大きく息を吐いて部屋を出た。リビングのドアを開けると、散らかった部屋と世界のすべてを拒絶している分厚い背中が見える。

「尚人」

呼んだが反応はない。大股で近づき、強引にヘッドホンを外した。びくりと尚人が振り返る。肉で埋もれて細くなった目が怯えたように俺を見つめている。

「飲もうや」

にかりと笑うと、尚人は瞬きを繰り返した。

「なあ、これ見いよ。すごない？　暁海やで」

尚人の目の前にスマートフォンを押しつけた。

「暁海？」

「俺の元カノ。よう一緒に遊んだやろ」

「覚えてるよ。近すぎて見えないんだ」

俺からスマートフォンを奪い、尚人は改めて画面の記事を読んだ。

「ほんとだ、暁海ちゃんだ」

「な、な、すごいやろ。あいつプロの刺繍作家になりよってん」

「へえ、あのださかった子がね」

尚人が感心したようにうなずく。

「誰がださいねや」

ぺしっと尚人の頭をはたいた。

「なあ、祝杯あげたろうや」

「暁海ちゃんと連絡取れるの？」

「取れるかい。今や。俺らふたりで」

「櫂、飲んでいいの？」

「あかん。でも飲みたいねや」

「お粥でも吐くのに？」

「それで死んでももうええわ。俺は、今、最高やねや」

尚人が細くなった目をわずかに見開いた。

「……最高か。うん、なるほど」

尚人が立ち上がり、キッチン横のパントリーを開ける。インスタント食品や飲み物が詰め込まれ、アルコールも大量にストックしてある。抗うつ剤とアルコールの相性は最悪だが、尚人はもうそんなことも気にしなくなっている。俺と同じだ。汁の残ったカップラーメンの容器や口が開いたまま湿気ったスナック菓子や飲み物の空き缶を端に寄せ、シャンパンを開けた。ぽんっと小気味いい音がする。

「かんぱーい」

はしゃいでグラスを掲げる俺に、尚人はお義理のようなうなずきを返した。単純な喜びを複雑な悲しみが追い越す前に、早く酔いたかった。久しぶりのアルコールはあっという間に内側を駆け巡っていき、意識が浮遊しはじめる。

「尚人、飲もうや」

「飲んでるよ」

「もっと飲もう」

どぼどぼと尚人のグラスにシャンパンを注ぐ。空になったので適当に赤と白のワインを持ってきて、グラスも換えずにそのまま飲んでいると腹が痛くなってきた。案の定、ダンピング症状だ。構わず飲んだ。今夜は死んでも飲むのだ。

「なあ櫂、ちょっと頼みたいことがあるんだけど」

とろりと眠たげな目で、ソファテーブルに頬杖をついて尚人が言った。

「あの子の名前、検索してくれない？」

誰かと問わなくてもわかる。

「できないんだ。自分じゃ、どうしても」

尚人が目を伏せ、俺は自分のスマートフォンに安藤圭(あんどう)と打ち込んだ。なぜか俺まで緊張して、腹の痛みが強くなってくる。画面が切り替わり、トップにインスタグラムが出てきた。開いてみると、花屋の店先で薔薇(ばら)を抱えて笑っている圭くんがいた。プロフィールにはイギリスの花屋に勤めていると書いてある。

「こっちもきっちり生きとるなあ」

圭くんは二十四歳になり、けれどはにかんだような笑顔は昔と変わらない。

「そっか、圭くん、夢に進んでるんだなあ」

「夢？」

「花が好きでさ、フラワーデザイナーになりたいって言ってた」

尚人の頬が紅潮している。酒のせいではない。

「すげえ綺麗だなあ」

花のことか、過去の恋人のことか。両方か。尚人が淡く笑っていて俺はびっくりした。尚人の笑顔なんて見たのは何年ぶりだろう。

「耀、乾杯してくれる？」

「おう、なんぼでもしよ」

互いのグラスにワインをなみなみと注ぎ、遠慮なくぶつけたせいで波打って縁からあふれてしまった。こぼれたやんと言うと、いいじゃんと返され、せやなとふたりで一気に飲み、注ぎ、飲み、ずっと尚人は笑っていて、俺のテンションはどんどん上がっていった。

「なあ尚人、もっかい漫画やろうや」

腹部の痛みと共に急速に浸透していくアルコールにまかせて言った。

「漫画かあ」

尚人はなにもない宙を見つめた。

「やるんやったら、おまえとしかいややねや」

「描けないよ。もう六年もペンにぎってない」

「関係あらへん」

「ある。伝えたいものを正確に伝えるための技術は必要だ」

現役だったころの尚人の作画は神がかっていた。『技巧が鼻につく。大事なのは萌え』という読者の感想をネットで見て、同人誌かよと吐き捨てていた。

「確かに技術は大事やな。けど、やっぱ、そこやないねや」

「意味わかんない」

「巧い下手やあらへん。漫画は、物語を作るんは——」

一旦止まって考える。痛む腹の奥の奥。俺という生き物の真芯あたりで考える。

「魂やな」

数秒ほど見つめ合ったあと、尚人が噴き出した。

「ごめん、恥ずかしい」

尚人は太ってぽつぽつの肩を揺すって笑っている。俺は真顔を崩さなかった。

「ほな、なんやねや。魂ないとなにひとつ書けん。書けても、そんなんぺらっぺらの一反木綿や。それでも金は稼げる。けど俺らがやりたいんはそんなんちゃうやろ」

尚人はすうっと真顔に戻った。

「忘れたよ。もうなにがやりたかったのか」

「思い出せや」

「どうやって？　もうどこ探してもない」

「見つかるまで探そうや。ふたりやったら怖ないやろ」

「死にかけの宿無しのくせに偉そうに」

そのとおりだ。ついさっきまで俺も腐っていた。けれど、それでも——。

「引きこもりのおまえとお似合いやろ？」

「それは確かに」

「棺桶（かんおけ）に片足突っ込んどるもん同士でも、まだやれるて見せたろうや」

「無理だよ。ぼくにはできない」

「俺とやったらできる」

「描けても発表する場所がないよ」

「植木さんになんとかしてもらおう。あの人、今、編集長やで。編集長権限で枠もぎ取ってもらお。ばんばん重版させたら圭くんと暁海も読んでくれる。そしたら同窓会しよや。いろいろあったけど、みんながんばったなあ、よかったなあって」

酔いにまかせて、馬鹿みたいなことを唾を飛ばしながら語った。

「夢みたいだな」

尚人が天井を見上げる。なんのロマンもない白色蛍光灯のシーリングライト。埃が積もっていて発する光も鈍い。今の俺たちを照らすにふさわしい。

「なあ、どんな話にしよ。負け組のおっさんが這い上がってく話にするか」

「汚いおっさんなんか描きたくないよ」

尚人が口元を尖らせる。こいつは昔から綺麗なものを描くのが好きだった。濁を知らない人間に清は描けないよと植木さんに諭され、そうだそうだと尻馬に乗った俺も、櫂くんの場合はもっと清も書けるようになったほうがいいと釘を刺された。

「ほな綺麗なおっさんにするか」

「気持ち悪いよ」

「ほな汚いおっさんが美女とか猫に転生する話にしよか」

「流行りものを並べました感が強すぎる」

尚人が考えはじめ、やっと考えてくれるのかと泣きそうになった。俺はもう一度おまえと組みたい。他の誰かとはいやだ。嬉しい。本当に嬉しい。

「尚人、もっかいやったろう」

「できるかな」

「できる。俺らやったら」

尚人は細くなった目をさらに細め、俺のグラスにワインをそそいだ。俺はあっという間に飲み干した。さっきからずっと腹が痛い。だんだんひどくなってくる。けれど今だけはどうでもよくて、返杯に次ぐ返杯で、お互いにろれつも怪しくなってきた。

「すごいなあ。今、夢みたいに楽しい。燿、ありがとう」

尚人の笑顔と言葉を子守歌みたいに、俺は久しぶりに希望に満ちた眠りに落ちた。

目覚めたとき、リビングの床に寝転がったまま天井が回転していた。ああ、目眩だ。吐き気と腹痛がひどくて喘ぐような声が洩れた。

「……尚人」

あたりを見回したが姿がない。寝室に戻ったのだろうか。

這いずってキッチンまで行き、カウンターに置いてある痛み止めを飲んだ。あとは効くのを待つしかないと胎児のように丸まる。昨日は調子に乗って飲みまくった。シャンパン、ワインを白と赤、ウイスキー。胃がんの治療中に自殺行為だ。

途方もなく長く感じる一分を重ね、少しずつ痛みがやわらいでいく中、微かにシャワーのような水音に気づいた。尚人が風呂に入っているのか。

――いつからや？

ずっと聞こえていた気がする。

さわりと首筋をなでられたように鳥肌が立った。

腕に力を込めて立ち上がった。目眩がひどく、壁に手をついて歩いていき、リビングのドアを開けると廊下が水浸しだった。風呂場からあふれてきている。

おそるおそる中を覗くと、出しっぱなしのシャワーの湯気と、けぶる視界の向こうに浴槽に沈んでいる尚人がいた。尚人、と名前を呼んだ。いいや、呼んでいないかもしれない。自分が声を発したのかどうかわからない。頭の中でぷつんと音がした。ぷつん。ぷつん。俺をつなぎ止めていたものがすべて切れていく。

ドア伝いにずるずるとくずおれて、動けず、考えられず、役立たずの土人形のようになっても五感だけは生きていて、どんどんと玄関ドアを叩く音が鼓膜を震わせる。

「すいませーん。下の者ですけど水洩れしてませんかねー」

してるよ。思いっきりしてる。うるせえな。

そう叫んだ気がするが、叫んでいないかもしれない。わからない。

尚人は自殺と断定され、葬儀は身内、俺と植木さんと漫画家仲間数人だけでひっそりと行われた。世界は一番美しい初夏を迎えていて、葬儀場の周りは生命力あふれる緑に囲まれている。生と死のせめぎ合いにむせそうだ。俺は涙のひとつもこぼせなかった。

「まだ尚人とつきあいあったんだね」

さとるに話しかけられたが、適当な返事しかできなかった。ロビーで立ち尽くしている俺の肩に誰かが触れた。植木さんかと思ったら、絵理さんだった。

「なんでおんねん」

「植木さんから連絡をもらったの」

絵理さんの後ろに亡霊のような植木さんが立っている。

「帰ろう。次のご葬儀がはじまるから」

俺は困った。帰る？　どこへ？

ふたりに付き添われて尚人のマンションに戻った。死刑台への十三階段のようなエレベーターに乗り込み、浮遊感に目眩を起こし、植木さんにかつがれるようにして部屋に入った。あの日食べ残したものの残骸が腐臭を発している。

「とりあえず片付けます。植木さん、櫂くんのことお願いします」

「逆のほうがいいんじゃないかな」

「ああ、そうですね。じゃあお願いします」

絵理さんはカバンから取り出したエプロンを放り投げ、植木さんがキャッチし、入れ代わり俺の隣に絵理さんが座った。手入れの行き届いた美しい手が俺を抱き寄せ、大丈夫、櫂くんのせいじゃないと髪を梳く。ガーゼのような声が俺を手当てする。

ありがたい。けれど、それでも。

尚人の背中を突き飛ばしたのは俺だったのだ。

「……メモがある」

絞り出すようにつぶやくと、絵理さんと植木さんが俺を見た。ポケットに手を入れ、隠し持っていたメモを取り出した。神経質そうな字がきちきちと並んでいる。

「尚人くんのだね？」

力なくうなずいた。

あのとき階下からの苦情にも応えられず脱衣所の床に座り込んでいると、鍵の回る音がして管理会社の人間が入ってきた。この部屋の住人か問われても応えられないでいるうちに浴槽に沈んだ尚人が発見され、すぐに救急隊員や警官がきて、そのあとは記憶が不鮮明だ。

大勢が忙しなく出入りする間、俺はリビングのソファに座らされていた。若い警官が見張りにつく中、ポテトチップスの袋で押さえてあるメモに気づいた。昨日はそんなものはなかった。読まないほうがいい。読みたくない。けれど読まないという選択肢はなく、俺は最大限にのろのろとそのメモを引き抜いた。

耀、また一緒にやろうと言ってくれて嬉しかった。
楽しかった。満足した。もういい。
口座に残ってる金は半分やる。残りは家族へ。
耀が創る物語をもう一度読みたい。

短い文章を、上っ面をなでるように読んだ。一撃を食らいたくなかったのだ。食ったら死ぬとわかっていた。一方で、今、殺してくれと願った。今死ねたら楽になれる。けれど楽なほうに人生は転がっていかない。嫌というほど知っている。引きつった笑いが洩れた。止まらず笑い続ける。若い警官が気味悪そうに俺を見ていた。

——こいつが殺したんじゃないのか。

警官の心の声が聞こえてくるようだった。そのとおりだ。ぎりぎりグラスの縁でもちこたえていたものを、俺が余計なものをそそいであふれさせたのだ。決壊寸前の心には、それが夢や希望という美しいものであっても負荷なのだ。

——すごいなあ。今、夢みたいに楽しい。耀、ありがとう。

尚人、俺の話は重かったか？

せやし、おまえは落っこったんか？

「ちがう」

ふいに強く抱きしめられた。

「ちがう。耀くん、そうじゃない」

ピアノ線のような美しく細い声が今は耳障りだった。

「耀くんとまた漫画の話ができて、尚人くんは幸せだったんだよ」

植木さんの声が混じる。こちらは落ち着きすぎていて、逆に無理していることが透けて耳障りだ。ふたりともありがとう。でもうるさい。今は俺に触らないでくれ。

さっきから、ずっと誰かが喚いていて、うるさくてしかたない。

おかしいな。ここには俺と絵理さんと植木さんしかいないのに。

うるさい、うるさいと叫んでいるのは俺だろうか。きみのせいじゃないと絵理さんと植木さんの声もする。まるで水中にいるように音が歪んでいて、ふたりの言葉は聞こえているのに、俺の真芯に届く前にぐぐもって消えていく。腹が痛い。痛くて死にそうだ。大部分を切除した、もうないものが俺を全力で殴りつけてくる。

――ああ、暁海。

気がつくと病院のベッドにいた。あのあと俺はまた血を吐き、しばらく入院になることを看護師から説明された。

「金ないで」

最初に口から出たのはそれだった。

「大丈夫ですよ。ご友人がすべて手続きをされましたから」

「友達なんておらん」

看護師の困り顔を見ながら、ありがとうを言うのが先だったとぼんやり思った。気力がなく、ぐるりと視線だけを巡らす。薬の匂いが満ちた四人部屋には、ワイドショーのコメンテーターの声が響いている。芸能人が不倫をしたと話している。

平和だ。なんだろう。このまま眠って、もう起きたいと思わない。干からびた雑巾みたいに固まっていると、病室に植木さんと絵理さんが入ってきた。

「青埜さん、じゃあまたあとで検温にきますね」

ふたりと入れ替わるように看護師は出ていった。

「えらい迷惑かけてごめん。ありがとう」

ベッドに横たわったままふたりに頭を下げた。ようやく礼が言えた。

「いろいろ買ってきた。なにか足りないものがあればまた言って」

入院に必要な着替えや日用品を絵理さんがサイドテーブルに並べていく。

「おおきに。手間かけさしてもうて」

「ぼくの判断で悪いけど、尚人くんの遺産は放棄でとご家族に伝えたよ。たいして残ってなかったし、尚人くんのご家族と揉める負担を考えたら、生活保護のほうが手っ取り早いし手厚いから。役所のケースワーカーと相談してすぐに手続きは終わるから安心して」

元から尚人の金をもらおうなんて思っていない。植木さんはそういう心を削るだけのやり取りを省いてくれた。もう礼が追いつかず、横たわったまま頭を下げた。

「……ほんま、みっともない」

「なにが？」

絵理さんが弾かれたように俺を見た。

「ちゃんと税金納めてるのよ。耀くんもわたしもみんなも、毎日しんどい思いして、下手したら病みそうになりながら働いて、そうして得た給料の多くを国に納めてるのよ。なにがみっともないの。病気のときは堂々と面倒見てもらえばいいじゃない」

絵理さんがまくしたて、植木さんがなだめるように細い肩に手をかける。おおきにと俺は答える。絵理さんは正しい。けれど正しさだけでは救えないものがある。

「そうまでして俺が生きる意味って――」

「書くためだ」

強く遮られた。真顔の植木さんと目が合う。

「書いてくれよ。今度こそ。死ぬ気で。そんで、もう一度俺とやろう」

それが死にかけの病人に言うことか。

けれど俺は知っている。

いつもは『ぼく』と言う植木さんが『俺』と言うときは本気なのだと。

まったく編集者という人種は――。

俺は少し笑うことができた。ありがとう。

北原先生との結婚生活はうまくいっている。

一番大きかったのは、経済的な負担が分散されたことだ。わたしと北原先生は、それぞれ自分で自分を養える仕事を持っている。わたしは会社を辞めて刺繍に専念できるようになったし、家事は結ちゃんも含めて三人で分担している。

精神面の負担も減った。結婚という名の互助会会員であるわたしと北原先生はもちろん、自分が結婚して家を出たあと父親がひとりになることを実は心配していたと結ちゃんが吐露し、結ちゃんも互助会が必要だったとわかったのだ。

北原先生はその場では平静だったけれど、ふたりきりになったとき、きみと結婚できて本当によかったとしょんぼりしていて、意外な繊細さに笑ってしまった。

島内の人間関係も驚くほどスムーズにいくようになった。行事の集まりから、女同士のちょっとした日々の立ち話まで、婚期を逃したかわいそうな子という気遣いがなくなり、気軽に声をかけられるようになった。夫婦というわかりやすいパッケージに納まっただけで、『奥さん』という同じ群れの仲間と認定されるようになったのだ。

――やっぱり普通が一番幸せだよね。

――あとは子供だね。三十二歳だし、ぼやぼやしてる暇ないよ。

――でも暁海ちゃんは仕事もあるしね。

――ダダメ、仕事とちがって出産は期限があるんだから。

みんなが盛り上がる中、でも、と小野さんが言った。

――ひとりで食べていける仕事があるなら、わたし子供連れて島出るかも。

小野さんは生まれたばかりの赤ちゃんをあやしていて、みんなが一瞬黙り込んだ。

――暁海ちゃんはいいよね。みんなに認められる仕事があって。

そう言われて、複雑な気持ちになった。

ひとりで親の分まで生活を支え、ダブルワークで睡眠不足になりながら夢を追って、自分の化粧水よりも借金返済と今日食べるものを優先して、一生を共にしようと誓った恋人とも別れることになった。なにかを欲するなら、失う覚悟も必要だ。けれどまた別のなにかを得られることもある。当初は瞳子さんから引き継いだ顧客ばかりだったけれど、フォークロア調が個性だった瞳子さんとは逆に、わたしの刺繍は繊細さが持ち味らしく、徐々に顧客が入れ替わっていった。そんな中で、ウェディングベールの注文を受けたことが大きな転機になった。

人生の大切なワンシーンを彩るのだと気合いを入れ、自分でも会心の出来だったベールは予想以上に評判がよく、新婦の知人経由で東京から雑誌の取材がきた。顔写真付きでインタビュー記事が載り、そこから一気に注文が増えたのだ。

今までの顧客も維持しつつなので、ウェディングベールは数年先まで予約が埋まっている。

わたしが有名な雑誌に載ったと、島ではちょっとした騒ぎになった。

父親に捨てられた子供、婚期を逃した娘という哀れみとはまったく逆に歯車が回り、若い子たちからは憧れの目で見られ、同年代からはやんわりと牽制され、年輩の人たちはわたしをどう扱っていいのか戸惑っている。

けれどわたしは本当に変わったのだろうか。

「適当に聞き流しておけばいいのでは。みんなそれぞれの暮らしがありますし、自分の立場でものを言うだけです。だからきみも、きみのしたいことをすればいい」

その夜、隣のベッドで本を読みながら北原先生が言った。

「きみは子供がほしいんですか？」

「いえ、今は仕事をがんばりたいです」

刺繍の仕事が好きだ。けれど好き嫌いとは別に、ある日いきなり離婚を切り出されても慌てない、逆にわたしが出ていきたいと思ったときに実行できる程度の経済力を持っていたい。自分の人生の手綱は自分でにぎっていたい。

「いいと思います」

北原先生は手元の本に目を落としたまま続けた。

「自分で自分を養える、それは人が生きていく上での最低限の武器です。結婚や出産という環境の変化に伴って一時的にしまってもいい。でもいつでも取り出せるよう、メンテはしておくべきでしょうね。いざとなれば闘える。どこにでも飛び立てる。独身だろうが結婚していようが、その準備があるかないかで人生がちがってきます」

「昔、瞳子さんにも似たようなことを言われました」

北原先生の言葉は、わたしがほしいと願って足掻き続けてきたことと一致している。まったくもってそのとおりだ。なのにわたしは意外にも心細くなった。

「今、ひとりで生きていけるくらいには稼いでます。そうなりたいって願った自分になれました。なのにどこにでも飛び立っていいと言われると心細くなります」

「それはそうでしょう」

「え？」

「人は群れで暮らす動物です。なにかに属さないと生きていけない。ぼくが言っているのは、自分がなにに属するかを決める自由です。自分を縛る鎖は自分で選ぶ」

「矛盾してませんか。不自由さを選ぶための自由なんて」

「実際ぼくたちは矛盾だらけの生き物じゃないですか」

「そうですけど、できれば矛盾は少ないほうがいい。どうすればいいんですか？」

北原先生は少し考えてからこちらを向いた。

「暁海さん」

「はい」

「ぼくがなんでも知っていると思わないでくださいね」

眉を八の字に下げている。そんな北原先生を初めて見た。

「北原先生にもわからないことがあるんですか」

もっと困った顔になっていく。珍しく情感豊かで笑ってしまった。北原先生には高校時代からたくさん助けてもらった。生徒にとって師はなんでも知っている存在だ。

「そろそろ『先生』はお役御免にしてください。きみはもう大人です」

「自分で考えないといけないんですね」

「答えられることには答えますが、そうしてくれると助かります」

北原先生は本を閉じて枕元の灯りを消した。

「おやすみなさい、暁海さん」

「おやすみなさい、先生」

その日にあったことを話し、一日を終わらせる挨拶を交わし、眠りに落ち、朝を迎える。それがわたしたちの寝室で行われるすべてだ。

わたしたち夫婦の間ではセックスは省かれている。一応試してみたけれど、友人と過ちを犯したような気まずい雰囲気になり、話し合って夜の営みを互助会の内訳から削除した。子供を作るとなると、また考え直さなくてはいけないけれど。

こんなことは誰にも言えない。こんなの普通の夫婦じゃない。みなが良しとする形からは外れていて、けれどわたしたちはその形の中でやっと健やかに息をしはじめた。みんなが知ったら、また群れから追放されるのだろうか。以前はそれが怖かった。今は思う。群れを追放されたって、ここが世界のすべてじゃないと。

——自分を縛る鎖は自分で選ぶ。

結婚してもしなくても、仕事をしてもしなくても、子供がいてもいなくても、自由で居続けること。自由を手に入れても、人はなにかに属しているということ。

わたしと北原先生と結ちゃんという家族の形。

これは自分が望んで入った群れだ。

わたしは満足している。なのにこの欠落感はなんだろう。わたしはこれをいつまで抱え続けるんだろう。誰かに問えば答えが返ってきた子供ではもうない。大人になったわたしは考えなくてはいけない。わたしはなにをどうしたいのか。

——ああ、明日は二十六日だ。

なんの脈絡もなく浮かび上がってきたそれが、わたしをさらにかき乱す。

翌日は車で今治まで出て、宅配便で東京のセレクトショップへストールを五点送った。先月納品したものは店頭に並べる間もなく予約で売れてしまったそうだ。点数を増やしてほしいと頼まれたけれど、今でもぎりぎりなので断らざるを得なかった。

宅配便のあとは、銀行に寄って櫂の口座に四万円を振り込む。会社を辞めたので給料日でもないのに、二十六日を返済日とする習慣だけが残っている。

別れて七年、櫂の近況はわからない。漫画は描いているんだろうか。恋人はできただろうか。結婚しているだろうか。子供もいたりするんだろうか。幸せでいてほしい。でも不幸でいてほしい。二十六日は気持ちが揺れる。

「あ、ごめんなさい」

ぼんやりと駐車場へ歩いていると、若い女性とぶつかった。すみませんと会釈をし合ったとき、ふわりと甘い香りが流れてきた。

──『Miss Dior』

高校生だったころ、櫂のお母さんからもらった香水だ。

華やかな香りに気後れするわたしのうなじに、櫂がつけてくれた。

──暁海のほうが似合うとるよ。

十七歳の櫂の声が完璧に再生されたことに驚いた。夏で、暑くて、汗だくになってもぴたりとくっついて離れなかった。今の今まで忘れていたのに、頭上で鳴っていた風鈴の音まで鮮やかに思い出し、駐車場で立ち尽くしてしまった。

もう、あんなふうに男の人に抱かれることはないんだろう。それでもいいと思っていた。けれどわたしはまだ三十二歳で、自分が失ったものの眩しさと瑞々しさに愕然とする。この先の長い乾いた時間を思うと、急に恐ろしくなってくる。

「大丈夫ですか」

顔を上げると、『Miss Dior』の女性がいた。

「顔色悪いですよ。貧血かも」

「ありがとう。大丈夫です」

心配そうな女性から、またあの香りが漂う。甘くて華やかな香りが、わたしの襟首をつかみにかかる。そのままあのころに引き戻されてしまいそうで、逃げるように車に戻った。早く帰ろう。わたしが選んだわたしの場所へ。

車を走らせている途中、スマートフォンが鳴った。画面に『櫂のお母さん』と出ていてどきりとした。運転中だ。帰ってから折り返しをすればいい。いや、なにか用事なら、また向こうからかけてくるだろう。そう思いながら、なぜか路肩に車を停めてしまった。かけるな、かけるな。自分が自分を裏切ってリダイヤルしてしまう。

「暁海です。お電話いただきまして」

すべてを言い終わらないうちに、暁海ちゃーん、という声が耳元で響いた。

『ごめん、ちょっと懐かしうなってかけてしもた。今どこにおるん?』

「今治です」

『近いやん。ちょっとうち寄っていき』

「え、でも」

『大丈夫、ちょっとだけやし。な、お茶でも飲も』

ほな待ってるしと通話を切られた。突然すぎて、強引すぎて、なにがなんだかわからないまま車をUターンさせ、思い直した。久しぶりなのに手ぶらでは行けない。なにを買っていこう。もたもたしているとクラクションを鳴らされた。

「いやーん、暁海ちゃん、久しぶり」

会うなり玄関先で抱きつかれ、ケーキの箱がつぶれるところだった。

「お久しぶりです。おばさん、元気そうでよかった」

「うんうん。ほんまタイミングよかったわ。入って入って」

手招きする足取りが妙にフラフラしている。お邪魔しますと入ったリビングのテーブルにはウイスキーの瓶とグラスが並んでいて酔っているのだとわかった。

「あの、これどうぞ。ケーキです」

おつまみのほうがよかったですねと冗談ぽく笑うと、

「ええのええの。ありがとう。座って。なに飲む？」

返事を待たず、お母さんは冷蔵庫から缶ビールを取ってくる。

「すみません。車だから飲めないんです」

「ええやん。あとでたっちゃんに送らせるわ」

「達也さん、お仕事ですか？」

「パチンコ」

テーブルにどんっと缶ビールを置かれた。様子がおかしい。元々ひとりよがりな人だったけれど、ここまで強引ではなかった。ビールに手をつけないわたしに構わず、燿のお母さんは箱を開けてケーキを手づかみした。その荒々しさにぎょっとした。

「あの、おばさん、なにかあった――」

「お店畳んだんよ。たっちゃんはがんばってたんやけど、こんな田舎で高い金払って割烹食う客なんておらんしね。それはええの。内装そのままであたしがスナックやってるし」

話しながら手づかみでショートケーキを食べる。唇についた生クリームを手の甲でぐいっと拭い、グラスに残った水割りを一気に飲み干す。

「ほんま、あたしは昔から運がないわ」

新しい水割りを作りながら燿のお母さんがぼやく。

「やっとたっちゃんに会えたと思たらこれやろ。燿も」

ふいに出てきた名前にどきりとした。

「苦労して育てて、やっと楽させてもらえるって思たのに」

「燿は……がんばってたと思いますけど」

「相方があかんかったわ。あの子もあたしに似て運がないんやろね」

「あれは誰も悪くなかったと思います。いろいろ誤解が重なっただけで」

「誰も悪うない？」

「はい」

「ほな、やっぱり櫂は運が悪いんやね。そういうことやろ？」

問いながら、わたしを覗き込んでくる。口元は笑っているのに必死に縋っているように見える。重い。この目で縋られたら確かに男の人は逃げたくなるかもしれない。

櫂のお母さんはテーブルの端に置いてある封筒に手を伸ばした。

「東京からきたんやけど」

こちらに封筒を押し出してくる。わたしでも知っている出版社の名前が印刷してある。見ないほうがいい。きっといいことではない。そう思いながら、おそるおそる中の書類を抜き出した。入院申込書と書いてあり、どくんと鼓動が大きくなった。

「入院の保証人がいるんやって」

「櫂ですか？」

他にいない。櫂のお母さんは溜息で肯定した。

「胃がん、なんやって」

頭の中が真っ白になった。

「一年前に手術したんやけど、また入院するみたい」

「……治るんですよね？」

櫂のお母さんがウイスキーをグラスにつぐ。その手が震えている。

「ねえ、おばさん、治るんですよね？」

もう一度強く問うと、櫂のお母さんはいきなり身を乗り出してきた。

「暁海ちゃん、様子見てきてくれへん？」

「は？」

「櫂の様子見てきて。交通費出すから。お願い」

混乱した。どう考えても筋違いだ。櫂のお母さんは真剣で、テーブルの向こうからわたしの手をぎゅっとつかんでくる。

「北原先生にはあたしからお願いするから。な、な、頼むわ」

「わたしが行っても迷惑ですよ」

「そんなことない。あの子、今、ひとりやもん。書類送ってきたん出版社の担当やし、彼女や嫁がおったらその人が送ってくるやろ。だからあの子、ひとりやねん」

「だったら余計にお母さんが行かないと」

「いやや、怖い」

わたしは言葉を失った。

「一年前に手術したのに、また入院やなんて再発したんちゃうの？　ひとり息子やで？　大事に育ててきたんやで？　死ぬとこなんか見られるはずないやろ？」

必死な形相。駄々をこねる子供みたいな口調。この人が櫂を愛しているのはわかる。でもなにを言ってるのかはわからない。わかりたくない。

「……おばさん、もしかして一度もお見舞いに行ってないんですか？」

問うと、櫂のお母さんはぱっとわたしの手を離した。水も足さずストレートのまま一気にウイスキーを飲み、だって怖いし、とつぶやいた。

「……なんで」

気がつくと、細い肩をつかんでいた。どうして。どうして。怒りと相まって言葉がもつれる。目の奥で火花が弾け飛んでいるようだった。

「櫂の身内はおばさんしかいないのに、櫂はおばさんにあんなに尽くしてきたのに。なんでそんなに自分のことばかりなの？　なんでそんなに弱いの？　なんで？」

櫂によく似た切れ長の目から涙があふれてくる。

「しかたないやん。父親がおらんのやから、ひとりで支えるなんて無理やん」

「とっくに失ったものを言い訳に使わないで。現実に櫂の親はおばさんだけなんだから」

「親かて人間や。そんな強うおられる人ばっかりやない。愛してるから、大事やから、耐えられんことだってあんの。子供がおらん暁海ちゃんにはわからんのよ」

ちがう、ちがう、ちがう。

これは子供のあるなしの話じゃない。

じゃあ一体なんの話なのだ。

――わたしは仕事をしていて、それなりに蓄えもある。もちろんお金で買えないものはある。でもお金があるから自由でいられることもある。たとえば誰かに依存しなくていい。いやいや誰かに従わなくていい。それはすごく大事なことだと思う。

十七歳のわたしに、瞳子さんはそう言った。

――自分で自分を養える、それは人が生きていく上での最低限の武器です。結婚や出産という環境の変化に伴って一時的にしまってもいい。でもいつでも取り出せるよう、メンテはしておくべきでしょうね。いざとなれば闘える。どこにでも飛び立てる。独身だろうが結婚していようが、その準備があるかないかで人生がちがってきます。

三十二歳のわたしに、北原先生はそう言った。

　パートナーがいてもいなくても、子供がいてもいなくても、自分の足で立てること。それは自分を守るためでもあり、自分の弱さを誰かに肩代わりさせないということでもある。人は群れで生きる動物だけれど、助け合いと依存はちがうから――。

「確かにわたしには子供がいない。でも親はいる。だから子供としてお願いします。特別強くなくていいから、せめて子供に余計な荷物を背負わせないで。少しでいいから荷物を持ってあげられる、それくらいの大人でいてよ」

　櫂のお母さんが金魚のように口をパクパクさせる。言葉は出てこず、ふいに床に崩れて声を上げて泣き出した。

　昔、同じ光景を見た。この人は恋人に去られて泣いていた。結婚していることを相手が隠していたのだ。櫂が男のボトルを外に投げ捨て、この人は半狂乱で飛び出し、アスファルトに身をかがめて自分を裏切った男のボトルの欠片をかき集めていた。櫂はあきらめきった目でそれを見つめ、それでも母親を気遣って手を差し出した。

　――やめえ。手え切んぞ。

　疲れ果てた横顔と、それでも優しい声を覚えている。櫂はまだ十七歳だった。

左胸のあたりが激しく痛む。櫂はもっと痛い思いをしてきたのだろう。幼い櫂がこの人と暮らすために諦め、削り続けた心を思うとやりきれなくなる。

「おばさん、ごめん。言い過ぎたね」

櫂のお母さんの髪を優しくなでた。

「入院申込書はあずかります。判子どこですか」

櫂のお母さんは泣きじゃくりながらテレビボードの引き出しを指差した。申込書に捺印（なついん）して、書類をカバンに入れて帰ろうとしたときだ。

「……暁海ちゃん、ごめん。櫂のこと、お願い」

床にうずくまったまま、のろのろと顔を上げる。泣き腫（は）らした赤い目。ひとりで立ち上がれずに他人に荷物を背負わせる姿。重い。きつい。目を逸らしたい。なぜならそれは少し前のわたしの母親の姿であり、若かったころのわたし自身の姿でもあるからだ。はい、と短く答えてマンションを出た。

帰宅すると、北原先生に驚かれた。

「どうしました。顔色が悪いですよ」

「ちょっといろいろあって」

「いろいろとは」

「待ってください。先に夕飯の用意をします」

今夜はわたしの当番だった。

「ぼくがします。暁海さんは休んでいてください」

北原先生は台所の床に置いてある野菜カゴからジャガイモと人参(にんじん)を取り出した。ぼうっと立ち尽くしていると北原先生が振り向いた。

「できたら呼ぶので、部屋で休んでいてください」

ありがとうございますと答えたまま動けないでいると、北原先生が一旦野菜を置いた。わたしの手を取って、こちらに、と軽く引いて台所の椅子に座らせる。

「夕飯よりも話が先のようですね」

北原先生も向かいに腰を下ろす。

「なにがあったんですか」

言いたいことはひとつだけ。今すぐ櫂の元へ行きたい。けれど言えない。せっかく手に入れた平穏で自由な今の暮らしを失う。群れから追放される。わたしだけならいいけれど、北原先生まで巻き込んでしまう。言葉にできない気持ちが喉に詰まる。

「櫂くんになにかありましたか」

反射的に顔を上げた。

「それしかないでしょう」

嚙みしめた唇をほどいて、わたしは声を振り絞った。

「櫂が病気になりました」

北原先生がわずかに目を見開いた。

「命にかかわる病気ですか?」

「はい」

食卓をはさんで、わたしたちは見つめ合った。

「わかりました。急ぎましょう」

北原先生が立ち上がった。こちらに回ってきて、黙ってわたしの手を取って寝室へと向かう。部屋に入ると、押し入れを開けてスーツケースを引っ張り出した。

「櫂くんは東京ですか?」

「はい」

「では早く用意を。今なら最終の飛行機に間に合います。とりあえず身の回りのものと数日分の着替えでいいでしょう。あとは必要に応じてぼくが送ります」

「え、あの、その前に話を」

「手を動かしながらでも話はできます」

北原先生はスマートフォンを取りだして飛行機のチケットを予約しはじめた。呆然と見ていると、早く、ともう一度強く言われてわたしはようやく動けた。

戸惑いながらも荷物を詰めていると、北原先生がなにかを思い出したように通勤カバンを手に取った。中を探り、底のほうから茶色の封筒を取り出した。

「ずっと持ち歩いていたんです。どこで返せる機会があるかわからないので」

差し出されたそれを、意味がわからないまま受け取った。ずいぶんとくたびれた茶封筒だ。高校の住所の横に北原先生宛てと書かれている。右肩上がりの乱れた文字に見覚えがあった。おそるおそる中を見た。一万円札が十枚入っている。

「返しますと櫂くんに伝えてください」

「どういうことですか」

手の中の茶封筒と北原先生を見比べた。

「伝えてくれたら櫂くんにはわかります。と言っても、受け取らないかもしれません。そのときはきみが向こうでの暮らしに使ってください」

呆然としたまま、わたしは首を横に振った。

「……どうしてですか。どうしてそこまで」

わたしはお見舞いに行くのではない。櫂に会ってしまったら、もうここには戻らないかもしれない。それをわかっていて、北原先生はわたしを送り出そうとしている。

「助け合って生きていこうと、ぼくたちは約束したじゃないですか」

「わたしが一方的に甘えてばかりです」

この先の長い人生をひとりで生きるのは怖いと北原先生は言った。わたしはその人をまたひとりにしようとしている。それは互助の約束を違えることに他ならない。

「きみはぼくを助けてくれましたよ」

「わたしが、なにを」

「ぼくの過去を受け入れてくれました」

北原先生は口角を上げた。本当に嬉しそうな笑顔だった。

「世間一般では、ぼくの過去は石を投げられる類いのものです。でもぼくは後悔していない。ぼくはあのとき、なにを捨てても彼女の望みを叶えたかった。きみはそういうぼくを受け入れて、共に生きると言ってくれた」

だから、と北原先生はわたしのスーツケースに手をかけた。

「きみが本当になにかを欲したときは、必ずぼくが助けようと決めていました」

「でも先生――」

「何度でも言います。誰がなんと言おうと、ぼくたちは自らを生きる権利があるんです。ぼくの言うことはおかしいですか。身勝手ですか。でもそれは誰と比べておかしいんでしょう。その誰かが正しいという証明は誰がしてくれるんでしょう」

「……わかりません」

「ええ、ぼくにもわかりません」

北原先生はわたしに真っ直ぐ向き合った。

「正しさなど誰にもわからないんです。だから、きみももう捨ててしまいなさい」

「……捨てる」

北原先生は以前に言った。ぼくたちはそういう悩み深い生き物だからこそ、悩みのすべてを切り捨てられる最後の砦としての正論が必要なんです——と。でも今言われているのはそれとは反対のことだ。最後の砦すら捨てろ、と言われている。わたしは怖い。正しさからすらも解き放たれてしまったら、もう本当に素っ裸だ。

「もしくは、選びなさい」

捨てる。選ぶ。

意味はちがうのに限りなく近いふたつの言葉。

わたしはなにを捨てて、なにを選べばいいのだろう。

親、子供、配偶者、恋人、友人、ペット、仕事、あるいは形のない尊厳、価値観、誰かの正義。すべて捨ててもいいし、すべて抱えてもいい。自由。

いざ目の前に出されたそれは、思い描いていたものよりもずっと広く深く果てがない。海のようなそれを、わたしはこれからひとりで渡っていくのだ。とてつもなく怖くて、踏み出す足が震える。けれどそれを問う北原先生自身もなにかを捨てて、なにかを選び取った人なのだ。

北原先生が過去にしたことは正しさからはほど遠く、覚悟を決めた人なのだ。わたしよりもずっと先に、彼女の親からすれば許しがたい男だったろう。でも彼女にとっては愛しい恋人だったろう。そしてわたしにとっては赦しそのものに映る。わたしは北原先生のそういう身勝手さに救われてきた。

「わたしは行きます」

北原先生はうなずいた。

櫂とはなにもかもちがう。北原先生と恋をしたことはなかった。けれどわたしとこの人はつながっている。嵐の海の中で、遥か遠く、自分と同じく一羽で飛んでいる鳥が見えたような心強さ。ひとりでも、けっして孤独ではないのだと。

スーツケースを車のトランクに積んでいると結ちゃんが帰ってきた。

「暁海さん、どっか行くの？」

どう答えようか考えていると、

「暁海さんは島を出ていきます」

北原先生が答え、結ちゃんが瞬きをした。

「大事な人に会いにいくんです」

結ちゃんはぽかんとして、あ、とつぶやいた。

「櫂くん？」

「ごめんなさい」

「いいんじゃないかな」

今度はわたしが瞬きをした。

「お父さんが結婚してくれてほっとしたけど、暁海さんとお父さん、全然夫婦っぽくなかったもんね。いいコンビだとは思うけど、櫂くんとつきあってたときの暁海さんのほうが綺麗だったよ。つきあうなら、自分を綺麗にしてくれる男がいいよ」

あっけらかんと言われ、わたしは脱力した。北原先生はやや傷ついた顔をしていて、わたしと結ちゃんは小さく笑い合った。さようならは言わなかった。

「さあ、行きましょうか」

最終の飛行機に間に合うよう、北原先生が車を走らせる。安全運転が身上なのに、今日は頻繁に車線を変更して追い越しをかけていく。乱暴な運転が少しも怖くない。

それどころかわたしの内側が野蛮に躍る。次々と扉が開き、閉じ込められていたものが飛び出していく。

——どこにでも飛び立っていいと言われると心細くなります。

そう言ったのは、つい昨日の夜だったのに。

来島海峡大橋に差し掛かり、わたしは車の窓を開けた。身を乗り出して風を受け、もう戻れないかもしれない黄昏のオレンジに染まる瀬戸内の海を目に焼きつけた。

ああ、なんて美しい風景なのだろう。

閉じ込められているときは気づかなかった。

出ていくときに初めて、自分を育んだ故郷の本当の美しさに胸が震えた。

十八歳のとき、櫂と一緒に置き去るはずだった景色。

あのころのわたしは、この美しさに気づかなかったかもしれない。

見慣れているはずなのに初めてのような風景に見入りながら、わたしがこの島を出るのは最初から『今』だと決まっていたのかもしれない、とすら思った。愛する男と十八歳同士で島を出たら、わたしの目はまばゆい未来へしかそそがれず、置き去るものの重さもわからず、ただただ前だけ見据える強さゆえに、早く、浅く、櫂とは終わっていたかもしれない。

あれから十四年が経った。わたしは三十二歳になり、たくさんの人に出会い、傷つけ、傷つけられ、助け、助けられ、ようやく準備を整えた。自分が捨てていくものの価値をわかった上で、それでも自由に、自らの意志で、心のままに櫂の元へ行く。

島のみんなにはわかってもらえないだろう。

母親はまた泣くかもしれない。

それでも、わたしは、明日死ぬかもしれない男に会いにいきたい。

幸せになれなくてもいいのだ。

ああ、ちがう。これがわたしの選んだ幸せなのだ。

わたしは愛する男のために人生を誤りたい。

わたしはきっと愚かなのだろう。

なのにこの清々（すがすが）しさはなんだろう。

最初からこうなることが決まっていたかのような、この一切の迷いのなさは。

第四章　夕凪（ゆうなぎ）

青埜櫂　三十二歳　春

ほとんど手つかずのトレイを返しにいくと、担当の看護師に見つかった。

「ちゃんと食べないと体力落ちますよ」

「寝るだけで体力いらんやろ」

「元気じゃないと寝ることもできないんです。はい、もう少し食べて」

突き返された昼食のトレイを持ち、すごすごと病室へ戻った。四人部屋の奥にあるベッドで、味の薄い魚の煮付けをだらだらと口に運ぶ。生臭い。まずい。病院食だから、というのでもない。俺は魚に関してだけは舌が肥えているのだ。

——島の魚はうまかったな。

桜色に光る鯛を思い浮かべながら、俺は一体なんのために飯を食っているのだろうと考えた。誰の、なんの役にも立っていない自分に価値があるとは思えない。まあ、このやるせなさも死ぬまでのひととき、浮世の味わいというやつか。そんなことをノートに書きつけていると、こんにちはーとカーテンが開いて絵理さんが顔を出した。

「あ、また食べてないじゃない」

「もうその会話飽きたわ」

「わたしもよ。ご飯食べながら打ち合わせしましょう」

ちょうだいと手を差し出され、書きかけのノートを渡した。今年の春、絵理さんは編集長になった。老舗出版社の歴史ある文芸雑誌だ。忙しいだろうにちょくちょく見舞いにきて、毎月のエッセイの他に、早く小説を書けと俺を急き立てる。

絵理さんはベッド脇の椅子に腰掛けて、なんの値打ちもない俺の駄文を読んでいく。ここを直せ、ここは無駄と、ざくざく赤ペンを入れていく。

「枝葉いじったとこで使いもんにならんやろ」

「本当にそうだとしたら、わたしが時間を割くはずないでしょう」

「昔の男やからって甘やかしすぎや」

「いつの話してるの。あんなのもう時効」

ページをめくる指先に絵理さんが息を吹きかける。グロスで濡れた赤い唇。相変わらずいい女だ。なのに少しも沸き立たず、遠く懐かしい気持ちになってしまう。

「そういえば」

ノートから目を離さず絵理さんが切り出した。さりげなさすぎて、逆にタイミングをはかっていたことが透けて見える。仕事から離れると途端に不器用になる。

「抗がん剤治療、拒否してるって植木さんから聞いたけど」

その話か。胃の半分以上を切除しても、微小ながんは多く残っている。それが増えないよう抗がん剤で抑えていくのだが、副作用がひどすぎて死んだほうがマシという目に遭った。

「若いから、転移したらあっという間よ」

「やろな」

「それでも?」

「がんばる理由がないねや」

ページをめくろうとした絵理さんの手が一瞬固まった。よくしてくれている人の前で、俺はなんということを言うのか。わがままで申し訳ない。けれど守りたい家族がいるわけでもない。残したいなにかがあるわけでもない。

「大丈夫やて、そんなすぐ死なんて」

なんの保証もない、気休めを言った。絵理さんはノートを凝視し、ひたすら指示を書き入れていく。俺が生きたいと思える理由を作ろうとしてくれている。けれど俺の中に物語への熱が再び灯ることはない。それくらい見抜いているだろうに。

「おおきにな」

絵理さんは聞こえないふりで、真剣な顔でページに赤を入れている。

夜がひどく長い。隣の爺さんの歯ぎしりがうるさくて眠れない。かといって静かすぎても眠れない。数時間後には訪れるはずの朝が遠すぎる。

胃のあたりがじんわりと痛む。ずっと調子が悪い。自分の身体に病の黒点が散らばっていくのを想像すると、夜が一層深くなっていく。自分から治療を拒んだくせに死ぬのが怖いなんて矛盾している。なぜ死は痛みや苦しみとセットなのだろう。苦労して生きてきたのだから、最期くらい楽をさせてくれてもいいだろうに。

寝返りばかり打っていると、病室の戸が開く音がした。巡回だと思ったが、カーテンが開き、読書灯の淡い灯りに浮かび上がる女を見て息が止まった。

暁海が一歩踏み込んでくる。俺はなんの反応もできない。

――か、い。

ゆっくりと伸びてきた手が前髪をかき分ける。しっとりと湿って、離れたくないと訴えかけるように額に柔らかく吸いついてくる手の感触。思わず目を閉じた。俺はもう何年もうまくいっていなくて、疲れていて、あちこち痛くて、心を揺らされることに飽き飽きしている。凪の海のように、もう止まったまま静かでいたいのだ。

暁海は黙って俺の額に触れている。そのとき小さく声が響いた。反射的に目を開けると、ペンライトを持った巡回の看護師がいた。どなたですかと詰問してくる。

「悪い。知り合いや」

「こんな時間に非常識ですよ。他の患者さんもいらっしゃるのに」

「すんません」

「とりあえず出てくださいね」

暁海は看護師に連れられていき、ひとり残された俺は一睡もできず夜を過ごした。

明け方近くなってようやくうとうとし、朝食はパスした。

ちゃんと目覚めたのは昼だった。配膳（はいぜん）のスタッフがベッドテーブルにトレイを置いてくれる。粥、味噌汁、鶏肉のあんかけ。食欲などないが、スプーンを取って口に運んだ。食べ物と薬とかすかなアンモニア臭。隣から聞こえてくるワイドショーの声。最後に会ってから六年以上経つ。いまさらな自分にあきれていたとき、するすると病室のドアが開いて昨夜の夢が入ってきた。俺は粥の椀(わん)を手に持ったまま固まった。

「あ、櫂」

暁海が小さく俺に手を振る。肩には大きめのカバン、社名が入った書類袋とコンビニの袋も提げている。しっかりと現実感を伴った足取りでこちらにやってくる。

「ごめん。ご飯中だったね」

謝るところはそこじゃないだろう。呆然と見上げていると、暁海は勝手にベッド脇の椅子に座った。

「朝のうちにこようと思ったんだけど、不動産屋さんに寄ってきたから」

書類袋から賃貸物件らしき間取り図を出して俺に見せてくる。

「高円寺の３ＤＫ、純情商店街の近く。どう？」

「便利なとこやし、ええんやない？」

「よかった。じゃあここにするね」

「誰が住むねや」

「わたし」

「え？」

「と、櫂」

暁海は当たり前のように答えた。

「最初は２ＤＫでいいかと思ったんだけど、櫂がゆっくりできる部屋とわたしの仕事部屋がいるから３ＤＫにした。あ、退院の日が決まったら教えてね」

暁海は淡々と話し続ける。嫁か長年つきあっている恋人のようだ。言っていることはわかる。しかし理解が追いつかない。馬鹿みたいに粥の椀を持ったままなのに気づき、とりあえずトレイに戻した。そうして背筋を伸ばして暁海と向き合った。

「おまえ、なに言うてんの」

「待たせてごめんね」

「いや、おまえ、なに——」

「一緒に暮らすの」

柔らかく、きっぱりと言い切られた。

「わたし、決めたの」

どうしてここにきたのか。誰に聞いたのか。どういうつもりなのか。北原先生はどうしたのか。これからどうするつもりなのか。それらすべて、どうでもいいことのように、もしくはこれだけが大事なことだというように暁海は笑っている。

俺の知っている暁海なのに、目の前にいるのは俺の知らない暁海で、でも俺はやはりこの暁海をどこかで見たような気がする。静かで、穏やかで、明るく、底には力強いものがうねっていることが伝わってくる、抗いようもなく、身を委ねるこの感じを。

「……なんやったけな」

宙を見上げると、暁海は首をかしげた。

「ここまできてんのに思い出せん」

ここ、と喉元に手を水平に当てた。

「無理に思い出さなくてもいいじゃない」

「気持ち悪いやん」

「そのうち思い出すよ」

──そのうちっていつやねや。

──そのとき、おまえは俺の隣におるんか。

問いたいことがあぶくのように浮き上がってくるが、

「せやな」

うなずいて、もう一度、しげしげと暁海の顔を見つめた。出会ってから今まで、暁海をあの島に縛りつけていた様々なもの。暁海があの島で紡いできた様々なもの。それら丸ごと抱えて暁海は俺の前にいる。だったらもう観念するしかない。

なにをどうしても俺には暁海だったし、暁海には俺だった。

長い時間をかけて、散々失敗をして、わかったのはそれだけだ。

なんて単純なのだろう。

それは、もう、愚かなほどに。

「あ、北原先生がこれを返しておいてって」

暁海がカバンからよれた茶封筒を取り出した。見覚えがある。

「なんのお金?」

「ご祝儀」

「なんの」

「おまえと北原先生の結婚の」

暁海はひょっと唇をすぼめた。思いもよらないという表情がかわいかった。

「なにそれ。知らない」

「男同士の話や」

暁海は眉根を寄せた。

「変なふたり」

と言うので、

「変な夫婦」

と言い返した。

軽くにらみ合ったあと、湯に落とされた角砂糖のように、ほろりと崩れて笑い合った。押し固められていた心がほろほろと、あっけなく、溶けていく。

「みんな変だね」

ああ、そうだ。まともな人間なんてものは幻想だ。誰が作り出したかわからないそんなものより、俺たちは自らを生きるしかない。たとえそれが残りわずかであったとしても。

すっかり細くなり血管の浮いた俺の手に、暁海が自分の手をつないだ。やんわりと力を込めてにぎり合う。

「思い出した」

「うん？」

「おまえ、瀬戸内の海みたいやわ」

「なにそれ」

窓から差し込む光を背に暁海は笑った。

井上暁海　三十二歳　夏

島を出奔し、高円寺の3DKのアパートで暮らしはじめた。櫂が上京して初めて暮らした街であり、わたしが東京で唯一馴染みのある街でもある。

二度目の抗がん剤治療が終わり、今日は退院する櫂を迎えにいく。少し前まで櫂は治療に前向きではなかったらしいけれど、今はがんばると言ってくれている。

一クール四週間の治療中、副作用で朝から晩まで櫂はえずき続け、見守るしかないわたしは指先まで凍えた。これがこの先も続く。平穏とは縁がないけれど、この暮らしをわたしは愛さずにいられない。

「なんや懐かしい部屋やな」

櫂が新居に足を踏み入れるのは今日が初めてだ。アパートの中を一通り検分したあと、機嫌よくベランダからごみごみする高円寺の街並みを眺めた。

「俺が初めて見た東京や」

「十代に戻った気分？」

ほんの少し櫂は考えた。

「同じとこには二度と戻れん。だらだら歩いて近いとこにきた感じやな」

手すりに肘を置いて、アホやなあ、と屈託なく空を見上げている。

「ああ、そや」

櫂が思い出したようにチノパンのポケットに手を入れた。

「やるわ」

差し出されたのは小さな箱だった。ひどく古びている。

「たいしたもんやないけど」

櫂は照れたように目を逸らす。もしかしてという胸の高鳴りを抑えて開いてみると、やはり指輪だった。大粒の緑の石。エメラルドだろうか。貰ったばかりなのに、

懐かしい気持ちがする。

「やっと渡せたわ」

「いつ買ったの？」

「忘れた」

もしかして、わたしが最悪だと感じたあのときのプロポーズは本気だったのだろう

か。問いたいけれど、問うことに意味はない。同じとこには二度と戻れんよ——そのとおりだ。どれだけ戻りたくても戻れない。

「ありがとう。大事にする」

そう言うと、櫂が手を伸ばしてきた。指輪をはめてくれるのかと思ったら、箱ごと取り、わたしのスカートのポケットに入れた。

「どうして？」

「古いし恥ずかしいやん」

「嬉しいのに」

うつむきがちに顔を寄せて笑っていると、涼しい風が吹いて、耳の下をすうっと通り抜けていった。先週までうるさいほど蟬が啼いていたのに、東京はあっという間に季節が変わる。この風はあの風ではない。この季節もあの季節ではない。だから今を大事にするしかない。この風もこの季節も今一度きり。

遅い午後、櫂は柔らかめに茹でた卵うどんを三分の一人前と、ヨーグルトをカップ半分食べた。胃の大部分を切除したので、小分けに、こまめに、ゆっくりと、よく嚙まなくてはいけない。わたしは一日六度食事を用意する。

「五時のご飯はミネストローネうどんにしようかな」

「イタリア人がキレそうなメニューやな」

なんでもないことで笑いあう。わたしたちは毎日小さなダイニングで向かい合ってご飯を食べ、小さなお風呂に入り、同じ部屋で眠る。余分なものはなにもなく、必要なものはすべてあった。

生活はわたしが刺繡の仕事で支えている。わたしに経済力があるという理由で櫂の生活保護は打ち切られた。不思議だ。わたしはまだ北原先生と結婚していて、法律的には自由を制限されているのに、経済力だけは垣根を越えて分配せよと言う。法律ですら国のいいように解釈され運用される。ならば個人も好きにしていいじゃないか。

自由は気持ちいいけれど、自由で居続けるには力がいる。櫂の身体に負担をかけない食事や環境を整える。抗がん剤治療中は付き添う。時間が足りないので自然と仕事の集中力が高まった。速く、質は落とさず。予想以上にやれている。

会社と刺繡のダブルワークに加えて、母親の世話をしていたころに比べたら軽いと思える。ならば、あのころのわたしを絶望させていたことも無駄ではなかった。過去は変えられないと言うけれど、未来によって上書きすることはできる。結局一番のがんばれる理由は『ここはわたしが選んだ場所』という単純な事実なのだと思う。

「おまえ、俺がくたばったらどうすんねや」

数度目の抗がん剤治療が一段落したあと問われた。いつも治療がはじまると水すら吐き戻してなにも食べられず、面変わりするほど痩せてしまう。頬骨が浮き出た顔で、今回はほんま死ぬか思たわと笑う。冗談めかしているけれど本当だろう。

「どこかで適当に暮らすよ」

ベッドサイドに腰掛けて、刺繍をしながら答える。

「大丈夫なんか？」

「食べるに困らないくらいには稼いでる」

ああ、と櫂は一瞬遠い目をした。

「そうか、そやったわ。もう昔の暁海とはちゃうかった」

櫂はふーっと長い息を吐く。心の底から安堵している様子だった。

「俺がなんとかしたらんでもええって、楽ちんやなあ」

「お褒めいただき」

頭を下げると、櫂はおかしそうに笑った。

「なんや糸の切れた凧(たこ)みたいな気分やわ」

咄嗟に心が引き絞られた。

――どこにも飛んでいかないで。

──ずっとわたしのそばで生きていて。

喉元までせり上がってくる言葉を飲み込んだ。

「好きなとこ飛んで行っていいよ」

「ほんま？」

「ちゃんと追いかけるし、追いつくから」

櫂は柔らかく微笑み、眠うなってきた、と安心した子供のように目を閉じた。

最近、櫂は顔が変わった。最初のころはわたしにばかり負担をかけてすまないと頻繁に謝っていたけれど、このごろは刺繍をしているわたしを眺め、のんびりうたた寝をするようになった。

眠い、疲れたと素直に甘える様子を見ていると、これが本来の櫂だったのかもしれないと思う。親というには難のあるお母さんと暮らして気を張っていたときや、数字に殴られる仕事で神経をすり減らしていたころと全然ちがう。こんな安らかな櫂をずっと見ていたい。だからわたしは不安な顔は見せない。わたしがぐらついたら櫂が不調を口に出せなくなる。櫂はそういう男だ。わたしは、櫂にはもうなんの荷物も背負わせないと決めている。

正直言うと、つらいときもある。わたしは世界を救えるスーパーマンではない。けれどこのつらさはわたしが選んだものだ。櫂とわたしの小さな世界を、わたし自身が守ろうと決めたのだ。自分がなにに属するかを決める自由。離れていても北原先生の言葉は、ほんのりと足下を照らす灯火のようにわたしを導いてくれる。

今日はブラウス五点を納品予定で徹夜で夜明けを迎えた。両袖にしたたり落ちる雨粒のような煌めく細長のビーズを刺していく。ぎりぎり間に合いそうでよかった。起きてきた櫂と遅い朝食を食べ、洗いものをしたあと、また仕事に戻る。櫂はダイニングテーブルでノートになにか書きつけている。

「なに書いてるの?」

お茶を淹れるついでにのぞくと、さりげなく腕で隠されたので、それからはもう構わなくなった。漫画の原作だろうか。細かな字がびっしり並んでいた。

わたしは居間で針を動かし、櫂は台所でペンを走らせる。隣り合った部屋でお互いの姿が見える。たまにふと息を吐き、視線を上げる場所にお互いがいる。

——ああ、これ。

懐かしい気持ちにさらわれた。高校生のころ櫂の部屋で寝てしまい、起きるといつも櫂はパソコンに向かって漫画の原作を書いていた。あれから何年経ったのだろう。

「なん？」

ふいに櫂が顔を上げ、目が合った。

「なんにも」

首を横に振ってわたしたちはお互い作業に戻る。もう大人なのに、いろんなことがあったのに、わたしたちはもう一度青春をなぞっている気すらする。

櫂はたまに駅前のカフェで女の人と会っている。わたしがお金を借りにいったとき櫂の隣にいた綺麗な人だ。まだ続いているんだなあと、わたしはカフェの前を通りすぎる。

「昼間に会ってた人、誰？」

櫂に問うと、知り合い、とだけ返ってきた。それ以上訊かないでいると、

「浮気ちゃうよ？」

と櫂のほうから申告してきた。疑ってないよと返して夕飯の支度にかかった。男と女という雰囲気には見えなかったし、なにより櫂が楽しそうだった。だから、それでよかった。櫂は生きたいように生きればいいし、会いたい人に会えばいい。だってわたしも生きたいように生き、こうして会いたい人に会いにきたのだから。

必要なものだけで良しとした暮らしは単純で、穏やかで、けれど母親には心配をか

けてしまった。島を出て櫂と暮らしていることを告げると溜息をつき、

「あんたの人生だから、あんたが決めればいい」

最後はそう言ってくれた。思うことはたくさんあったと思うけれど、以前と違い、心に留めてくれた。親子でもやはり距離は必要。いや、親子だからこそか。母親とわたしはすぐ隣り合うレールを走る別の列車で、それぞれの行き先を目指すだけだ。

瞳子さんと父親にも話をした。瞳子さんには仕事の報告もあるので、ついでに島を出たことを告げると、それは大変と笑われ、大変ですとわたしもおどけた。深刻でも大袈裟でもなく話せたことが誇らしかった。十七歳の少女だったころ、けっして届かないと憧れていた瞳子さんに、ほんの少し近づけたような気がしたのだ。

意外にも怒ったのは父親だった。自分のことを棚に上げた説教を遮り、仕事のことでまだ瞳子さんに話があったので電話替わってと言うと、父親はあきらめたように瞳子さんに電話を渡した。両親に振り回された高校生のころから、わたしは初めて父に対して気分をよくしたけれど、ざまあみろ、と返すほど子供ではなかったことに安堵もした。

年末年始はゆっくりと過ごしたけれど、アクシデントもあった。北原先生が島の魚を送ってくれたので久しぶりに刺身やお鍋にしたら、櫂が喜んでいつもより食べた。

そこまではよかったのに、食べすぎて調子を崩してしまった。

「食いしん坊」

病院の待合室であきれるわたしに、

「懐かしかったんや」

櫂はしょんぼりと、しかし嬉しそうだった。

北原先生とは離婚もしていないし、連絡も取り合っている。

新婚二年も経たず出奔したわたしは、とんでもない悪女として島では名が轟いているらしく、そんな女と結婚した北原先生は同情されている。おかげで野菜や魚をたくさんもらえますと苦笑する北原先生の後ろで、もらいすぎて困ってるからどんどん送るねーと結ちゃんが言っていた。以降、うちでは魚と野菜に困らなくなった。

今週届いた先生便には、魚の他にカリフラワーと芽キャベツとルッコラが入っていた。島で穫れる質実剛健な野菜とはちがう。一緒にメモが添えられていた。

〝『日だまりホーム』の農園でお義母さんが育てた野菜です。来年はもっと上手に作りたいと言っていました。お義母さんは元気です。〟

素人が作ったとわかる小さな野菜をひとつひとつ丁寧に洗いながら、涙が零れた。母親が日々を愉しんでいることが嬉しい。北原先生にお礼の電話をすると、

――それはよかったです。

と相変わらず淡々とした答えが返ってきた。

春が近くなったころ、ようやく櫂のお母さんが様子を見にきてくれた。今治での修羅場などなかったかのように朗らかに、お土産と言って蜜柑をどっさりくれた。

「やっぱり櫂と暁海ちゃんはこうなる運命やったんやねえ」

いろんな意味ですごい人だと感心していたけれど、

「暁海ちゃん奪うことになって、北原先生には気の毒なことしたけど」

そのときだけは言い返そうかと思った。わたしは誰にも奪われていないし、北原先生は気の毒な人じゃない。でもやめた。隣で櫂がずっと居心地悪そうにしている。

夕飯のあと櫂が微熱を出したので、わたしがお母さんを駅まで送った。

「これであたしはもうなんも心配せん。やっと子離れできたわ」

道すがら繰り返される言葉に適当にうなずいていると、銀行の前でふいに櫂のお母さんが立ち止まった。「あのな、暁海ちゃん」という切り出し方でピンときた。

「ちょっとでええの。都合してくれへんやろか」

お願いと拝むように手を合わされ、銀行でお金を下ろしてきて渡した。ありがとうと邪気のない笑顔を向けられ、毒気を抜かれてしまった。

――仕事があってよかった。

帰り道、何度目かわからない安堵を噛みしめた。特別稼ぎたいわけじゃない。櫂とのささやかな暮らしを支えられるくらいで充分。わたしは自分自身と大事な人を守りたい。櫂のお母さんはわたし個人の大事な人ではないけれど、櫂の大事な人なのでわたしも大事にしたい。それが自分にできる範囲を超えたときが問題だ。

――そのとき、わたしはどうするだろう。

すべてを支えられるようにもっとがんばる？　無理はしないと切り捨てる？　人生は障害物競走に似ている。ひとつクリアしてもまたすぐ次が現れ、クリアしきれないまま死ぬんだろうなあと空を見上げると、西の空にぽつりと星が浮かんでいた。

――ああ、夕星。

昼と夜のあわいの中で瞬く星に一日の終わりを重ねて惜しむのか、もうすぐ訪れる夜を待ち遠しく想うのか。たった一粒の星ですら見方がちがう。わたしはこれからどんな選択を繰り返していくのだろう。どうか、それをまっとうしていけるようにと星に願った。

アパートに帰ると、櫂はよく眠っていた。台所へ行き、お土産にもらった蜜柑を剝いていく。熱を通して甘さ控えめのジャムにしよう。柑橘類はそのままだと刺激が強くて櫂の胃にはきつい。くつくつと煮える鍋を見ていると櫂が起きてきた。

「おかんの?」

後ろからわたしの肩に顎を置いて覗き込んでくる。

「うん、もったいないけどジャムにするね」

「すまん。もう、どこから謝ってええかわからんわ」

櫂は鈍感じゃない。きっといろんなことに気づいている。なにか言ってあげたくて、でもなにも言えなくて、代わりに明るい橙色の皮をつまんで鼻に近づけた。

「島の香りがする」

「帰りたいか?」

櫂はたまに馬鹿な質問をする。

「帰らない」

迷いなく答えた。わたしはわたしの居場所にやっと辿り着いたばかりだ。

桜は情緒がないと言うと、たいがいの人にきょとんとされる。だって花を散らしてしまうとすぐに緑の葉が芽吹いて全体を覆い尽くしてしまう。はい終わり、次、という感じ。電車に乗って千鳥ケ淵でお花見をしたときのことだ。

「もうちょい、ゆっくりしといてほしいよな」

「うん、そうなの」

「けどそこでぐずぐずしたら、こんな綺麗やないんやろな」

「うん、それもそう」

それから数日で強い風が吹き、薄桃色の花びらはすべて散ってしまった。その間、耀はほとんど食事ができなかった。ヨーグルトもにおいが無理と言うので、蜜柑のジャムをお湯でといたものを飲ませた。それだけでもお腹が張って苦しいようだ。

病院で検査をしてもらったあと、ふたりで診察室に呼ばれ、転移していると医者から告げられた。腹膜全体にがんが散らばっているそうだ。若いから進行が早い、もって数ヵ月と言われたとき、身体の中に引き潮が生まれたように熱が逃げていった。組んだ指先が凍えそうに冷たい。

診察室を出たあと、ロビーで会計を待った。

「悪い」

会計済みの番号を呼び出すアナウンスに紛れて耀がつぶやいた。

「どうして謝るの」

「もっと一緒にいれるて思たんやけど」

どう答えればいいのだろう。懸命に言葉を探したけれど、今のわたしの中にはなにもなくて、探した末に、元々あったたったひとつの望みを告げた。

「一緒にいようよ」

いられるところまで一緒にいよう。一緒にいさせて。

梅雨の半ばあたりから、櫂はどんどん痩せはじめた。

どれだけ薬で進行を遅らせても、若い身体がそれを追い越していく。

七月になって、治療を一旦休んで緩和ケアに切り替えることになった。これ以上は櫂の体力がもたない。一旦と言いながら、休めば一気に進行することはわかっていた。ホスピスに転院する話も出たけれど、櫂は家に帰りたいと言った、わたしは賛成した。ふたりで穏やかに過ごしたい。もうそれだけが手の届く望みだ。

大家さんに在宅ケアの了解を取り、介護用ベッドを入れ、訪問看護などの手続きをしてくれたのは植木さんだった。何年ぶりだろう。漫画家をやめてからも、ずっと櫂と尚人くんのことを気にかけていたそうだ。櫂から尚人くんは亡くなったとだけ聞いていたので、植木さんから詳しい経緯を聞いたときはつらかった。

昔の櫂くんの部屋に似てるなあと懐かしそうに植木さんが室内を見回し、すっかり痩せた櫂を抱き上げて、明るい窓辺に置いたベッドへと運んでくれた。

「そういえば、二階堂さんから見せてもらったよ」

ベッド脇に座り、植木さんが櫂に話しかける。

「まじか。あの人、俺に断りもせんで」

「とてもよかった」

「言わんといて。恥ずかしいわ」

「次はぼくとやろうよ。いい画を描く新人がいるんだ」

櫂は渡されたタブレットの画面を真剣な顔で見つめ、ええやん、とつぶやく。わたしにはよくわからない漫画の話に没頭する櫂に昔は拗ねたりもした。今はそんなこともない——と思ったけれど、あまりに楽しそうなので少し拗ねてしまった。

「機嫌よさそうやな」

植木さんが帰ったあと櫂が言った。

「よくないよ」

大人になったと思っていたのに、わたしの中にまだ愚かで道理が通じない子供のわたしがいる。そのことが居心地悪く、少し楽しい。

「かわいいなあ」

「男が言う『かわいい』って、馬鹿って意味だからいや」

「そんなつもりやないよ」

暁海ちゃーんとふざけて伸ばしてくる腕があまりに細くて、やめてよと笑いながらわざと捕まった。どこにでもいる馬鹿な恋人同士のようでいたかった。

「花火、観たいなあ」

八月の昼下がり、野菜をすりおろしたスープで昼食を終えた櫂が言った。

「どこか観にいこうよ」

スマートフォンで近場の花火大会を検索した。

「今治のが観たい」

えっと画面から顔を上げた。

「俺ら、ちゃんと観たことなかったやろ」

高校生のときと社会人のとき、どちらもそれぞれの理由で見られなかった。

「いまさらやろか」

わたしは首を横に振った。

「わたしも観たい。先生に相談しに行ってくる」

そうは言ったものの、準備はなかなか大変だった。

担当医、担当看護師、ケアマネージャー、管理栄養士、ソーシャルワーカーの意見を聞いて、なにかあったときのために今治の病院と連携を取ってもらうのに時間がかかった。さらに宿泊先にも困った。緊急時に責任が持てないとホテルから断られたのだ。北原先生に相談すると、うちにくればいいじゃないですかと言われた。

「出奔した嫁と不倫相手を家に入れるとか正気か」

電話をしているわたしの後ろで櫂が慌てている。

「櫂は遠慮してます」

『それはともかく、用意しておくものがあれば教えてください』

北原先生はあっさり流し、決めるべきことを決めていった。櫂のお母さんにも連絡をしたけれど、泣きじゃくるばかりで話ができなかった。

久しぶりに帰った愛媛では、北原先生が松山空港まで車で迎えにきてくれた。ひどく痩せてしまった櫂を見て結ちゃんが表情を強張(こわば)らせたけれど、

「櫂くん、おじさんになったね」

とすぐに茶化してくれた。

「結ちゃんか。誰か思たわ。でかなったな」

「もう大学生だもん」

「そら俺もおっさんって言われるわな」

はあと息を吐いたあと、耀は北原先生に頭を下げた。

「先生、ほんまごめん」

居心地悪そうに挨拶する耀に、

「思ったよりも元気そうでよかったです」

北原先生は、さあ、と後部座席のドアを開けた。

移動の疲れが出たのだろう、耀は夕飯にスープをほんのわずか舌にのせただけで、わたしたちが食卓を囲んでいる様子をリクライニングチェアにもたれて見ていた。

「週末は晴れるって。耀くん、花火、綺麗に観られるよ」

結ちゃんがテレビの天気予報を見ながら話しかける。

「浴衣も着る？　お父さんのでよかったら出すよ」

翌日から耀の体調はどんどん悪くなっていった。腹水がたまって身体を起こすのも苦しい。今治の病院に連れていったほうがいい。でもこの状態で連れていったら花火は観られない。それどころか東京に帰れるかどうか――。

「うちで過ごせばいい。医者にきてもらいましょう」

「そこまで先生の世話にはなれん。それくらいなら今治の病院に行く」

「自分のしたいことをする、それがうちの方針なんですよ」

北原先生がいつもと同じ淡々とした口調で言った。

「うちはみんなそうなんです。ぼくも結も暁海さんも。知っているでしょう？」

確かに、と櫂が顔をしかめる。

「では、もう一度訊きます。きみはどうしたいですか」

櫂は静かに目を閉じた。

「俺は、暁海と、花火が、観たい」

「そうしましょう」

櫂はここに留まることに決め、今治の病院から医者と看護師にきてもらい処置をしてもらった。痛み止めがよく効いて、穏やかに眠っている頬にそっと触れた。東京を発（た）つ前、万が一の覚悟をしておいてくださいと医者から言われていた。

花火大会は週末の日曜日、わたしは祈るように時間と向き合っている。

日曜の夕方、歩けない櫂を車に乗せ、北原先生がおぶって対岸の花火が見える浜まで連れていってくれた。櫂は「かっこわるう」と笑っている。声がひどく細い。北原先生とわたしと結ちゃんと結ちゃんの彼氏。その少し後ろを、知らない女の人がついてきている。

「以前に勤めていた高校の教え子です」

浜についてから紹介された。教え子ということは、もしやという視線を送ると、北原先生は小さくうなずいた。なにがどうなっているのか。

「はじめまして。明日見菜々です」

彼女はわたしに会釈すると、砂浜に腰を下ろしている櫂へと近づいた。しゃがみ込んで視線の高さを合わせてから、はじめましてと頭を下げた。とても自然な挨拶だった。結ちゃんとはもう面識があるようで視線だけを交わしている。

「以前に今治のスーパーで彼女を見かけたと言ったことを覚えていますか」

あれは幻ではなかったようで、今年に入ってやはり同じ今治のスーパーで彼女を見かけ、今度こそ再会を果たしたのだという。

「やり直すんですか？」

そういうことでもありません、と北原先生は暮れかかる海へ視線を投げた。それ以上を語るつもりはないようで、わたしも訊かなかった。他人にはわからない、ふたりだけの物語がある。それぞれが適当に座り、わたしも櫂の隣に腰を下ろした。

「なんやもう、むちゃくちゃな面子やな」

だね、と小さく笑った。夕暮れの砂浜に点々と並ぶ人影。北原先生と菜々さん、結ちゃんと結ちゃんの恋人、わたしと櫂。夫婦、親子、義理の親子、昔の恋人、今の恋人、六人しかいないのに関係性を表す矢印は複雑に交錯する。

てんでばらばらで、だからこそつながれる自由さと、そうでなければつながれない不自由さ。エアポケットのような、その狭間にわたしたちはいる。

それぞれ少し距離を取っているので話し声は微かにしか聞こえない。でもみんな互いの気配を感じている。なにかあればすぐに手を伸ばせる距離感。

「あ、金星」

結ちゃんの声が聞こえた。西の空の低い位置に小さく光る星がある。

「高校生のころ、浜で一緒に見たね」

「東京でも見た。見えんときのほうが多かったけど」

「わたしも」

ぽつぽつと話をしている間にも、太陽の朱色を押しやって澄んだ青が増してゆく。水平線を縁取るいくつもの島影も、空も、海も、深い群青に沈んでいく。

「寒うなってきた」

燿が言い、カバンから厚手のブランケットを取り出して一緒にくるまった。八月の夜は蒸し暑く、わたしの額からは汗が流れ落ちる。なのにつないだ燿の手は少しずつ熱を失ってゆく。

まだ、と心の中でつぶやいた。

まだ、まだ、まだ花火は上がっていない。

もう誰の声も聞こえない。みんな黙り込んでいる。左側にいる燿の呼吸が波音にさらわれそうに頼りなくなっていく。わたしはもう叫び出しそうだ。

早く、早く、上がって。

まだ、まだ、いかないで。

あまりに強く祈りすぎて目の奥が痛くなってきたとき、遠くで微かに音が弾けた。反射的に見上げた対岸の夜空に光が瞬いた。

燿の手を強くにぎりしめた。

応えるように、ほんの少し燿がにぎり返してくる。

揺れながら地上から放たれて、ふいに姿を消したあと、遥か上空で花開く。次々と打ち上がり、途切れ目なく重なり合う光と光。瞬きをするほんのわずかな間、とてつもない熱量で闇をなぎ払い、力尽き、尾を引いて海へと落ちていく幾千の星たち。

綺麗だね。

櫂の手をにぎりしめる。

櫂はもうにぎり返してこない。

煌めきながら散っていく、あの星たちの中にいるのだろう。

エピローグ

月に一度、北原先生は菜々さんに会いにいく。

車に乗り込む前にポストをのぞき、きてますよと郵便物を渡してくれた。

夏の夕暮れどき、庭の水まきの手を一旦止めて受け取った。請求書やダイレクトメールに紛れて書籍サイズの厚い封筒がある。東京からだ。差出人に心当たりはない。

「なにか買ってくるものはありますか」

少し考えてから、特には、と首を横に振った。

北原先生はうなずき、明日には帰りますと言って車に乗り込んだ。いってらっしゃいと声をかけて、水まきに戻った。ホースの先を指で押さえて水膜を作る。先日、シャワーヘッドが壊れてしまったのだ。ああ、そうか。それを買ってきてとお願いすればよかった。電話をしようかとポケットに手を入れて、やめた。

——明日まで、あの人はわたしの夫じゃない。

北原先生と菜々さんの仲がどうなっているのかは知らない。いつでも籍を抜きますと伝えてあるし、北原先生がどんな答えを出そうとそのままを受け入れると決めている。北原先生がわたしを受け入れ、背中を押してくれたように。

ホースの角度を調節して水膜を噴き上げる。蒸し暑いオレンジ色の空気に飛沫が煌めくのを眺めながら、もう少しすれば西の空に上がる宵の明星を待っている。

——夕星やな。

目を閉じて、鼓膜に残る声に耳を澄ませてみる。

櫂を見送ってから、初めての夏の中にわたしはいる。

ふたりで暮らした東京の部屋を引き払い、以前と同じように北原先生と結ちゃんと三人で家事を分担し、仕事をし、穏やかに静かに島での日々がすぎていく。

水まきを終わらせて、夕飯まで時間があるので仕事に戻った。窓辺の椅子に腰掛け、メティエに置かれたままのクロシェを手に取る。濃紺の透けるオーガンジーに煌めくビーズを刺して、夜空に打ち上がる花火を象っていく。淡水パール、メタルビーズ、ピンクビーズ、スワロフスキーのクリスタル、ブラックダイヤ。来年に予定している初めての個展のメインに据える作品で、タイトルは『Homme fatal』——。

仕事部屋の本棚には、若いころ櫂と一緒に訪ねた古本屋さんで買ったパリのメゾンの作品集が差してある。若くてなににも手が届かなかったわたしが憧れた美しい世界が、三十四歳になったわたしの手の中にある。求め続けたもののいくつかを手に入れて、いくつかを永遠に失った。後悔はない。すべてが必要な遠回りだった。

繊細に、早く、正確に針を動かしているうちに自分という存在が薄れていく。少しずつ姿を現す美しいものに一体化していくようで、気づくと時間が経っている。けれど今日は集中できなくて、テーブルに置いていた郵便物を持って部屋を出た。

夕飯の支度をしている結ちゃんの声が台所から聞こえる。

「今日はお父さんいないから。そう、今治の人のとこ」

『あんたんち、ほんと、すごいね。奥さん公認の浮気って異常だよ』

スマートフォンをスピーカーにしているようで、結ちゃんの友達の声も聞こえる。

「わたしは慣れてるけど」

『それがおかしいって言ってるの』

「おかしいって、なにを基準にして？」

軽やかな結ちゃんの笑い声につられて笑い、サンダルをつっかけて家を出た。

なかなか暮れない夏の黄昏どき、空気を震わせる蝉の啼き声を聞きながら歩いていく。少し先に雑貨店があり、休憩用のベンチで奥さんたちが話をしている。通りすぎるときに会釈だけを交わし、生態のちがう魚のようにわたしたちはすれちがう。

——北原先生も浮気なんてねえ。

——その前に暁海ちゃんが相当しでかしたから。

——あれは北原先生、よく許したと思うわ。

——許してないわよ。だから女作ったんでしょう。

島のあちこちで交わされる噂話。娯楽の少ないこの島では、我が家の破綻した事情は島民共有の現在進行形リアル・エンタテインメントだ。若いころは耐えられなかったそれを、今では他人事のように聞き流せる。それらはもうわたしを揺らさない。

わたしと櫂の物語は、わたしと櫂だけが知っていればいい。ああ、ちがう。北原先生も知っているし、結ちゃんだって知っている。わたしの大事な人たちが知っている。それで充分だ。視界の先に夕日を照り返す銀色の海が見える。

海岸沿いを歩いていく中、向かいからふたり乗りの自転車が走ってくる。わたしと櫂が通った高校の制服。髪をなびかせ、笑い声を潮風に流して、横を通りすぎていく。島のあちこちに、あのころのわたしと櫂がいる。

砂浜へ下りていき、護岸ブロックにもたれて封筒を改めて見直した。

東京の出版社の名前が印刷されている。裏面には直筆で差出人の名前も記してあった。二階堂絵理。知らない名だ。封を切り、中から本を取り出した。小説だ。

最初に目に飛び込んできたのは、目の前の景色によく似た装幀だった。迫りくる濃紺と黄昏の薔薇色が混じり合った空と海、その狭間にささやかに光る星がひとつ。

『汝、星のごとく　青埜　櫂』

白く抜かれたタイトルと著者名。

たった十文字に呼吸ごとさらわれた。どこともしれない果てから、うねりながら大きな波が迫ってくる。音もなく呑み込まれ、押し流されていく。この海の遥か彼方にある小さな島へ。そこには愛しい人影がある。わたしは手を伸ばす。けれど届く前に波は引き、ふたたびこちら側へと連れ戻されていく。

目を開けると、見慣れた砂浜に腰を下ろしていた。

静かな雨のように涙が頬を濡らしている。

なにも悲しくはなかった。

わたしは、その気になれば、いつでも、どこでも、軽やかに、あちら側へと行けると知った。だから急がなくていい。けっして揺らがない大きな理(ことわり)の中にわたしたちは在り、それぞれの懐かしい人影と確かな約束を交わしている。

群青と薔薇色に染まった空に、いつの間にか光る星がひとつ瞬いていた。

同じ星がわたしの手の中にもある。

立てた膝に本を置き、わたしはゆっくりと最初のページをめくった。

本書は、二〇二二年八月、小社より刊行されたものです。

|著者| 凪良ゆう　京都市在住。2007年に初著書が刊行され本格的にデビュー。BLジャンルでの代表作に連続TVドラマ化や映画化された「美しい彼」シリーズなど多数。'17年『神さまのビオトープ』（講談社タイガ）を刊行し高い支持を得る。'19年『流浪の月』と『わたしの美しい庭』を刊行。'20年『流浪の月』で本屋大賞を受賞。'21年『滅びの前のシャングリラ』で2年連続本屋大賞ノミネート。本作で第168回直木賞候補、第44回吉川英治文学新人賞候補、王様のブランチBOOK大賞2022、キノベス！2023第1位。そして'23年、2度目となる本屋大賞を受賞した。同年11月、続編となるスピンオフ中編集『星を編む』を刊行。

汝（なんじ）、星（ほし）のごとく

凪良（なぎら）ゆう

講談社文庫
定価はカバーに
表示してあります

2025年7月15日第1刷発行

KODANSHA

発行者――篠木和久
発行所――株式会社　講談社
東京都文京区音羽2-12-21　〒112-8001
電話　出版（03）5395-3510
　　　販売（03）5395-5817
　　　業務（03）5395-3615

デザイン―菊地信義
本文データ制作―講談社デジタル製作
印刷―――TOPPANクロレ株式会社
製本―――株式会社国宝社

Printed in Japan

ISBN978-4-06-540188-0

講談社文庫刊行の辞

二十一世紀の到来を目睫に望みながら、われわれはいま、人類史上かつて例を見ない巨大な転換期をむかえようとしている。

世界も、日本も、激動の予兆に対する期待とおののきを内に蔵して、未知の時代に歩み入ろうとしている。このときにあたり、創業の人野間清治の「ナショナル・エデュケイター」への志を現代に甦らせようと意図して、われわれはここに古今の文芸作品はいうまでもなく、ひろく人文・社会・自然の諸科学から東西の名著を網羅する、新しい綜合文庫の発刊を決意した。

激動の転換期はまた断絶の時代である。われわれは戦後二十五年間の出版文化のありかたへの深い反省をこめて、この断絶の時代にあえて人間的な持続を求めようとする。いたずらに浮薄な商業主義のあだ花を追い求めることなく、長期にわたって良書に生命をあたえようとつとめるところにしか、今後の出版文化の真の繁栄はあり得ないと信じるからである。

同時にわれわれはこの綜合文庫の刊行を通じて、人文・社会・自然の諸科学が、結局人間の学にほかならないことを立証しようと願っている。かつて知識とは、「汝自身を知る」ことにつきていた。現代社会の瑣末な情報の氾濫のなかから、力強い知識の源泉を掘り起し、技術文明のただなかに、生きた人間の姿を復活させること。それこそわれわれの切なる希求である。

われわれは権威に盲従せず、俗流に媚びることなく、渾然一体となって日本の「草の根」をかたちづくる若く新しい世代の人々に、心をこめてこの新しい綜合文庫をおくり届けたい。それは知識の泉であるとともに感受性のふるさとであり、もっとも有機的に組織され、社会に開かれた万人のための大学をめざしている。大方の支援と協力を衷心より切望してやまない。

一九七一年七月

野間省一

川崎長太郎

女のいる暦

私小説作家として全力を尽くし、「この一篇で、私が評価されても、悔いるところはありません」と記した、渾身の力作——著者唯一の書き下ろし長篇、初文庫化。

解説=戌井昭人　年譜=齋藤秀昭

かN7
978-4-06-540136-1

津島佑子

本のなかの少女たち

時代と言語を越え読者に実在感を伝えてきた〝少女〟たち——文学作品に描かれた少女像の再検討で見えてきた、生命力の横溢。生活と小説を切り結ぶ、読書エッセイ。

解説=井戸川射子　年譜=与那覇恵子

つA10
978-4-06-539714-5

講談社文庫　目録

講談社文庫　目録

2025年6月13日現在